緞帶

リボン

小川糸

簡捷 譯

阿堇是個愛鳥成痴的人。

在我國小去上學的期間，她總是占據著中里家二樓的陽臺，一整天都在那裡賞鳥。她會坐在她最喜歡的藤編搖椅裡輕輕搖晃，偶爾小口小口、像貓舔牛奶那樣喝她裝在水壺裡的甜咖啡。

這個家幾乎沒有像樣的庭院，為什麼阿堇有辦法在這裡賞鳥呢？因為我們家外面的景觀很好。這棟屋子後方是一間老房子，從我們陽臺的位置看過去，那一帶正好就像一片茂密的森林。

去年夏天，那座森林一角裝上了一座巢箱。

有根粗壯的樹枝，從隔壁家一直往我們這裡長過來。隔壁家屋主過來找我們，說希望能讓他把那根樹枝砍掉的時候，阿堇直接就跟對方交涉了。

這件事請您不用放在心上，但能不能讓我們在那根樹枝上裝一座讓鳥兒築巢的巢箱呢？她這麼告訴那位屋主。

被阿堇那雙眼睛目不轉睛地看著這樣拜託，要不是心地特別壞、意志力特別強大的人，大概都很難拒絕。

在那之後，阿堇便開始盼望有客人到巢箱裡來作客。我們從以前就私底下把那棵多年大樹叫做「樹爺爺」，常常有斑鳩和白頰山雀來找樹爺爺玩。阿堇以前還會拿著望遠鏡看遠處的小鳥，但後來她的手臂越來越沒有力氣，視力也變差了，所以這座巢箱來得正好。以後她不必藉助望遠鏡，也能在近處和那些小鳥見面了。

在夏天長了許多深綠色葉子的樹爺爺，到了秋天便會染上紅色與黃色，在冬天放任那些葉子全都掉到地面上，一點也不留戀。可是一到春天，樹爺爺又會被淺色的小葉片覆蓋，到了夏天，又豪邁地長了一整樹茂密的葉子，風一吹來就沙沙作響。

就這樣，巢箱設置之後過了一整年，秋天再次來臨。

可是那座巢箱卻幾乎沒有小鳥要住。偶爾會有鳥兒進去觀望一番，但總是停留不久，馬上就從巢箱上圓形的洞口輕巧地飛向外面的世界去了。

即便如此，阿堇還是一整天都看著樹爺爺。

有段時間，我也曾經陪著阿堇一起熱中於賞鳥，但後來漸漸厭倦了坐在那裡、動也不動地等待，我就比較少長時間待在陽臺上了。

把「雲雀」這個名字送給我的人也是阿堇。她說，她一看見剛出生、還是個小不點的我，這個名字就像從天上掉下來似的，突然浮現在腦海裡。

阿堇平常是個不太表達自己意見的人，卻只有那時候不一樣。她比誰都還要早伸出雙臂，將裹在純白紗布裡的我穩穩抱在懷裡，開口第一句話就說：

「阿堇和雲雀是永遠的伙伴，我們這一生肯定都會是好朋友。」

從那以後，明明我爸媽還在商量他們第一個小孩的名字，阿堇卻頑固地一直用「雲雀」這個名字叫我。

從結果上來說，我成了我爸媽唯一的獨生女，但他們看到阿堇那麼高興地連聲叫我「雲雀」，儘管不太情願，還是將孩子的命名權讓給了阿堇。後來媽媽曾經偷偷告訴我，他們原本想替我取個有「子」字的名字。就這樣，我正式被命名為「雲雀」了。

只是到了我慢慢懂事，阿堇第一次翻開野鳥圖鑑，拿「雲雀鳥」的圖片給我看的時候，老實說我心裡非常失落。那上面畫著渾身茶褐色、不起眼的小鳥，看起來和麻雀長得有幾分相像。我本來還期待看到長著紅、藍、黃色鮮豔羽毛的鳥兒，沒來由地有種遭到背叛的心情，但阿堇完全不在乎我的反應。

「牠們從天上一直線降落下來的模樣非常美麗哦，完全沒有任何一絲迷惘。

雲雀，我希望妳以後能長成像雲雀鳥那樣直率的女性。因為我的名字由來的堇花永遠只能仰望天空，沒辦法拍動翅膀飛翔。」

到了現在，阿堇的預言成真，我們已經成了最要好的朋友。

我的同班同學都噘著嘴說，年紀差那麼多還要當好朋友，太奇怪了。這讓我很驚訝，他們好像無法想像同屆同學以外的人之間存在友情。但我完全不這麼想，反而覺得那些孩子們那麼在意那一、兩歲的年齡差距，比我可憐太多了。從以前到現在，我從來沒有一次覺得阿堇是個「老奶奶」。

時間剛邁入十月，一個晴天的午後。

我從學校放學回家，像平常一樣直接走上二樓陽臺，卻沒看見阿堇的身影。我想她可能是去洗手間了，於是在原地等待，但等了半天都沒聽見任何動靜。從隔壁家的庭院，傳來一股淡淡的甜香。是阿堇最喜歡的桂花香，乘著秋風過來玩耍了。我想和阿堇一起享受這股香氣，便大聲喊了阿堇的名字。我爸媽都要上班，所以這個時間只有我和阿堇兩個人在家。

「阿堇——」

我叫了幾聲之後，忽然傳來阿堇的聲音：

「怎麼了嗎？」

探頭一看，阿堇就站在階梯底下，她明明整天都待在家裡，卻戴著一頂豪華帽子，帽緣壓得很低。

「阿堇，有桂花……」

話說到一半，阿堇卻制止了我，招招手要我過去。

我兩級兩級地迅速跳下樓梯。媽媽總是說這樣跳會把樓梯跳壞，叫我不要這麼做，但現在只有阿堇在家，我就不管了。我重重著地，地板「啪哩」一聲，發出好像要裂成兩半一樣的聲音。

「來，雲雀，請進。」

阿堇將手搭在自己房間的拉門上，放輕聲音對我這麼說。

但在這之前，我一次也沒有踏進過阿堇的房間。我有點猶豫，不知道該怎麼辦，這時阿堇回過頭來，對我笑了一笑，那雙圓鼓鼓的臉頰看起來就像剛做好的甜饅頭一樣。

「雖然裡面有點亂，不好意思哦。」

她像平常一樣，以平穩的語調輕聲細語。

從來沒有人禁止過我踏進這裡。但阿堇的房間是屬於阿堇的聖域，也不知為什麼，其他家人都不會進去，這是中里家不成文的規矩。

生來第一次，我踏進了阿堇的房間。房裡光線幽暗，有股不可思議的氣味。榻榻米上面鋪著地毯，和風和洋風家具混在一起，但很有阿堇的風格。已經不再使用的鋼琴上面，放著穿和服的人偶和穿洋裝的人偶，各自擺在一起。

床鋪大剌剌地擺在房間正中央，有薄紗一樣的布料從天花板垂掛下來，好像公主居住的城堡一樣。

「妳一定要幫我保守秘密哦。」

阿堇再一次緊緊關上房間的拉門，目不轉睛凝視著我。

阿堇的眼睛多美呀，每一次看見那雙眼睛都讓我陶醉。它們就像所有探險家和冒險家找遍世界上每一個角落，才終於發現的神秘湖泊，隨著光線照射的角度不同，會呈現出淡藍、苔綠、群青等各式各樣的顏色。

聽見秘密這個詞，我左右兩邊的下顎內側緊緊縮了起來。

阿堇朝梳妝臺的方向走了過去。最近她的膝蓋特別不好，做什麼動作都慢慢的。一步、一步，像大象奶奶緩緩往前走一樣，慢動作挪動著身體。

終於走到梳妝臺前面，坐到椅子上的瞬間，阿堇的長裙裙襬輕飄飄地掀起一道大波浪。我靜靜站到她身後。

鏡子裡的阿堇好像看見什麼耀眼的東西似的，把眼睛瞇得好細，眼角眉梢都是笑意。從出生到現在，我從來沒看過阿堇生氣。阿堇就算只是擺出平常的表情，看起來也好像在笑一樣，可能是因為她兩隻眼睛的眼尾都像公園裡的溜滑梯那樣，畫出一道平順溫柔的弧線吧。很可惜，我的眼尾沒有那道溜滑梯弧線。

我也朝鏡子裡回以最燦爛的微笑，輕輕將手放在阿堇的肩膀上。阿堇的肩膀總是像裝滿了鮮奶油的袋子那樣軟綿綿地隆起，整個身體摸起來都是軟呼呼的鮮奶油觸感，所以我總是不自覺地伸手去觸碰阿堇。

這時，坐在我眼前的阿堇將雙手舉到頭側，搭上帽緣。她手指上戴著閃閃發亮的寶石戒指，那雙手就這麼將那頂深紅色、有花朵裝飾，平常外出才戴的帽子輕輕拿起。

阿堇花了點時間取下帽子，便露出她頭頂上綁成一球圓圓的包頭。這是阿堇的固定髮型，從後面看，形狀就跟新年擺設的鏡餅一模一樣。

阿堇的頭髮是均勻的白，不摻雜任何一根黑髮，讓我聯想到祭典攤位上賣的棉花糖。從這麼近的地方盯著它看，我沒來由地就想把它放在舌尖上嚐嚐看，口水不知從哪裡湧了上來。

但阿堇卻在我的面前，將某樣東西插進了那顆包頭裡。無論我再怎麼看、不敢置信地眨了幾次眼睛，那很顯然都是發燒的時候用的體溫計沒錯。

在驚訝的同時，我感到有點不安。阿堇發燒了嗎？可是我只聽說過體溫計夾在腋下和舌頭底下測量體溫，插進頭髮裡面量的我還是第一次看到。我從剛才就隱約有所感覺，但今天的阿堇，和昨天之前的阿堇，果然還是有某些地方不一樣。

「我能拜託妳一件事嗎？」

阿堇這麼說道。我將目光從體溫計上移開，恰好與鏡子裡的阿堇四目相對。她正以堅定的眼神看著我。

「雲雀，我想請妳幫忙看看它顯示幾度。」

我按照阿堇的吩咐，凝視著那支插在頭髮裡的體溫計。阿堇一直單手拿著它，手好像很痠的樣子，所以我就代替她拿著了。阿堇將手放回大腿上，靜靜閉上眼瞼，好像在等待什麼重要的結果似的。她或許有一點緊張，薄薄的眼皮像被風吹動的絲絹那樣輕輕顫動。

該不會……

我努力趕走從剛才開始就逐漸支配內心的那股不安。上個禮拜，我才剛聽說同學的爺爺得了痴呆症，住進了養老院。可是，阿堇怎麼可能會……萬一真的發生那種事，我就跟著她一起到養老院去吧。

我勉力平靜自己的心情，靜靜等著插在阿堇包頭裡的水銀柱停止上升。我在家、在學校保健室用的都是電子式體溫計，但阿堇愛物惜物，還留著舊的傳統體溫計繼續使用。電子體溫計會發出提示音，但傳統體溫計就只能等待水銀停止不動了。我確認過水銀柱不再上升，便讀出了銀光映襯下的刻度。

「三十六點九度。」

「太謝謝妳了，雲雀。」

阿堇說道，聲音放得很輕，其中卻聽得出清晰的意志。聽見這聲音，我便知道自己剛才想太多了。阿堇是絕對不可能出那種事的，毫無疑問，這就是平常的阿堇。我是最瞭解阿堇的人。

阿堇將體溫計從頭髮裡拔了出來，坐在椅子上用力甩動它，確認過刻度之後，再將它收回原本的抽屜裡。剛才那可能是古早的量體溫方法也不一定，我聽說過幫小嬰兒量體溫的時候要把體溫計插進屁股裡量，應該還有很多我沒聽過的量體溫方式吧。

就在我這麼想的時候，阿堇再次將手伸向頭頂上的包頭。這一次，她將包頭左右撥開，露出裡面的空間。

「妳看。」

要看什麼？我完全不明白她是什麼意思。

但我還是照著阿堇的指示，稍微踮起腳尖，探頭往阿堇的頭頂上看。剛好在她髮旋那一帶的位置上，放著一塊淡粉紅色的拍拍。

我頭上又冒出了一個問號。為什麼要在那裡放拍拍呢？阿堇一言不發，什麼也不告訴我，只是用一隻手將那塊拍拍緩緩拿起來。拍拍就是夏天泡完澡之後，為了避免長痱子，在身上拍痱子粉的時候用的那種圓形柔軟的工具，像一塊壓實的棉花，乍看之下就像大顆的棉花糖。我和阿堇不知道它的正式名稱，所以都叫它拍拍。

「咦噗！」

我發出嘴裡含著直笛打了個大噴嚏那樣奇怪的聲音。

「好像是親鳥放棄抱卵了。」

阿堇輕聲說。

「抱卵？」

我將剛才阿堇說的那個陌生詞語又重複了一遍。在淡粉紅色的拍拍底下，恰好在阿堇髮旋正上方的位置，放著小小圓圓的東西。我以為自己看錯了，於是像貓咪常做的那樣，用指尖揉了揉眼睛。但無論我再多眨幾次眼睛、再怎麼看，那些東西都是小小的蛋。

它們混在阿堇未經染色的白髮裡，一開始還看不清楚，是阿堇柔軟的頭髮形成了鳥巢，將那些蛋包裹在裡面。它們不像雞蛋那麼大，卻也沒有鵪鶉蛋的斑點。孩子們之間很流行這種形狀的巧克力，我靈光一閃，說：

「這巧克力做得好像真的蛋哦。」

如果是巧克力的話，繼續放在那裡，再過不久就會被阿堇的體溫融化了。巧克力融化是無所謂，但我擔心阿堇好看的白髮會被巧克力弄髒。

「不是喲，雲雀。」

阿堇正色說道，語氣就像將棋名人將死對手時那樣嚴肅。

「這不是糖果，是真正的鳥蛋。」

阿堇特意強調真、正、的三個字。

阿堇絕對不會說謊。所以我馬上就接受了，這就是千真萬確、如假包換的鳥蛋。

它們混在頭髮裡，我剛開始還沒看清楚，不過這裡一共有三顆鳥蛋。阿堇側眼看著我驚訝的模樣，「呵呵呵呵」地露出溫和的笑容。第一次看見她這種獨特的微笑時，我沒來由地相信阿堇一定出身高貴，生於什麼貴族或華族之家。

「是哪一種鳥的蛋呀？」

這些蛋並不是牛奶那樣的純白色，而是像鮮奶油一樣有深度的白。

「前幾天不是有個非常強烈的颱風來襲嗎？親鳥好像因此受到驚嚇，逃離鳥巢了。我從前天開始就一直看守著巢箱，但好像已經到極限了。有烏鴉從一大早就在打這些蛋的主意，所以就在剛剛，我決定要負起責任照顧它們。蛋剛生下來的前幾天，就算沒有二十四小時持續孵蛋、溫暖它們，胚胎也不會馬上死掉，這些蛋還有希望。」

阿堇所說的希望，指的就是小鳥誕生的希望嗎？可是我實在好難想像，這麼小、這麼脆弱的球體裡面，居然裝著構成一隻鳥的材料，再過不久還有可能變成一隻真正的小鳥。

結果直到最後，阿堇都沒有告訴我那是什麼蛋，說不定阿堇自己也不知道。

我盯著那些蛋看得入神，這時阿堇再次打開了梳妝臺的抽屜，這一次從裡面拿出了一支細細的、看似是色鉛筆的東西，可能是化妝用的工具。

「雲雀，妳能再幫我一個忙嗎？請妳用這枝鉛筆，在蛋殼上做一些記號。為了方便辨認，三顆蛋如果能畫上不同記號就最好了。接下來，我每天都要轉蛋。」

阿堇口中再次說出了陌生的詞語。是轉蛋機的那個轉蛋嗎？但感覺好像又不太一樣。看我沉默，阿堇以溫柔的聲音告訴我：

「轉蛋，就是在孵蛋的時候轉動鳥蛋。為了讓整顆蛋均勻受熱，必須改變蛋的朝向。親鳥常常在肚子底下翻動鳥蛋，對吧？本來應該由親鳥自然完成這件事才對，不過，我們這一次是人工孵化。」

我按照阿堇的指示，嘗試在鳥蛋表面畫上圖案。但總覺得稍微用點力氣，蛋殼就會裂開，我怕得根本不敢用力。指尖有那麼一瞬間碰到了蛋，它帶著一點微溫，總覺得摸起來有種柔軟的錯覺。我非常小心，盡可能不用力碰觸它們，努力為三顆蛋都做了記號。

第一顆蛋畫了「☆」，第二顆蛋畫了「○」，第三顆蛋我猶豫了一下，畫上了「〒」。因為，如果在「○」之後畫上了「×」，感覺不太吉利。完成這項工作的時候，或許是全程提心吊膽的關係，我的手心一點一點滲出了汗水。

「辛苦妳了。」

阿堇摸索著將拍拍放回原位，仔細將包頭整理好。

她好像希望盡可能不留縫隙，風才不會吹進去。她小心翼翼地戴上帽子，以免壓到包頭，現在再也沒有人看得出來那底下藏著鳥蛋了。

就這樣，我和阿堇一起暖蛋的日子開始了。

阿堇成為了真正的親鳥，用頭髮編成的巢守護鳥蛋，而我扮演阿堇的助手，給予最大限度的支援。孵化雛鳥，成了我們最大的使命。

從抱卵、轉蛋到孵化，我打開了一扇以前從來不瞭解的大門，通往各式各樣的鳥類世界。阿堇說，孵蛋最重要的，就是維持一定的溫度與溼度。

為了做到這一點，從這天開始，阿堇就再也不泡澡了。為了不讓鳥蛋受到風寒，她盡可能做到事事小心。中里家是木造家屋，太陽下山之後就冷颼颼的。阿堇迅速拿出暖爐，溫暖房間，在暖爐上放了個燒水壺維持溼度。

轉蛋成了我的工作。為了不讓鳥蛋受寒，我也趁著剛洗完澡，身體最暖和的時候轉蛋。

到了晚上，我一出浴室，立刻來到阿堇房間，便看見阿堇放鬆地躺在賞鳥用的那張搖椅上。房間裡暖得像盛夏，我瞄了一眼掛在房間裡的溫度計，上面顯示二十七度，比室外的氣溫高了十度以上。阿堇甜饅頭一樣的臉頰，也微微染上了薔薇色。

我一走近，阿堇就取下帽子，熟練地將頭髮編成的巢往左右分開。

「雲雀，請將妳剛才畫好的記號轉向下方。」

我怕把鳥蛋壓壞，用大拇指和食指小心翼翼地拿起它們，轉了個方向，把「☆」、「○」和「〒」三個記號都轉到下方，然後輕輕將它們放回原位。

我下意識屏住了呼吸。光是稍微轉動一下鳥蛋，就把我累壞了。那些小小的鳥蛋，就像阿菫戒指上的寶石一樣神聖。

我設法完成了這一連串工作，阿菫便再次將手伸向頭髮，將包頭鳥巢整理成圓鼓鼓的漂亮形狀，然後立刻重新戴上了帽子。

從那以後，我的心思沒有一刻離開過那些鳥蛋，無論清醒還是睡著的時候，都一直想著它們。一直把蛋帶在身上的阿菫就更不用說了，孵蛋成為了阿菫每天日常生活的重心。為了不讓蛋吹風受寒，她從那天起再也不從事她最喜歡的賞鳥活動了。她整天都窩在自己的房間，以溫暖身體為第一要務。

我踏進阿菫房間時，經常聞到生薑糖漿淡淡的甜香，垃圾桶裡也有生薑糖的包裝紙，這些都是保暖措施的一環吧。阿菫簡直就像真正的母鳥一樣。

阿菫本來就是個與眾不同的人，但成為鳥蛋的保護人之後，她的行為變得更加奇妙了。無論吃飯還是上廁所，阿菫都片刻也不會摘下帽子，那頂帽子好像成了阿菫身體的一部分一樣，永遠和阿菫形影不離。除了我去進行轉蛋工作的時候以外，它都頑固地守護著這個秘密。

「阿菫——飯做好囉——」

從我們開始孵蛋之後，過了一個星期。

我邊拉上客廳的窗簾，邊喊了阿菫一聲，她正在自己房間裡仔細著裝。一年三百六十五天，阿菫天天都會在晚餐前換上漂亮的禮服。那些禮服是阿菫從前還在當香頌歌手，風靡一世的時候所穿的演出服裝，大都是有著蓬蓬袖子、長長裙襬，腰部收緊的晚禮服。阿菫個性節儉，絕不會亂花錢，似乎是這種愛物惜物的心情，讓她穿上那些老舊的演出服。

只是，或許是她的體型和當年已經相差許多的關係，有時候背後的拉鍊只能拉到一半，肚子一帶的飾釦看起來隨時都會爆開，這些就是她的可愛之處了。碰到這種事，裝作沒看見才是不變的鐵則。

我將阿菫要吃的麵包卷放進烤箱，溫度設定為一百度，趁著烤麵包的期間重新加熱剛才煮好的味噌湯。

「今天吃馬鈴薯和地瓜煮成的味噌湯哦。」

我拿手巾把手擦乾，一邊偷偷瞄向阿菫。今天她穿了一件整體是豆沙色的公主裙，腰上有個大蝴蝶結，非常可愛。當然，頭頂上仍然戴著那頂帽子。

「雲雀，真謝謝妳每天這樣幫忙。」

阿菫每一次總會微微曲膝行禮，然後再帶著莊重的神情入座。

今天的配菜是鹽烤秋刀魚。秋刀魚是媽媽下班之後，在匆忙趕回家的路上繞到超市買來的，上面還貼著半價貼紙。不過秋刀魚只有我和父母親三個人的份，阿菫的座位上只放了盛入白色湯盤裡的味噌湯。我將烤箱加熱完成的麵包卷裝在與湯盤成對的白色盤子裡面，小心翼翼地端過去。

媽媽從電鍋裡挖起白飯，換上休閒服的爸爸也就座之後，全家四個人總算是都上了餐桌。一回過神，秋刀魚的味道已經瀰漫了整間屋子。

這種用餐模式不曉得是什麼時候確立的，但當我注意到的時候，阿菫吃的食物就總是跟我們不一樣了。我還是個小孩，不知道這是因為她年紀大了，沒辦法再吃普通的食物，還是有其他的原因。不過無論如何，阿菫每天早餐、中餐和晚餐，吃的都是和我們不一樣的餐點。

我升上小學三年級的時候，媽媽回到職場上工作，所以從那之後，阿菫喝的味噌湯都是由我負責。不過這也不是什麼難事，只要從關懷志工每週為阿菫送來的蔬菜當中挑選幾種適合熬湯的，放入高湯裡煮到鬆軟，再將味噌溶入其中，做成味噌湯就好。

再熱個家裡隨時備著的麵包卷，放在味噌湯旁邊，阿堇的晚餐就完成了。阿堇曾經在國外生活過一段時間，好像覺得味噌湯配麵包沒有什麼好奇怪。這兩樣東西配在一起，對阿堇而言是件自然的事。

順帶一提，阿堇早餐固定吃水果和沙拉，午餐固定吃餅乾配咖啡。阿堇還在當香頌歌手的時候，似乎捐款幫助過各式各樣的機構，當時受到阿堇照顧的人們，直到現在還會送來各種東西當作謝禮。所以阿堇的三餐，幾乎只需要靠這些贈禮就能滿足了。

爸爸、媽媽和我拚命挑著秋刀魚刺，阿堇在一旁若無其事地喝著味噌湯。阿堇喝味噌湯不用筷子，她都用湯匙，無論海帶芽還是白蘿蔔，她都能巧妙地撈進湯匙、送進口中。看著她優雅的動作，我老是一不小心就忘記要吃自己的飯。

至少就我所知，阿堇一次也不曾把味噌湯灑到餐桌上，也不會像爸爸那樣唏哩呼嚕地發出聲音喝湯。居然有辦法用湯匙把味噌湯喝得這麼有氣質，我每次都看得著迷。而且，阿堇一定會在其他家人吃完飯的同一時間，將湯匙放回餐盤上，不會自己一個人早早吃完，也不會自己一個人吃得太久。飯後，她會慢慢啜飲小玻璃杯裝的白蘭地，在這時候將一小塊苦巧克力含進嘴裡，在舌尖上細細品嚐。我私底下偷偷覺得，阿堇肯定是全日本、不，是全世界僅存的最後一位貴族仕女。

我的父母親，好像完全無法理解這樣的阿堇。我父母都是平凡人，沒有什麼特別的感受力，從阿堇的服裝、用餐方式，到她高雅有禮的措辭，對他們來說全都像外星人一樣難懂。所以我們家的餐桌上幾乎沒什麼熱鬧的對話，在我面前愛說話的阿堇，一碰上我爸媽就突然沉默了，變成一顆緊閉的貝殼。

爸爸說，阿堇是個從大小姐直接變成了老奶奶的人。在一般人看來，阿堇和我是祖母和孫女的關係，但實際上，我爸爸並不是阿堇的親生小孩。

關於阿堇，我知道她出生在一個富裕的名門世家，可是戰後不久，她便和雙親同時失去了所有的地位、名譽與財產。在那之後，她當上了歌手，唱歌維持生計，但到了事業逐漸步上軌道的時候，阿堇卻生了一場大病，突然不能唱歌了。那段時間，她也做過許多不方便告訴別人的事情。

阿堇是在她四十歲中段的時候，把我爸爸帶回家當養子的。到了那時候，她已經可以回到舞臺上唱歌，生活終於安定下來，也不需要再做那些不可告人的事情了。當時我爸爸因為一場交通事故失去了雙親，被安置在收容所。阿堇收養了他，直到我爸爸長大成人，和媽媽結婚之後，阿堇也像這樣和我們住在同一個屋簷下，作為「家人」一起生活。

當然，我爸媽並不會對阿堇冷眼相待、欺負她，或是把她從家裡趕出去，只是好像跟她保持著一點距離。不過我擅自覺得，這樣對阿堇來說或許也比較輕鬆。

隔天放學回家，家裡難得放著音樂。我們家房子小小的，所以音樂聲傳遍了整間屋子，我說「我回來了」的聲音也被音樂蓋過去了。

我悄悄往阿堇房間裡一看，看見她躺在平常那把搖椅上，正在打著瞌睡。為了照顧鳥蛋，阿堇最近就算到了晚上也幾乎不睡覺，肯定是睡眠不足吧。

那是女人的歌聲。聽著那個人的歌聲，心裡就冒出一種哀傷的感覺，好像有點苦澀，又有點令人懷念。總覺得在哪裡聽過這道聲音，卻又想不起來是誰。其中有沉靜憂傷的曲子，也有歡快得可以邊唱邊跳舞的曲子，聽著聽著，就覺得自己好像漂浮在大海上，被海浪搖來晃去。

我正要打開書包的時候，金屬釦發出「喀嚓」一聲，阿堇從睡夢中醒了過來。

「雲雀？」

阿堇發出驚訝的聲音。

「我回來了，剛剛回來的。」

我小聲這麼說，輕手輕腳地站到她身旁。

「哎呀，我也真是的，居然不小心睡著了。」

阿堇將雙手緊緊貼在她甜饅頭一樣的臉頰上，這麼說道。接著，她忽然察覺音樂還在播放，於是慌慌張張從搖椅上站了起來。她離開搖椅的瞬間，椅子像嚇了一跳似的畫出大大的弧線。

阿堇一抬起唱針，家裡便突然陷入寂靜。阿堇在聽音樂這件事，本身就非常少見。

我迅速開始準備測量體溫，這已經成了每天固定的工作。我們不需要特別多說什麼就默契十足，阿堇摘下她的帽子，而我從抽屜裡取出體溫計，確認過水銀柱確實下降之後，將前端輕輕插入阿堇的包頭裡面。

剛開始的時候，我怎麼樣也做不好這項工作。我擔心體溫計會戳到鳥蛋，萬一把蛋殼戳破了怎麼辦？光是想像就讓我害怕，一直不敢將體溫計伸進深處去，但這麼一來，就無法量測到鳥巢裡正確的溫度了。我每一次都抱持著自己的眼球就在體溫計前端那樣的心情，摸索著尋找最佳的測量位置。到了這幾天，我量體溫的時候終於不會再膽戰心驚了。

「阿堇，好難得看到妳在家聽音樂哦。」

我對剛才的唱片感到好奇，不著痕跡地這麼對阿堇說道。我用手支撐著體溫計，發著呆看著水銀柱慢慢往上升。

這真的是件難以想像的事情。我爸媽愛唱卡拉ＯＫ，一有機會也常常帶我去唱歌，但在這種時候，阿堇總是頑固地拒絕和我們一起去，而且不只是唱卡拉ＯＫ，我連阿堇哼歌的聲音都沒聽過。不只不唱歌，她也不聽音樂，感覺就像跟音樂保持著距離一樣。這說不定是我第一次看見阿堇在聽黑膠唱片。

但阿堇沒有答腔，好像我說的那句話打從一開始就不存在似的。體溫計在恰好三十七度的位置停了下來。

洗過澡之後，為了轉蛋，我再一次來到阿堇的房間，便看見梳妝臺上放著一本舊相簿。冬天已經近得就在轉角，阿堇穿上了志工替她織的紅色毛線襪，脖子也一圈圈圍上了同樣毛線織成的圍巾。

等我順利完成轉蛋工作之後，阿堇以溫柔的聲音輕聲對我說：

「雲雀，能占用妳一點時間嗎？」

我在阿堇的床鋪邊緣淺淺坐下。自從那天以後，阿堇的床鋪上就幾乎看不到睡過的痕跡。阿堇抱著那本相簿，在我身旁坐了下來。柔軟的床鋪不規則地晃動，阿堇的身體都快倒下去了。她將一隻手臂伸向我，把我裹在臂彎，相簿則放在自己膝蓋上。

「這是很——久很久以前的我喲。」

阿堇一頁頁翻過相簿破舊的底紙，有點不好意思地這麼說。每翻過一頁，相本就微微吱嘎作響，像打開老舊木門時那樣發出「嘰——」的聲音。那些底紙都已經變成黃金糖的顏色了，照片也全都是黑白，或者只帶有一點淺淺的顏色。

「雖然我現在已經是這麼老的老婆婆了，但我也有過年輕的時候哦，雲雀。」

年輕時的阿堇就在那裡，也有些是比現在的我更加年幼的、孩提時代的阿堇。她穿著漂亮的裙子，皮膚白皙，就像阿堇房間裡排排站的那些法國娃娃一樣。見到比我更年輕的阿堇，這種感覺還真奇怪。

「好漂亮哦。」

看到其中一張照片，我忍不住喃喃這麼說。

「這個呀……」

阿堇說：

「當時我拜了一位知名聲樂家為師，住在老師家裡，學習唱歌和禮儀教養，這就是那時候拍的照片。現在想起來，那或許是我過得最富足的一段時間吧。」

鋪著純白桌巾的圓桌旁邊，一個妹妹頭的女人端著咖啡杯露出微笑，這似乎就是阿堇了，旁邊還有另一個比阿堇年長許多的女人。確實，阿堇的笑容裡沒有半點陰霾，看起來是發自內心感到幸福。

一張又一張，阿堇說著這些照片裡的回憶，把泛黃的舊照片一張張拿給我看。

其中也有當年的新聞剪報，記載著阿堇赴歐洲留學的消息。但後來，戰爭即將爆發，當時留學的計畫最終沒能實現。

「一開始呀，我學的是歌劇。」

阿堇帶著凝望那個時代般的眼神，淺淺笑著這麼告訴我。

「大戰期間，我和老師一起，在大音樂廳裡辦過好多次音樂會。當時我們把那些音樂會叫做獨唱會，我記得還有個大東亞交響樂團幫我們伴奏，那可是非常華麗盛大的舞臺哦。可是後來，戰況越來越激烈，我們打輸了戰爭，然後『香頌』這種新的音樂傳入了日本，我也迷上了它，毫不猶豫地捨棄了歌劇。

「不過當時的香頌都沒有日文歌詞，我也曾經絞盡腦汁，努力為歌曲填過日文詞呢。其中由我填詞的一些歌曲，還曾經在戰後紅遍街頭巷尾哦。」

阿堇說著，稍微端正了坐姿，繼續告訴我：

「其實呀，我今天不是在聽一張唱片嗎？那就是我年輕時的作品。」

阿堇看著自己站在舞臺上唱歌的照片，喃喃這麼說道。

「我就知道。」我說。

我本來就猜會不會是這樣，可是收納唱片的紙質封套上寫的不是阿堇的名字，我才覺得自己可能猜錯了，所以當時沒有多問。

「其實，我本來決定再也不要聽自己的歌了。可是呀……」說到這裡，阿堇停頓了一下，朝我燦爛地笑了笑，指了指自己頭頂。接著她指向自己的臉，揮動雙手，做出鳥拍翅膀的動作。

「我想幫牠們做點胎教。」

阿堇說道，臉上的表情好像吃到了什麼酸酸甜甜的東西。我記得，胎教就是播放一些優美的音樂，給肚子裡的小嬰兒聽。

「趁現在讓牠們多聽聽我的聲音，牠們一定就會認我為母鳥了吧。」

可是，有件事情像細小的魚刺那樣梗在我心裡：剛剛連我都沒有聽出那是阿堇的聲音。因此我下定決心，告訴阿堇：

「既然這樣，妳親自唱給牠們聽不就好了？」

聽我這麼說，阿堇的表情蒙上一層陰霾。

「可是，媽媽還是應該年輕一點才好……」

幾秒鐘之後，阿堇帶著不安的神情這麼喃喃說道，那對像湖水一樣的眼睛凝視著我的臉。我猶豫了一會兒，還是決定跟阿堇直說，於是也目不轉睛地看進阿堇眼裡。

「阿堇，不要只是讓牠們聽妳從前的聲音，用妳現在的聲音唱歌給牠們聽吧。不這麼做就沒有意義了，而且剛出生的小鳥也會被搞糊塗的。不管媽媽是什麼樣子，所——有的小孩都最喜歡媽媽了，所以阿堇，妳擔心這種事情就太奇怪囉。」

阿堇的眼眶裡轉眼間盈滿了淚水。光看外表，她確實是個老奶奶了，但我眼前的阿堇卻像個遭到母親責罵的小女孩。

我沒來由地覺得自然該這麼做，於是輕輕將阿堇摟進懷裡，像在阿堇肩膀上披上一塊薄薄的紗布。

在我單薄的臂彎裡面，不知為何，阿堇在靜靜啜泣。我只是溫柔地反覆撫摸她隆起的、柔軟的後背，帶著一種彷彿我變成了阿堇的媽媽一樣的心情。

「我沒事了，雲雀，真謝謝妳。」

阿堇在我懷裡悄悄調整好呼吸，接著抬起她被染成櫻花色的臉，從下往上望著我，用帶著水氣的聲音輕聲這麼說。阿堇眼尾的那座溜滑梯上，還沾著一滴眼淚。

「我就從明天開始練習唱歌吧。」

她以明朗的聲音如此宣告。

「畢竟，我能做的還是只有唱歌。除了這件事以外，我沒有什麼辦法逗小寶寶開心了。」

阿堇把雛鳥稱作小寶寶。在我們開始孵蛋之後，這似乎是我第一次聽她這麼叫。

阿堇帶著撥雲見日的表情站起身來。我的手臂和胸口上，還留著一點阿堇的溫暖。

「對呀，就從明天開始練習吧。」

我也鼓勵她似的這麼說。

然後我們兩人互道晚安，我上樓，阿堇留在樓下。不知從哪裡，傳來貓頭鷹嗚嗚嗚叫的聲音。

隔天，阿堇馬上開始練唱，先從發聲練習開始。

我在廚房準備阿堇的味噌湯，一邊豎起耳朵聽阿堇唱歌。起初，阿堇只能唱出不太理想、像是喉嚨卡痰一樣的沙啞聲音，不過在練習幾次之後，漸漸能發出響徹整間屋子的通透歌聲。

阿堇看著破舊的老樂譜，看到什麼唱什麼，像組曲一樣一首接一首唱下去。那些曲子聽起來都莫名有種懷舊感，有些是日文歌，也有些摻雜了外語歌詞。

碰到不記得歌詞的時候，阿堇全都以「啦啦啦」的方式唱過去。看到阿堇唱得開心，感覺就好像連我做的味噌湯都變好喝了。

從那天以後，每天我放學回家，家裡總是充滿了看不見的音符。等我回過神來，總會發現阿堇在最後反覆唱著同一首歌。那是一首歌詞裡提到鳥名的日文歌，所有歌曲裡面，就是這一首最適合阿堇的歌聲。它對阿堇來說，一定也別具意義吧。我總是一邊在廚房忙碌，一邊期待聽見那首歌響起。

可是一直等到週末，鳥蛋仍然沒有任何動靜。

我開始感到不安了。我也知道鳥蛋分成受精蛋和無精蛋，如果是無精蛋的話，再怎麼孵都不會孵出小鳥。比起孵不出小鳥，我更害怕阿堇會因此失望沮喪。

然而，阿堇還是照常在頭髮編成的巢裡孵蛋，沒有任何一丁點的迷惘，所以我也繼續幫忙她量體溫、轉動鳥蛋。現在，阿堇的頭髮已經完全變成一座鳥巢了。

週六傍晚，阿堇特地上了二樓，跑到我住的小孩房來。她最近不再到陽臺上賞鳥，所以很久沒上二樓來了。阿堇膝蓋不好，對她來說，要從這道陡峭的樓梯爬上二樓應該很辛苦吧。出現在我房間的時候，她臉上帶著筋疲力盡的表情，氣喘吁吁的。

「我馬上就要去洗澡了，本來想說洗完澡就去找妳轉蛋的。」

我正躺在床上看少女漫畫。一方面是剛好看到劇情高潮的關係，我的語氣有一點帶刺。

「那個呀……」

阿堇支支吾吾地開口，語氣就像和我同年紀的女孩子。

「雲雀，我想和妳一起看看裡面的情況……可是，我是不是應該找其他時間再來比較好？」

我無意間看見阿堇左手拿著兩面手鏡，而且雙手都戴著紅色手套。

「看裡面？」

剛才阿堇這句話讓我在意。

不必一一講出主詞，我和阿堇之間的對話，幾乎都與鳥蛋有關。可是，她說要看裡面的情況，該不會要把蛋殼打破吧……可能是我臉上的表情真的太驚訝了，阿堇慌忙補充：

「雲雀，妳的書桌上不是有一座檯燈嗎？我在想，不知道能不能跟妳借用一下。」

「檯燈？」

我將讀到一半的漫畫倒蓋在床上，坐起身來，外面的天色不知不覺已經暗下來了。

「因為我房間的燈泡瓦數太低了，看不清楚。」

聽到現在，我還不太明白阿堇這番話是什麼意思。

「我想在這個階段，先確認一下蛋裡是不是真的有小寶寶。」

阿堇這麼說道，臉上的表情有點僵硬。

「有辦法確認嗎？」

聽她這麼說，我真的好驚訝，目不轉睛地盯著阿堇頭上看。假如有辦法的話，我現在就想確認看看，漫畫接下來的劇情都無所謂了。

「聽說只要把蛋對著日光燈看，就能看出個大概了。」

阿堇仍然帶著一臉不安的神情，繼續這麼說道。

於是阿堇就在我平時使用的書桌椅上坐了下來。一打開檯燈開關，蒼白的光線便毫無保留地照亮了阿堇的整張臉龐。阿堇將雙手伸向頭頂，動作熟練地取下帽子。帽子底下還是老樣子，阿堇的包頭保護著那些小小的鳥蛋。她從那天起應該沒用洗髮精洗過頭才對，我卻沒有聞到異臭。

她撥開頭髮編成的巢，把淡粉紅色的拍拍從裡面拿出來。鳥蛋果然都還沒有孵化。

「雲雀，這個就麻煩妳了。」

阿堇說著，將一面手鏡遞給我，好像打算利用鏡子觀看巢裡的蛋。我微微調整手鏡的角度，好讓阿堇看見自己的頭頂。

「沒錯，就是這裡，妳保持這個角度拿著一下哦。」

阿堇加快了語速這麼說完，終於摘下手套，小心翼翼地從巢裡拿出一顆鳥蛋。阿堇是為了避免用冰冷的手指觸碰鳥蛋，使得鳥蛋的溫度下降，才一直戴著手套的。

她伸出指頭，像遊樂中心夾娃娃的那種機器一樣，小心翼翼地夾起一顆鳥蛋，將它拿到日光燈前面。光是在旁邊看，我都緊張得冒出冷汗了。

「牠還活著。」

幾秒鐘之後，阿堇以嚴肅的聲音這麼呢喃。

「妳看，這裡就是牠的心臟。它在微微跳動，妳看到了嗎，雲雀？」

阿堇壓低了聲音這麼告訴我。只是我不像阿堇那麼瞭解鳥類，看不出那是這顆蛋還活著的證據。

鳥蛋隱約遮住了日光燈的光線，微微透著灰色不透明的光影，看上去就像河床上一顆圓圓的小石頭，這是畫著「☆」記號的那顆蛋。我們把它放回巢裡，然後再重複了兩次同樣的動作。

可是符合我們期待那樣遮擋住光線的，就只有一開始那顆畫著「☆」的蛋而已。「○」和「〒」這兩顆蛋，無論再怎麼靠近檯燈都還是完全透明，蛋裡並未發生任何變化的事實不言而喻。

即便如此，阿堇還是同樣將剩下的兩顆蛋都放回頭髮編成的鳥巢裡。關於這件事，阿堇什麼話也沒說，只是重新戴好了帽子，緊咬著下唇，回到樓下去了。

星期一過去、星期二過去，來到了星期三。

鳥蛋仍然沒有孵化，我越來越擔心了。畢竟根據阿堇的判斷，還有可能孵化的就只剩下唯一一顆蛋，也就是畫著「☆」的那一顆了。我們只剩下唯一的希望。

「別擔心，雲雀。」

我滿心的擔憂或許都寫在臉上了，在量體溫的時候，阿堇安撫似的這麼勸我。

「可是它一直都孵不出來啊。」

我的身體已經關不住我的憂慮，它像氣體那樣膨脹，變成粗暴的話語流洩出來。話說出口我才覺得糟糕，但已經太遲，剛才那句話說不定傷害到阿堇了。

「我們再等一天吧。等待的時間越長，終於見到面的喜悅也會更強烈哦，雲雀，就像妳出生的時候一樣。」

阿堇這麼說著，抿著嘴笑了。

「像我出生的時候一樣？什麼意思？」

「因為呀，雲雀，妳也一直待在媽媽的肚子裡，遲遲不肯出來呀。」

阿堇的眼神遙遠，不知看著哪裡。

「原來是這樣。」

在這之前，我從來沒聽說過自己出生時是什麼情形。

然後，阿堇開始唱起歌來，是我最喜歡的那首歌。

彷彿要把心中的擔憂用力吹跑似的，我也哼著歌和她一起合唱起來。不可思議的是，當我發出聲音唱歌，那些討厭的、害怕的情緒就一點一滴減少了，像放出一個沒有聲音的屁那樣，咻地全部排出體外。

到了為阿堇煮味噌湯的時候，已經有明亮的希望在我心裡冒出了一點小芽。

星期四，放學後要參加社團活動，我離校的時間比平常更晚。回家路上，天色都有些暗了，一些急性子的星星已經稀稀落落地在天空露臉。

我從玄關把裝有社團活動用的圍裙和三角頭巾的袋子往走廊上用力一扔，用空下來的手急匆匆脫下鞋子，邊走邊將書包也丟在走廊，直直走到洗手臺去洗完手、漱過口，便快步走向阿堇的房間。

「阿堇，我回來了！」

我朝氣十足地打了招呼，毫不遲疑地大力打開拉門。先前踏進阿堇房間時會感受到的那種些微的遲疑，幾乎都煙消雲散了。

但是今天，阿堇沒有用溫柔的聲音回答「妳回來啦」，反而豎起左手食指，在嘴唇前晃了晃。

可能出了什麼事。我收起大剌剌的態度，這一次躡手躡腳地走到阿堇身旁。鏡子裡的阿堇露出秋日暖陽般和煦的神情，好像只有她所在的那塊地方陽光燦爛。

「從剛才開始，仔細聽就能聽到聲音。」

阿堇這麼說完，整張臉瞬間像鑽石一樣閃閃發亮。

我把耳朵湊近阿堇頭上的帽子。仔細豎起耳朵聽，好像確實能聽見細小的聲響，但我無法分辨那是否真的是從鳥蛋裡傳出來的聲音。

「聽妳這麼一說，好像真的有聲音……」

我態度曖昧地點頭。

「雲雀，妳確認看看吧。」

聽了我的反應，阿堇斬釘截鐵地這麼說。

她緩緩摘下帽子，這一次，某種像鳴叫聲的聲響更清晰地傳入我耳中，嘖、嘖、嘖、嘖，像咂嘴一樣的聲音。滿心的不安，以及滿心的期待，在我胸口像學校裡玩的推擠遊戲那樣，彼此正面碰撞。

我先慢慢呼出一口氣，才將手伸向阿堇的包頭，將頭髮築成的巢左右分開，把拍拍從裡面拿出來，直接遞給阿堇。

「情況怎麼樣了？」

阿堇用迫不及待的聲音問我。

「嗯——我看看……」

我踮起腳尖，伸長了身體，探頭往鳥巢裡看。

仔細一看，有一顆蛋正在微微顫動，表面上好像開了一個小孔。這就是畫著「☆」的那顆蛋不會錯。我從剛才開始聽到的聲音，果然是從那顆蛋裡面傳出來的。

「雛鳥好像要從蛋裡面出來了。」

我感受著這件事重大的意義，放輕聲音這麼告訴阿堇。要是說話太大聲，我怕會驚嚇到雛鳥。緊張感瞬間像大浪一樣湧來，我的心臟開始莽撞地狂跳起來，一拳拳敲打著肋骨，大聲吶喊著放我出去、放我出去。

「這一刻終於到來了呢。」

阿堇悄聲說道，語氣無比寧靜。我緊張得頭暈目眩，阿堇卻正好相反，冷靜得不得了。

「雲雀，妳能幫我一個忙嗎？我們要趁現在將鳥蛋移到安全的地方，免得牠被頭髮纏住。」

一回神，阿堇已經左手拿著手鏡待命了。我轉動那支手鏡，調整角度，好讓阿堇看見巢裡的情況。

阿堇以右手拇指和食指，小心翼翼地拈起那顆畫著「☆」記號的蛋。她緩緩將它拿起，再輕輕放上我的手掌心。

「我已經是老奶奶了，體溫比妳低。雲雀，請妳好好保護這孩子，別讓牠掉下去了。」

只用一隻手拿著我不放心，所以我把另一隻手墊在底下，雙手圍成一個小碗，將鳥蛋放在碗中央。這是個重責大任，一想到萬一我不小心把蛋弄掉會怎麼樣，我就連呼吸都提心吊膽。我繃緊肩膀，注意不要動到手掌的形狀，就這麼屏息不動。不曉得是不是緊張的關係，我的手開始發抖，還突然想上廁所，但現在只能忍住了。就算不小心尿出來，現在的我也必須守護這顆蛋。

阿堇把座位讓給我，於是我在梳妝臺的椅子上淺淺坐下。要坐下來的時候，我也放慢了動作，小心謹慎地挪動身體。

鳥蛋只有一顆糖球那麼大，重量也好輕，雖然看得見自己手上有東西，但一閉上眼就幾乎感覺不到任何分量。而這麼小的一顆蛋，現在就在我手上，裡面的雛鳥拚了命地想破殼而出。剛才殼上還只有一個小洞，但不知不覺間，從小洞已經延伸出了一圈裂痕。牠怎麼有辦法畫出這麼漂亮的線呢？明明沒有人教牠，雛鳥卻好像知道自己該怎麼做才容易打破蛋殼。

裂縫越來越大，從裂開的蛋殼之間，能窺見裡面會動的雛鳥。

「牠在動！」

雛鳥就好像要脫下一件溼答答的、貼在身上的毛衣，卻不能用手，只能扭動身軀掙脫它似的，激烈擺動著身體，鳥蛋在我的掌心活潑地動來動去。

我往阿堇那裡瞄了一眼，看見阿堇專注凝視著鳥蛋的表面，眼眶含淚。

加油、加油。

加油、加油。

我拚命為牠聲援。

鳥蛋動得越來越激烈了，我牢牢將手掌併在一起，防止蛋掉到地上。我下意識緊緊咬著臼齒，用力到下巴都快咬壞了。

事情發生在一瞬之間。

蛋殼一分為二的瞬間，全身光溜溜的雛鳥從裡面掙扎著爬了出來。這真是一場驚心動魄的逃脫劇碼。牠頭上還黏著蛋殼，看起來好像戴著貝雷帽一樣，屁股上也黏著蛋殼，一直甩不掉。乍看之下，實在分不清哪裡是牠身體的哪個部位。

雛鳥一瞬間不再鳴叫了，我開始擔心起來，不禁轉頭看向阿堇。就在這時，雛鳥彷彿想起這件事似的再次鳴叫起來。嘖、嘖、嘖、嘖的聲音，比剛才更清晰地傳入耳中。

等到牠終於擺脫了卡在屁股上的蛋殼，露出全貌的時候，我突然開始懷疑，自己手上這隻扭動著身體的小東西真的是鳥嗎？與其說是鳥，牠看起來更像是縮小成幾十分之一的人類小嬰兒。牠全身的皮膚幾乎裸露，只有一小部分有毛貼在身上，一顆頭顯得極大，頭部大部分被又黑又大的眼睛占據。

而且，牠整顆頭都被半透明的薄膜覆蓋，就像外星人一樣。牠瘦小的肢體上長著無力的手腳，看似是手的部分，其實就是翅膀吧。但躺在眼前這隻雛鳥的小手這麼脆弱，我完全無法想像它將來會成為翱翔天空的工具。它彎折成了奇妙的角度，尺寸也半大不小，看起來好像神明不小心裝錯零件一樣不協調。

我目不轉睛地看著剛出生的雛鳥，而阿堇在我身旁對著牠說：

「謝謝你，平安誕生到了這個世界上。」

她的聲音彷彿對著神明祈禱那樣神聖。雛鳥明明這麼小、這麼脆弱，連我都能用一隻指頭輕易將牠壓扁，卻是一條活生生的生命。

在我感動的時候，阿堇已經在旁邊為雛鳥整頓好了新窩。

「來，嬰兒房蓋好囉。」

往那邊一看，阿堇手上拿著帽子，就是那頂阿堇一直片刻不離身地戴在頭上，保護鳥巢用的帽子。帽子底部層疊鋪上了幾張衛生紙，由於帽子正好隨著頭形呈現凹陷狀，感覺住起來好像很舒服。

「妳不想再把牠放在頭髮鳥巢裡養了嗎？」

我還以為阿堇要繼續在那裡育兒呢。

「畢竟以後就必須餵這孩子吃東西了。而且，要是一直住在這裡，小寶寶就看不見我的臉了吧？」

阿堇指著自己的包頭說道，那裡還沉眠著兩顆蛋。確實就像阿堇說的，雛鳥是順利誕生了，但這還不是結束，一切才正要開始。

「牠是不是還不能吃飯呀？」

我邊問邊將臉湊近手掌，看著雛鳥。牠每一次發出叫聲，屁股尖端都會翹起來，模樣很有趣。雛鳥一動，牠緊繃的皮膚就碰到我的手，搔得我好癢。遠遠看過去，牠就像一塊嚼到一半的口香糖。

「等到肚子餓的時候，牠會用叫聲告訴我們哦。而且剛出生的時候，來自鳥蛋的養分還留在牠的身體裡，所以我想，牠應該也不會突然覺得肚子餓吧。」

我小心翼翼地移動手掌，將雛鳥移到嬰兒房裡。牠真的比我的大拇指還要小，如果世界上真的有拇指公主，可能就是這麼大了。

阿堇輕輕在帽子上披上一件喀什米爾羊毛披肩，溫柔地裹住那頂倒放的帽子。這頂帽子至今一直守護著頭髮編成的鳥巢，雛鳥住起來或許也會感到安心吧。

我不經意看見阿堇房間裡的掛曆。

今天是十一月九日。

從阿堇開始孵蛋那天，已經過了快三個禮拜。

在出生後三天左右，雛鳥身上終於長出了一點毛。但那也不是羽毛，只是像絨毛那樣稀疏的胎毛，看起來像肉上面長了霉菌。感覺只要呼地吹一口氣，那些絨毛就會被吹飛到不知哪裡去了。而且牠的大眼睛仍然埋在頭部深處，完全沒有睜開，嘴喙和翅膀都柔弱無力。外觀與其說是小鳥，牠看起來更像恐龍，但給人的印象還是更接近外星人。牠的頭大得不可思議，胴體卻又瘦又小，比例明顯不協調。常聽人說恐龍是鳥類的祖先，如果真的是這樣，那恐龍的祖先說不定就是外星人了吧。

在雛鳥誕生之前，我負責量體溫和轉蛋；到了牠出生之後，為牠量體重就變成我每天固定的工作了。我把一個盒子放在媽媽做點心用的磅秤上，把雛鳥移動到上面測量體重。準備測量的時候，我們會把雛鳥連著衛生紙一起拿起來，像飛天魔毯那樣把牠送過去。當然，為了避免牠掉到地上，阿堇會把手墊在下方，像防護網那樣跟著一起移動。因為人類的體溫比鳥還低，為了不讓雛鳥失溫，才需要盡可能避免直接碰觸牠。

從出生之後第五天左右，雛鳥的體重開始迅速增加。肚子一餓，牠便大聲鳴叫，索討食物。和牠剛出生時那種咂嘴般的叫聲不同，現在牠會發出低吼般的嘎嘎聲，這種時候的叫聲真的很刺耳，一點也不可愛。可能是想吃東西想得不得了，牠總是像長頸妖怪一樣把脖子伸得好長好長，等人餵食。

無論什麼時候，只要雛鳥做出這個動作，阿堇總是立刻著手替牠準備食物，多的時候一天要餵上五、六次。

阿堇房間裡有電熱水壺，所以她幾乎不必特地跑到廚房，就能替雛鳥準備飼料了。阿堇的梳妝臺上，擺放著飼料粉、粟米等各種袋裝的雛鳥用飼料，這些好像也是她拜託志工幫忙送來的。

剛出生不久的雛鳥由人類餵養，就叫做人工哺育。本來是由母鳥使用自己的嘴喙哺餵，所以雛鳥不吃沒有溫度的東西。因此每次餵食，阿堇都會先加熱過飼料再餵。她會用溫水泡開飼料粉，將濃湯狀的飼料裝進一種塑膠製的針筒餵食器，餵進雛鳥的喉嚨深處。這樣餵食似乎需要一點訣竅，我學不會。

阿堇將餵食器一湊過去，雛鳥就把頭抬得好高，專注忘我地吞食起來。牠那種吃法，真的就像用全身表達出喜悅那樣，我在旁邊看著總覺得有點好笑。雛鳥平常都像一塊嚼到一半的口香糖那樣無力地躺在窩裡，卻只有吃飯的時候會用兩隻腳好好站起來。阿堇告訴我，不站起來吃的話，飼料容易不小心跑進牠的氣管裡，萬一發生這種事就糟糕了。

剛出生的雛鳥總是吃過一點東西就繼續睡覺，醒來再吃點東西，馬上又睡下去了，不斷重複著這兩件事。每一次雛鳥在帽子底部沉睡，我都擔心牠是不是死掉了，可是當我擔心得想將牠叫醒，阿堇又會制止我。

「小寶寶的工作就是睡覺呀。雲雀妳小時候也是這樣，我去醫院看妳的時候妳都在睡覺，眼睛連一條縫都沒睜開呢。」

阿堇說著，從容自若地發出「呵呵呵呵」的笑聲。

雛鳥誕生之後過了一週，另外兩顆蛋果然還是毫無動靜。阿堇還打算繼續孵蛋嗎？我才剛這麼想，阿堇就交辦了任務給我。

「雲雀，妳能幫我把沒有孵化的孩子們埋進土裡嗎？」

我從阿堇頭頂上頭髮編成的鳥巢之中，取出那兩顆蛋，將它們輕輕包裹在手帕裡，走到戶外。阿堇還得顧小寶寶，總是寸步不離地陪在雛鳥身邊。我想了又想，最後決定將兩顆蛋埋葬在樹爺爺的根部。

樹爺爺長在隔壁家的院子裡，不過從中里家鑽過灌木叢也能過去。小時候，隔壁鄰居常常讓我在他們家後院裡隨便玩耍，把鳥蛋埋在那裡也不會被責罵的。

我撥開各種顏色的落葉，用木棒和尖石挖出一個土坑，將兩顆蛋放進去，再把土蓋了回去。

我哀悼完畢，回到家裡，雛鳥比先前更拚命地吃著飼料。與剛出生的時候相比，牠現在的身體渾圓了不少，但仍然幾乎看不出牠是隻小鳥。牠的鼻子和嘴喙像蠟塊一樣突兀地黏在身上，只有這一部分暗示著牠將來會長成一隻鳥兒，除此之外，牠看上去仍然像個外星人。

雛鳥不顧一切地大口進食，位於牠頭部底下的袋子撐得鼓鼓的，像摘瘤爺爺臉上的瘤一樣。一開始看見時我嚇了一跳，不過阿董告訴我，這是鳥類特有的構造，叫做嗉囊，是個透明的袋子，牠們吃下的餌料就通過這裡，流進胃袋。

偶爾會發生食料堆積在嗉囊的情況，這時就會引發消化不良，聽說有可能危及雛鳥的性命。所以，阿董總是仔細檢查飼料有沒有好好流進胃裡。嗉囊裡還殘留食物的時候，她不會急著餵下一口，而是讓雛鳥喝點四十度左右的溫開水，輕輕替牠按摩嗉囊，據說這樣對消化比較好。這種事我絕對、絕對不可能做得來。

「那個呀，阿董。」

看著阿董專注哺餵雛鳥的側臉，我這麼開口。阿董的包頭裡已經一顆蛋也沒有，空空蕩蕩的了，這讓我有點落寞。

「怎麼了，雲雀？」

阿董看著雛鳥，心不在焉地回答。

「我們是不是該幫這隻鳥取個名字了呀？」

我一直很在意這件事。阿堇經常用「小寶寶」之類的詞稱呼雛鳥，但這樣叫牠好像有點太沒趣了。而且實際上，牠沒有名字也常常帶來不便。

「是呀……」

阿堇輕輕按摩著雛鳥的嗉囊，再次心不在焉地回應。在這種時候，阿堇也總會先用熱毛巾一一溫熱過指尖，再碰觸雛鳥。她說，因為雛鳥還沒長出羽毛，所以特別怕冷。

「我也一直在幫這孩子想名字。」

吃完晚飯，我寫完作業，來到阿堇房間的時候，她突然提起了這個話題。我們家最先泡澡的人一定是阿堇，現在阿堇又能泡澡了。所以在阿堇洗澡的時候，我就像這樣陪在雛鳥身邊，絕對不會放著雛鳥無人照顧。

我保持沉默，阿堇便從抽屜深處拿出了一個小盒子。

「拿這個當名字怎麼樣呢？」

那不是她平常放手鏡、體溫計的上面那層抽屜，而是最底下的那一層。阿堇像刻意賣關子似的，緩緩掀起盒蓋。那盒子有著漂亮花紋，感覺是外國巧克力之類精緻小東西的包裝盒，裡面裝著好多五彩繽紛的緞帶，粗細、材質都各不相同，每一條都仔細捲成一圈收好。

「緞帶？」我問。

「是呀，緞帶，Ribbon。」

「妳是說，這隻小鳥的名字就叫 Ribbon？」

「是的。」

然後，阿菫好像突然失去自信似的，又問我：妳覺得怎麼樣？

雛鳥已經躺在阿菫大腿上的帽子底部，安穩地睡著了。阿菫腿上放著毛毯包裹的充電式懷爐，牠肯定睡得溫暖又舒服。

「妳是不是不喜歡這個名字？」

我一時出神，這才發現阿菫一臉不安地看著我。

「妳言重了！」

我連忙否認。阿菫偶爾會自然流暢地說出「是你言重了」這種話，所以我也耳濡目染地學會了這種說法。

「叫 Ribbon 對吧？我覺得這個名字很棒哦。」

其實，我自己也偷偷幫這隻小鳥想了幾個名字。可是我只想到巧克力、牛奶糖、豆沙、金平糖這種又甜又好吃的名字，沒什麼特別好的點子，正在傷腦筋呢。

在這種狀況下，阿堇的提議替我打開了另一扇門，通往我從未想過的廣闊世界。這個名字很可愛，叫起來感覺也滿順口的，我舉雙手贊成。

「雲雀，這孩子就像一條緞帶，會永遠將我和妳綁在一起。」

阿堇仰頭望向天花板，突然喃喃這麼說，好像許下非常重要的誓言似的。

在阿堇眼中，天花板上的汙漬一定就像銀河，白斑看上去就像閃亮的星點吧。她望著天花板上鋪展開來的夜空繼續說道，那張側臉忽然和 Ribbon 吃飼料時的側臉重疊在一起。

「雲雀，總有一天，我會從妳面前消失不見。我做過許多壞事，說不定會被擋在天堂的門外吧。總而言之，我遲早會離開這個世界。」

「這……」

我希望她不要突然說出這種話。無論到什麼時候，我都想一直跟阿堇待在一起——明明想這麼告訴她，我的喉嚨卻堵住了，發不出聲音。我此刻的心情或許經由空氣，傳遞到了身旁的阿堇心裡。

「畢竟我已經是個老奶奶了呀。但是雲雀，妳不用擔心，我還不會從妳眼前消失不見，因為我對這孩子還有責任呀。」

阿堇挺直了背脊，堅定地說道。

「我是不可能活得比雲雀妳更久了，這是自然的道理，我們沒辦法改變。可是我想，我的靈魂肯定會一直陪在妳身邊的。儘管妳看不見，但我一定會在。我希望妳隨時都能記起這件事，所以才想將這孩子取名叫『Ribbon』。」

說到這裡，阿堇才終於重新將臉轉向我。

「靈魂？」

我問。我當然聽過這個詞，但不太確定它具體的意思。

「靈魂是我們最重要的東西。一旦玷汙了靈魂，我們就會失去一切。」

「和心靈不一樣嗎？」

「這是很好的問題，雲雀。靈魂和心靈不一樣哦。」

阿堇立刻答道，又以確信不疑的表情補充：

「靈魂被心靈保護著，而心靈又被身體保護著。」

我在腦中想像了一下。靈魂被心靈保護，而心靈又被身體保護，意思也就是說……

「就像草莓大福一樣嗎?!」

我靈光一閃，這麼說道。

「沒錯，妳說得沒錯。」

阿堇驀地睜大眼睛，那兩潭美麗的湖水彷彿被陽光照耀似的閃閃發亮。

「如果說外層的麻糬是身體，那麼裡面的豆沙餡就是心靈，而位於豆沙餡中心的草莓，沒錯，就是靈魂了。雲雀，妳覺得草莓大福裡最重要的是什麼東西？」

「草莓！」

我自信滿滿地回答。草莓大福裡面要是沒有了草莓，就變成普通的大福了。

「沒錯。接下來我要說的話很重要哦。」

阿堇那雙閃亮湖面般的眼睛，目不轉睛地凝視著我。

「我的靈魂，和雲雀妳的靈魂，永遠都被緞帶牽繫在一起。」

Ribbon將我和阿堇的靈魂綁在一塊，一條透明的、看不見的緞帶，將我們彼此相連。想到這點，我的胸口就湧上一種說不清的感覺，好像在大海裡面尿尿的時候一樣，有一股哀傷又溫暖的東西擴散開來。

「Ribbon。」

我緩緩發出聲音叫牠。Ribbon一臉乖巧沉穩的表情，不經意看向我，好像在說：嗨，叫我嗎？

多美、多好的名字啊。

我不禁覺得，越是呼喚這個名字，我和阿堇之間的羈絆便會變得更加穩固。

這麼一想，我對 Ribbon 的愛就像片巨大的新葉一樣，嘩地抽芽舒展開來。

Ribbon 剛出生時的體重不到五公克，到了出生第四天就長到了二位數，出生一週時將近三十公克，到了第十天，牠的體重就突破五十公克了，長成了出生時的十倍重。最近的 Ribbon 食欲旺盛，一次吃下的飼料量也多了不少。剛開始牠只能喝泡得稀稀的飼料湯，後來牠的飼料湯越來越濃稠，現在吃的已經像粥了。按照阿堇的說法，再過不久，牠就能吃下粟米之類的固態食物，到了那時候，我也能幫忙餵食了。

老實說，牠外表引人不適的程度大約在出生後一週左右達到顛峰。牠長得像凸眼金魚，脖子像長頸妖怪那麼長，而且又細得好像隨時會折斷，一點也不可愛。沒有羽毛的鳥毫無防備又弱不禁風，看起來只像異形而已。

我開始覺得牠有那麼一點可愛，是在牠出生之後第十一天，牠終於睜開眼睛的時候。早上我正準備去上學，卻被阿堇叫住。仔細一看，窩在帽子底部的 Ribbon，眼睛微微睜開了一條縫。在這之前，牠的雙眼一直被半透明薄膜般的東西完全覆蓋，但現在，那層薄膜像鈕釦洞那樣開了一點縫隙，像羊羹一樣又黑又清澈的眼睛露了出來。牠還沒完全睜眼，所以表情看起來一直都好像剛睡醒一樣。

「Ribbon，這個可愛的女生就是雲雀喲。」

阿堇把我介紹給 Ribbon 認識。為了讓牠看清楚我的臉，我朝牠湊得很近，牠細微的呼吸噴上我的臉頰，有點癢癢的。

「Ribbon，我是雲雀，你好呀。」

我也跟 Ribbon 做了自我介紹。

Ribbon 身體上開始長出了蓬鬆的胎毛，但頭頂上還是一根毛也沒有，光禿禿的。牠的臉看起來還是個外星人，但與昨天之前相比，長得已經越來越像鳥了。

「太好了，阿堇。」

我這麼說完，便匆匆忙忙地衝出玄關，以免遲到。

「我出門了——！」

「祝妳有美好的一天！」

遠遠傳來阿堇的聲音，這是個寒風刺骨的早晨。

放學回家一看，Ribbon 明顯比之前長得更大了。阿堇也許是漸漸習慣了育兒工作，再次展開了 Ribbon 出生之後一直擱置的歌唱課程。Ribbon 本來除了吃東西以外的時間都在睡覺，不過到了最近，牠清醒的時間也越來越多了。

在牠微微睜開眼睛之後三天，也就是出生之後第二週，Ribbon 完全睜開了眼睛。原本彎曲成不自然角度的翅膀骨上，也長出了看似羽毛的東西，像粗針一樣刺刺的羽毛覆滿了牠的全身。到了這時候，牠看起來終於像隻小鳥了，對 Ribbon 的親近感也源源不絕地湧上我的心頭。當我注意到的時候，Ribbon 光禿禿的頭頂上就已經長出了一撮翹毛，像武士的髮髻。

我將 Ribbon 放在手掌心上，幫阿堇一起餵食。從手掌中央，我能切實感受到 Ribbon 生命的重量。

「Ribbon 該不會是一隻棕耳鵯吧？」

我下定決心，這麼問阿堇：

「因為，妳看牠這裡……」

我用大拇指比了比 Ribbon 的耳朵一帶。鳥類的耳朵位於眼睛斜下方，有個像牙籤戳出來的小孔就是了。Ribbon 在耳朵這附近，長著帶有淡淡橘色的毛。

「不知道呢。」

阿堇含糊其詞。

在我的手掌支撐之下，Ribbon 正在一心一意地吃著阿堇湯匙裡的粟米。牠的身體周遭長了一圈蓬鬆的胎毛，好像穿上了表演服的芭蕾舞伶。

「我們遲早會知道答案的。」

阿堇將湯匙遞向 Ribbon 的嘴喙，語調平穩地這麼說。

「難得有這個機會，不如保留答案，當作到時候的驚喜吧？」

Ribbon 專心致志地吃著飼料，不只是嘴喙，連鼻子周圍都沾上了好多粟米。我直到最近才知道，這種粟米原來不是普通的小米，它叫做蛋黃粟，是由小米去殼之後，表面再沾上蛋黃製成。所以加熱之後，它會隱約散發出一股雞蛋獨有的氣味。

為了再早一分鐘、一秒鐘見到 Ribbon，我每天放學都跑步回家。我運動神經不好，尤其跑馬拉松和賽跑的時候總是跑全班最後一名，跑步回家對我來說可是非常辛苦的一件事。為了抄近路，我穿過平常不走的空地，像野貓那樣鑽過鐵絲網往前狂奔。好不容易抵達玄關，我會好好調整過呼吸，再靜靜打開玄關門，走進屋內。一踏進門，總會聽到阿堇唱的搖籃曲迎接我回家。

進入十二月，從 Ribbon 誕生之後，正好過了一整個月的時間。

Ribbon 已經成長到能自力行走了。剛出生時，牠想站起來也總是立刻跌坐在地。後來牠漸漸學會左右擺動著身體，搖搖晃晃地步行，到了現在，牠走直線已經走得很穩了。Ribbon 認真起來，快走的速度就像忍者一樣敏捷。牠看起來圓滾滾的，還是小寶寶的體型，但除了還有一點禿頭之外，全身已經均勻長滿了羽毛。那撮像武士髮髻一樣的翹毛，有時候像《海螺小姐》裡面波平的頭髮那樣歪歪扭扭的，但它直直豎起來的時候，看起來就像古時候的武士一樣威風。

只是，無論髮型再怎麼高挺帥氣，Ribbon 的臉頰上還是畫著濃濃的橘色腮紅，看起來像妝化得太濃的媽媽，也像喝醉酒時的爸爸。牠的臉那麼紅，遠遠超過有點害羞、臉頰泛紅的程度了。

「我回來了。」

我像平常一樣打開阿菫房間的拉門，看見阿菫人在床上，蓋著棉被。她沒有躺下，只是坐在床上，從大腿到腳尖埋在棉被裡面，像鑽進暖被桌裡那樣。

「阿菫，妳感冒了嗎？是不是身體不舒服？」

萬一發燒了，得快點去看醫生才行。

「不用擔心哦。」

阿菫輕鬆地回答。

「我只是在小睡而已。」

我鬆了一口氣，想去找 Ribbon 玩，於是馬上走到平常那頂帽子旁邊，緩緩掀起喀什米爾羊毛披肩，可是卻沒看到平常都待在帽子底部的 Ribbon。

「咦，Ribbon 呢？」

我環顧房間，到處都找不到 Ribbon 的身影。「落鳥」這個可怕的單詞浮現在腦海，這是我最近在圖書館借來的書上剛學到的詞。

結果一反我的擔憂，阿堇用隨時都要融化的嗓音喃喃說：

「牠從剛才開始，就在這裡睡覺哦。」

阿堇輕輕將雙手交疊在自己胸口。

「雲雀，妳也一起來吧，請進。」

阿堇挪開屁股，為我騰出空間。我依言爬上阿堇的床鋪，把腿伸進被窩裡。她好像在腳邊放了充電式懷爐，棉被裡溫暖又舒服。

阿堇身上穿著一件禮服，像是新娘在婚禮上會換的衣服那麼華麗。仔細一看，棉被的一部分因此隆起成奇怪的形狀。阿堇解開肩膀上那件毛線編成的大披肩，將胸口展示給我看。

阿堇的胸口從披肩底下露出來，她的皮膚白得炫目，像裡頭混了牛奶。可是我左看右看，也沒看見 Ribbon 的身影。

「在哪裡？」

我心裡有點不安，小小聲地問她。阿堇低下頭，動了動嘴唇說「這裡」。

「牠好像待在這裡最安心。」

我循著阿堇的視線看過去。Ribbon 確實就在那裡，牠睡在阿堇胸口，帶著一副完全放心的表情。這是用阿堇的胸脯鋪成的特製嬰兒床，隨著她吸氣、吐氣的節奏，Ribbon 也跟著微微起伏。

「目前看起來，好像是這一件禮服最適合。」

阿堇有點不好意思地補充道。

她穿著一件胸口大敞的金黃色禮服，表面縫著許多亮片和珠子。胸前的罩杯質料堅挺，形成一個空間，Ribbon 恰好能整隻窩在裡面，看起來就像專為 Ribbon 打造的專屬房間一樣。我也想試試看，但我胸前還沒有能讓 Ribbon 舒服睡覺的隆起。

「好可愛哦。」

Ribbon 睡得香甜，表情看起來像正在做一場快樂的夢。

「真的。惹人憐愛，形容的就是這樣的情景吧。」

阿堇以柔和的聲音說道，聽起來像嘴裡含了一口好吃的蜜糖，說完便把披肩披回了原位。從阿堇的身上某處，散發出一股甜膩的香氣。

放寒假之後，我真的一整天都和 Ribbon 待在一起。我把文具和書本拿進阿堇房間，在那裡寫作業。無論畫圖消遣的時候、讀書的時候，還是吃點心的時候，視野某處永遠都能看到 Ribbon 的身影。

有時候，我也會讀繪本給 Ribbon 聽。這種時候，Ribbon 總是好像要跳進畫中的世界、拿著放大鏡湊過去仔細觀察似的，整隻鳥幾乎要靠到圖片上，動也不動地看著它。據說鳥類眼中看見的世界和人類有一樣的色彩，甚至比人類看見的還要繽紛，所以看在 Ribbon 眼裡，繪本說不定散發著耀眼的光輝吧。牠睜大了那雙像珠子一樣圓滾滾的眼睛，認真地聽著我的聲音，感覺好像百分之百理解了我所說的話。

用布偶或娃娃玩扮家家酒的時候，Ribbon 也會和我們一起玩耍。Ribbon 最喜歡的是一隻名叫餅乾的布偶，是我從幼稚園開始就很喜歡的娃娃。餅乾是隻淺咖啡色的貓咪，比 Ribbon 大了一、兩圈，只要我讓餅乾動起來，Ribbon 就高興得把翅膀往左右兩邊大大張開，興奮地嘰嘰喳喳叫鬧。如果我模仿貓咪的叫聲，抓著餅乾的前腳去抓牠，Ribbon 就會喜孜孜地迎戰餅乾，最後總會把餅乾打得一敗塗地。Ribbon 贏得勝利之後，總是得意洋洋地繞著餅乾走動，動作就像贏得了拳擊世界冠軍那麼威風。這種時候，Ribbon的翹毛永遠都高高朝向天際，又直又挺。

等到扮家家酒也玩膩了，Ribbon經常鑽進我的衣服裡玩探險遊戲。從毛衣袖子的縫隙間鑽進來，從手腕走到手肘，經過手臂來到肩膀，從脖子鑽出來之後又鑽了進去，從另一側肩膀鑽到手肘，再從手腕處探出臉來。我趴下來的時候，Ribbon的探險範圍好像就變得更廣了，牠會在我的背上窸窸窣窣小步行走，這也不對、那也不對地在同一個地方繞來繞去。羽毛碰到側腹搔得我好癢，我總是被搔得拚命憋笑。

和Ribbon待在一起，一天一眨眼就過去了，每次一回神，周圍的光線就已經暗了下來。我想待在Ribbon身邊，所以無論是朋友約我去溜冰場，還是聖誕派對的邀約，我全都毫不猶豫地拒絕了。

除夕夜晚上，全家人一起吃過跨年蕎麥麵之後，我在阿堇房間一起收聽紅白歌唱大賽的廣播。我不知不覺在阿堇的床上睡著，等我再次醒來，就已經是元旦早上了。

我決定把壓歲錢湊一湊，為Ribbon買一座鳥籠。

最近，Ribbon經常展開翅膀學飛，雙腳也越來越有力，再過不久就能自己吃飼料了。牠看起來雖然還帶點稚氣，但已經不像雛鳥了，體型也大得無法再鑽進阿堇胸脯鋪成的床。在這兩個月之間，Ribbon 在轉眼間從雛鳥長成了幼鳥。

一個夾雜雪花、下著冷雨的假日午後，爸爸開車載我到五金百貨賣場買鳥籠。其實我不太想跟爸爸兩個人單獨外出，但沒辦法，媽媽出門去參加高中同學會了。

為了分散注意力，我專心思考鳥籠的事。阿堇對我說，「既然要用妳的壓歲錢購買，要選什麼樣的鳥籠就全權交給妳決定了。」阿堇和 Ribbon 一起看家，我把今年收到的壓歲錢全部都裝進錢包裡帶了出來。

其實如果可以，我和阿堇都不想把 Ribbon 關進鳥籠裡。可是 Ribbon 已經出生超過兩個月，牠開始常常在阿堇房間裡展開翅膀跳躍。牠一直想往高處爬，所以危險情況也不少。仔細一看，阿堇房間裡疊放著許多物品，難以預測哪些東西會在什麼時候崩落下來，我們不可能一直將 Ribbon 放養在房間裡。

最近也發生過一次，我用力跳上阿堇的床，卻不知道 Ribbon 鑽進了阿堇的棉被裡，差點壓到牠，嚇出一身冷汗。Ribbon 就在旁邊的話，阿堇晚上也睡不好吧。現在阿堇的整個房間就是 Ribbon 的鳥籠，但總不能一直這樣下去。

我們班上有個家裡養了好多虎皮鸚鵡的男生，他得意洋洋地告訴我，為了不讓鸚鵡飛走，牠們的翅膀都剪過了。可是剪翅膀這麼殘忍的事，我和阿堇都絕對下不了手，所以準備一座鳥籠可能還是必要的。為了 Ribbon 好，我想盡可能為牠挑個大一點的鳥籠。

店裡有個熟悉養鳥知識的大姐姐，我聽著她的建議，花了一段時間仔細挑選鳥籠。鳥籠分成好多種類，我剛開始想買的是一座有圓頂的鳥籠，我從第一眼看到就好喜歡它。顏色也是粉紅色的，造型很可愛。可是大姐姐告訴我，像 Ribbon 這種鳥好像該選最普通的四方形鳥籠比較好。如果養在狹小的圓頂鳥籠裡，萬一 Ribbon 因為地震之類的受到驚嚇，容易撞到籠子、折斷翅膀。所以，我還是決定挑大姐姐推薦的四方形基本款鳥籠了。選這座鳥籠的話，我張開雙臂也能自己搬起來，而且 Ribbon 也能盡情伸展翅膀。

買下鳥籠之後還剩下一點壓歲錢，因此我還替 Ribbon 買了一些玩具，像是可以安裝在鳥籠裡的鞦韆、蹺蹺板、小梯子等等。有了這些玩具，Ribbon 就算待在鳥籠裡，也可以在想玩耍的時候自己玩。

回到家，我馬上開始替 Ribbon 準備牠的城堡。將報紙摺成剛剛好的大小鋪在鳥籠底部，兩個容器分別裝入飼料和飲用水。

「Ribbon，從今天開始，這裡就是你的家囉。」

準備好之後，我隨即讓 Ribbon 停在手掌上，嘗試將牠放進鳥籠，可是 Ribbon

馬上就沿著我的手臂往肩膀上跑了。我又試了一次，還是一樣的結果。

到了這種時候，Ribbon是很頑固的。牠會擺出一臉「不要就是不要」的表情，冷冷地扭頭看向一旁。牠這一點，可能是原原本本繼承了養母阿堇的個性吧。下一次換阿堇來試試看，果然還是同樣的結果，我們就這麼忙到太陽下山，夜幕降臨。

一直到晚餐後，我們才終於成功將牠放進鳥籠裡。

我回到阿堇房間一看，Ribbon 正抓著鳥籠的柵欄，不可思議地往裡面看。

「你可以進去看呀，Ribbon，這是你的城堡哦。」

我柔聲這麼告訴牠，打開了鳥籠的門。那扇門往外拉開，會形成像走廊一樣的通道，Ribbon 就這麼一步一步沿著走廊，毫不費力地自己走進了鳥籠裡。

「阿堇，妳看妳看，Ribbon 乖乖進去了！」

我將鳥籠展示給晚了一些回到房間的阿堇看。鳥籠的門還開著，但 Ribbon 一點也沒有要出去的意思。牠停在安裝於鳥籠高處的棲木上，將頭偏了四十五度角，一臉有點開心的表情，好像在來回看著我和阿堇。

「Ribbon 一定是想自己走進城堡裡吧。」

阿堇瞇細了眼睛，笑著輕聲這麼說，眼皮邊緣露出了平常那道溜滑梯般的弧線。

「是這樣嗎？」

她為什麼這麼瞭解 Ribbon 呢，我覺得不可思議。

「妳不也是這樣嗎，雲雀？當妳正想去寫功課的時候，有人叫妳『快去寫作業』，妳也會覺得很討厭吧。」

阿堇說得很有道理。

「所以我想，Ribbon 一定也一樣吧。牠不想被我或雲雀強迫住進鳥籠，而是想隨著自己的意願進去。我也有過許多類似的經驗呀。」

阿堇說完，便「呵呵呵呵呵」地發出平常那種高亢的笑聲。

Ribbon 停在新城堡的特等席上，笑瞇瞇地看著我們。牠跳上我替牠挑選的木製鞦韆玩耍，看起來很開心的樣子。

「Ribbon，城堡裡住起來怎麼樣？」

聽我這麼問，Ribbon 便站在鞦韆上，嘰嘰咕咕地發出了一串聲音，但那是鳥語，我聽不懂。那不是牠還在討要食物時那種粗啞的叫聲，和牠平常的叫聲也不一樣，好像一串獨特的繞口令一樣。Ribbon 說不定以牠自己的方式，盡了全力在回答我的問題。

「Ribbon，晚安哦，我們明天見。」

阿堇這麼對牠說著，展開平常那條喀什米爾羊毛披肩，輕輕罩在鳥籠上。

我有時候會差點忘記，Ribbon 剛出生時才那麼小一隻。牠曾經那麼脆弱又毫無防備，只有一顆糖球的大小和重量，如今卻不知不覺長成了這麼健壯的小鳥。回想起牠還是一顆蛋的時候，我就覺得彷彿看見一場壯觀的魔法在眼前上演。鳥蛋簡直就像個驚喜箱一樣。

從此以後，我們開始有限度地將 Ribbon 放出鳥籠，這種行為就稱作放風。阿堇主張，無論是什麼樣的生物，小時候的教育都是很重要的。所以一次的放風時間最多就只有一個小時，Ribbon 在籠子外面活動一小時之後，就要在鳥籠裡休息加倍的時間。我們只讓牠在白天放風，因為鳥類到了夜晚，視力好像就會大幅減弱。Ribbon 也和野生的鳥類一樣，日出而作、日落而息最好。

這麼一來，我放學回家之後的一個小時，就成了最適合的放風時段。我一心只想快點和 Ribbon 一起玩耍，比以前更腳步匆匆地趕著回家。自從 Ribbon 來到我們家之後，我跑得比以前快多了，而且還能連續跑很長一段路。我現在已經能從學校一路跑回家了，中間完全不需要停下來休息。當然，那是因為有 Ribbon 在終點等我，我才能跑得這麼快，平常在體育課上跑馬拉松的時候，我是不可能跑出這種好成績的。

Ribbon 一踏出牠的城堡，總是先直直朝阿堇的頭飛過去。牠是不是記得自己還是一顆蛋的時候，曾經窩在阿堇頭上的小世界裡打盹呢？我總是忍不住這麼想。阿堇的頭，就是 Ribbon 的故鄉。

Ribbon 會把阿堇的手臂和肩膀當作攀爬架那樣往上爬，等牠一路踏上耳朵、爬到阿堇的包頭之後，一定會把阿堇的髮簪當作玩具。

不管看見什麼東西，Ribbon 都愛放進嘴裡。一有什麼惹牠好奇的東西，牠總是把它夾進上下兩片嘴喙之間輕咬，還用舌頭熱切地確認。Ribbon 好像是透過這種動作記憶東西的，其中牠又特別喜歡髮簪這一類細長狀的物品。自從不在頭髮編成的鳥巢裡孵蛋之後，阿堇又開始在包頭上插髮簪了。

Ribbon 玩夠了髮簪，最後必定會將它從阿堇的頭髮裡抽出來。每次看見那支簪子都讓我想起舊式體溫計，心裡一陣懷念。負責接下髮簪是我的工作，我會一邊吃點心，一邊用空著的那隻手從 Ribbon 嘴裡收下阿堇的髮簪，這時候我一定不會忘記跟牠說「給我」。當 Ribbon 乖乖把簪子放進我的手裡，我會發自內心向牠說謝謝。

把髮簪叼來給我之後，Ribbon 會把整個頭埋進阿堇略顯散亂的包頭裡面，像挖雪洞一樣，一直往裡面鑽。鑽到最後，阿堇的頭髮都纏在 Ribbon 身上，整顆頭也被玩得又蓬又亂。Ribbon 又啄又扯，喜孜孜地破壞阿堇的髮型，好像拆解那顆包頭能帶給牠無上的快樂。

有一次我試圖阻止 Ribbon，牠氣得一副暴跳如雷的樣子。

我玩得這麼開心，妳不要多管閒事！

——我產生聽見 Ribbon 這麼說的錯覺。不，不只是錯覺，Ribbon 確實用鳥語對我這麼說了。我有時候能聽懂 Ribbon 說的話，這是我沒有告訴任何人的秘密，甚至還沒告訴我最喜歡的阿堇。

我覺得自己說不定正在慢慢變成一隻鳥，心裡七上八下的。雖然覺得害怕，但也覺得如果能像鳥一樣在天空飛翔，一定很好玩吧。為了學飛，我會在自己房間裡，雙手拿著團扇偷偷練習拍翅膀。感覺再練習不久，我的身體就會飄起來了，不過這件事也是我的秘密。一想像自己和 Ribbon 一起翱翔天際的情景，我就會忍不住露出滿足的微笑。

到了阿堇的包頭完全看不出原形的時候，Ribbon 才終於心滿意足地停止牠的拆解工作。阿堇的頭髮被弄得亂七八糟，如果在黑暗中看到她這副模樣，或許會把她誤認成妖怪吧。

即使在這種時候，Ribbon也絕對不會在阿堇頭上留下鳥糞。Ribbon很愛乾淨，所以牠在鳥籠外面活動的時候，也總是在固定的地方大便。

等到阿堇開始在梳妝臺前整理頭髮，就終於輪到我跟Ribbon玩耍了。我們會玩鬼抓人、捉迷藏，還有讀繪本等等，能玩的遊戲很多，不過最近訓練的時間變多了。所謂的訓練，就是讓Ribbon練習一些把戲。

當我伸出食指說「過來」，Ribbon已經會乖乖停在手指上了。牠細細的四隻腳爪分為前後兩邊，像線圈一樣纏住我的手指，穩穩抓住它。我想Ribbon或許還能學會其他技能，於是開始教牠各式各樣的把戲。

親親就是Ribbon最近學會的一個新招。

我會讓Ribbon停在肩膀上，說：

「Ribbon，親親。」

我會邊說邊把臉轉向牠，也像小鳥一樣噘著嘴唇。這時Ribbon聽了，就會用嘴喙輕輕碰觸我的嘴唇前端。牠仍然停在我的肩膀上，所以需要稍微伸長身體，側過臉來。這動作實在太可愛了，我一天要找Ribbon玩好幾次親親。Ribbon是公鳥還是母鳥都無所謂，鳥類的性別好像在牠們長大之前很難判斷，我對這件事也不太關心。我初吻的對象不是人類男生，而是一隻叫做 Ribbon 的小鳥。

當牠做得很好，我會摸摸牠的身體獎勵牠，這時 Ribbon 會把身體往我的手掌上蹭，露出「再多摸幾下嘛」的表情。Ribbon 尤其喜歡人家搔抓牠有著翹毛的頭頂，以及那兩塊橘色圓形的腮紅。牠被搔得特別舒服的時候，全身的羽毛總會像萩餅那樣蓬得圓滾滾的，眼睛半閉，一臉陶醉，有時候甚至會整隻躺倒在我的手掌上。

牠也慢慢學會說一些話了。

「阿堇。」

「雲雀。」

「謝謝。」

「一起玩吧。」

發音還不太清楚，但牠偶爾會說出類似的話。不過牠自己的名字「Ribbon」，牠還沒辦法說得很標準。這個名字對鳥類來說可能不好發音吧，牠總是念成「bon」。

從冬天到春天的這幾個月，無論對我或是阿堇而言，都是與 Ribbon 一同度過的蜜月。

然後，春天再一次來臨了。

道路兩旁成排的櫻花即將盛開，而我在這個春天升上了小學五年級。

到了四月，我們決定舉辦茶會。

茶會就是在陽臺鋪上野餐墊，大家一起吃東西，是我們家春季的例行活動，簡單來說就是賞花會。可是，我本來也不確定今年的茶會還會不會舉辦。自從在頭髮編成的鳥巢孵蛋以後，阿堇經常關在自己的房間裡，在Ribbon平安誕生之後，也很少繼續賞鳥了。我原以為等到天氣再暖和一些，她會繼續到陽臺上看鳥，但阿堇好像沒這個打算。

今年可能沒有茶會了吧——我才剛這麼想，阿堇就突然開口說：

「雲雀，我們來舉辦茶會吧。」

然後又補上一句：

「今年帶上Ribbon，我們三個一起辦，怎麼樣？」

我二話不說就答應了。

一說我們要辦茶會，爸爸馬上替我們收拾好了陽臺。這天是週末，所以爸爸和媽媽都在家。爸爸清掃了冬天堆積的落葉和塵土，把地板擦拭乾淨，鋪上野餐墊，然後把阿堇愛用的搖椅搬上二樓陽臺。

Ribbon 的城堡則是由我自己抱著，小心翼翼地一階一階爬上樓梯。當然，Ribbon 就在裡面，這對牠來說是第一次的小旅行。

「乾杯——」

在藍天底下，我們彬彬有禮地展開了茶會。近在眼前的樹爺爺，也冒出了尖尖的嫩葉。說起來有段時期，Ribbon 也曾經像這樣長出刺刺的、像針一樣的毛。現在幾乎看不出牠當時的模樣了，從幼鳥的羽毛換成成鳥的羽毛，好像就叫做「換羽」。

這感覺就好像大自然播放著一首悠揚的草裙舞曲，雖然傳不進人類的耳朵裡，但除了人類以外的所有生物，都配合著那首曲子的節拍舞動一樣。無論是夾道的櫻花樹，還是樹爺爺，還是長在地面上的鬱金香、飛在天上的蝴蝶，就連窩在土裡的毛毛蟲，大家都舒暢快活地搖擺，Ribbon 頭上的翹毛也不時輕輕晃動。我也拚命豎起耳朵，希望能想辦法聽到那首草裙舞曲。

阿堇喝著冰涼的氣泡酒，是去年年底一位志工送給她的。我則是喝著媽媽幫我做的牛奶甜酒釀，裝在和阿堇成對的漂亮玻璃杯裡。一口氣喝太多感覺會喝醉，所以我小口小口地，像貓咪舔牛奶那樣把它含進嘴裡。嚐起來有點甜，喝下去身體熱呼呼的。

Ribbon 的城堡正好放在我和阿堇正中間的位置，牠從裡面一臉不可思議地仰望天空。仔細一想，Ribbon 一直都待在阿堇的房間裡，而且阿堇房間的窗戶又都是毛玻璃，所以這是牠第一次看見真正的天空。

在 Ribbon 眼中，這片藍色的天空看起來是什麼模樣呢？我想像了一下，但沒有答案，我已經回想不起自己第一次看見天空的那一天了。

我動手將紅豆餡夾進吐司裡，做成三明治。吐司已經先稍微烤過，表面塗好了薄薄一層奶油。我在上面塗滿了媽媽剛做好的紅豆餡，再隨喜好夾入香蕉、草莓、橘子罐頭等水果來吃。這是很久以前阿堇教我的吃法，阿堇說她住在國外的時候，就是吃這個來懷念日本的味道。

茶會上絕對不能沒有紅豆餡三明治，它也是我非常愛吃的點心。我先替阿堇做好了她要吃的紅豆餡三明治，交到她手中。

「來，阿堇請用。」

阿堇喜歡吃香蕉，所以我特地多夾了一點香蕉進去。

「真是太謝謝妳了，雲雀。」

阿堇用顫抖的手指接過紅豆餡三明治。或許是我的錯覺，但總覺得自從 Ribbon

出生之後，阿堇的手抖得比從前更加嚴重了。這好像跟她本人的意願沒有關係，指尖會不受控制地發抖。忘記什麼時候，我曾經以為阿堇覺得冷，還緊緊握住了她的手，但這種顫抖並不是出自於寒冷。

我接著開始做自己的紅豆餡三明治。我貪心地在吐司上抹了好多紅豆餡，紅豆差點掉出吐司外面去，我連忙將它吃進嘴裡，整個嘴巴頓時充滿了淡淡的甜味。媽媽特地為了茶會煮的紅豆餡，永遠都是極品美味。

「好舒服哦——」

阿堇吃著紅豆餡三明治，語帶陶醉地這麼說。

「風景真的很漂亮呢——」

我也一邊吃著紅豆餡三明治，模仿著阿堇陶醉的語調這麼說。

偏偏就在這麼優雅的時候，資源回收的小貨車經過了旁邊巷子，用大音量播放廣播，所以我們暫時無法對話。等到它終於彎過轉角，音量變小的時候，阿堇突然問我：

「雲雀，妳有喜歡的人嗎？」

說起喜歡的人，我一時間也只想得到阿堇一個人而已。可是阿堇現在問的，應該是我有沒有喜歡的男生吧。

「沒有。」

我語氣粗魯，又有點敷衍地這麼回答。我在這個世界上，怎麼可能還有比阿菫、比 Ribbon 更想親近的對象。

當然，我們同班同學之間很流行跟喜歡的女生告白，其中也聽說有些人兩情相悅、展開交往。在一些比較早熟的小圈圈裡面，同學們也老是在討論誰跟誰剛才是不是間接接吻這種話題。

不過，他們跟我是不同世界的人。我還沒有喜歡的男生，也沒有出現哪個男生說喜歡我。

「阿菫，那妳呢？妳有沒有喜歡的人？」

我反問阿菫。從剛才開始，阿菫就一直看著裝設在樹爺爺樹枝上的那座巢箱。一切都是從那座巢箱開始的，Ribbon 的生命，也是從那座巢箱開始脈動。那明明只是短短幾個月前的事，我卻覺得我們好像從很久很久以前，就已經像這樣和 Ribbon 一起生活了。事到如今，我已經無法想像沒有 Ribbon 的日子。

「有喲。」

過了很長一段時間，阿菫才靜靜回答。有那麼一瞬間，我沒反應過來她在說哪件事情。呃……對了對了，我們聊到喜歡的人。

「那對方也喜歡妳嗎？」
我心跳加速地問道。
「我想，應該喜歡吧……」
阿菫的甜饅頭臉頰被笑容擠得微微鼓起。
「那阿菫，妳和那個人有交往嗎？後來沒有結婚嗎？」
我連珠砲似的問道。阿菫不太多說自己的事情，這是瞭解她的好機會。
「該怎麼說呢……」
阿菫抬頭仰望天空，好像聽見有人大聲喊她的名字似的。
「那個人一轉眼就離開了。如果他有翅膀，就能得救了……」
阿菫說完就閉上了嘴巴，而我繼續吃著剩下的紅豆餡三明治。
不經意一看，Ribbon 攀著籠子的柵欄，目不轉睛地注視著我，可能是對紅豆餡三明治感興趣。
「Ribbon，你也想吃嗎？」
我嘗試這麼問 Ribbon，牠委婉地回答我說，想吃一點看看。我心想，牠吃這種東西真的沒問題嗎？但因為 Ribbon 看起來很想吃的樣子，我便把咬過的紅豆餡三明治緩緩往 Ribbon 那裡湊近。牠一臉好奇地把臉靠過來，張開嘴喙，用舌頭確認過好幾次之後，只挑著香蕉慢慢吃了起來。

「Ribbon，這就叫做香蕉哦，香、蕉。」

我這麼告訴牠，Ribbon又以獨特的鳥語跟我說，我好——喜歡這個味道哦。

Ribbon小心吃著香蕉，而阿堇開心地看著這一幕。

直到吐司、紅豆和水果全都進到我們胃袋裡面之後，阿堇才再一次開口，說：

「來唱歌吧。」

阿堇這麼說道，也沒發聲，就突然唱起歌來。

是那首歌，阿堇用頭髮編成的鳥巢孵蛋時，經常唱來做胎教的那首溫柔旋律。在Ribbon平安出生之後，阿堇也常常哼唱這首歌，當作牠的搖籃曲。

在近處聽著阿堇的歌聲，心情也變得輕飄飄的，好像整個身體都被舒服的泡泡包裹。我越來越想睡，眼皮不受控制地越變越沉重。

偶然睜開眼睛的時候，我看見Ribbon也一起在歌唱。

牠沒有清楚唱出歌詞，只是含糊地在嘴裡哼哼，但牠仍然配合著阿堇的歌聲，上下、左右搖擺著身體。唱到副歌的時候，牠張開兩隻翅膀，就像歌劇歌手在熱情演唱一樣。牠修長筆直的黃色飛羽，和零零星星、像漣漪般延伸出去的細小花紋，看起來就好像特別訂做的舞臺服裝。Ribbon唱歌的時候感覺真的好幸福，光是看著牠那副模樣，我也會被幸福的氣氛包圍。

我打著瞌睡，漫不經心地聽著阿堇和 Ribbon 唱歌。阿堇就這樣一直唱到太陽即將下山的時刻。

到了五月，我引頸期盼的那個日子終於來了。

自從 Ribbon 出生之後，正好過了半年。今天，我要和阿堇一起慶祝牠的半歲生日。

放學路上，我稍微繞了點遠路，到兒童公園停留了一下。這裡長著許多 Ribbon 最喜歡的繁縷草，我想帶點草當作給牠的伴手禮。Ribbon 已經不只能吃粟米，還能吃其他飼料了。從前牠還只能吃溫熱的飼料，現在即使是常溫的東西，牠也能自己好好吃下去。其中，牠又特別愛吃新鮮的青菜。

我在繁縷草裡再加上幾朵堇花，搭配起來非常可愛。從遠處看，堇花就像一張微笑的人臉。我多摘了一些，紮成花束，這是我給 Ribbon 的禮物。

我一手拿著繁縷草的花束，不知怎地心情很好，在空無一人的巷子裡小跳步前進。每一次著地，書包裡的鉛筆盒、筆記本和課本就晃出響亮的聲音。再拐過一個彎就是成排的櫻花樹，就能看到我家玄關了，我好想快點見到 Ribbon 和阿堇。

不久前阿堇告訴我，每到我的回家時間，Ribbon 都會在牠的城堡裡坐立難安地跳來跳去。我一打開玄關門的瞬間，牠就會唰地跑到城堡的出入口，在門口等著，好像迫不及待想出來一樣。所以此時此刻，Ribbon 想必正伸長了脖子等我回去。

Ribbon，我馬上就回家囉。

我在心裡對著遠方的 Ribbon 說話，向牠送去這道訊息。

可是一彎過轉角，幸福的期待就消失得無影無蹤。我看見阿堇倒在玄關門口，腳下只穿著襪子。

「怎麼了！」

我握著那束繁縷草，全速衝到阿堇身邊。

「阿堇！」

阿堇的臉色鐵青，一股不祥的預感像雷陣雨一樣，一口氣占據了我的心胸。

「Ribbon、Ribbon 牠……」

阿堇說到這裡就說不下去了，像個孩子似的緊緊抱住了我，在我懷裡露出泫然欲泣的表情。

「怎麼了？哎，阿堇，Ribbon 出了什麼事？」

我拍撫著阿堇彎彎的背，想辦法探聽現在的狀況。阿堇以氣音般微弱的聲音說：

「我想說，我能不能也幫上一點忙……」

「然後呢？」

我想快點知道後來發生了什麼事。

「我把 Ribbon 放出來，打算清掃鳥籠。這時候電話響了，我一糊塗就打開了房間門……」

阿堇帶著哭腔繼續說下去。Ribbon 在那時候飛出去了嗎？可是我內心原本想像的是 Ribbon 受了重傷，或者比那更糟的事情，所以一方面也稍稍鬆了一口氣。

「對不起，真的很對不起。居然把我們重要的寶物……」

阿堇撲簌簌掉著眼淚，不停跟我道歉。

「沒關係、沒關係的，阿堇，絕對不會有事的。」

我放輕聲音溫柔地說。

因為，Ribbon 還好好活著呀。只要牠還活著，我們說不定還會在某處重逢，而且牠也可能馬上就飛回來了。心裡明明這麼想，阿堇的淚水卻傳染了我，連我的眼睛裡也溢出了眼淚。我明明一點都不覺得悲傷才對，卻有種令人無可奈何的難受一步步逼近過來，讓我動彈不得。

「對不起。」

正當阿堇這麼說的時候，櫻花樹上有隻黃色的鳥飛了起來。

「Ribbon！」

我大聲呼喚。

「過來！過來這裡，快點回來！」

我朝著 Ribbon 的方向，拚命伸長手臂，伸出我的食指。但 Ribbon 沒有回頭，一轉眼就消失在黃昏時分淡粉紅色的雲裡，看不見了。

「Ribbon！」

我再一次用盡全力大喊。我想叫牠過來親親我，但這句話最後還是哽在喉嚨，發不出聲音。

阿堇在哭泣，淚水也從我的眼眶滿溢而出。我從來沒想過，Ribbon 已經能像那樣在天空飛翔。

Ribbon 剛才飛向廣闊天空的背影，看上去就像一條真正的緞帶一樣。羽翼和尾羽形成了上窄下寬的漂亮形狀，好像打了一個美麗的蝴蝶結。

我像一尊蠟像一樣呆在原地，就這麼一直仰望著天空。說不定、說不定還會有奇蹟發生——我抱持著這種想法，實在沒辦法立刻離開。在我腳邊，阿堇也茫然仰望天空。

但奇蹟果然還是沒有發生。周遭吹起了微帶寒意的風，所以我下定決心，從喉嚨深處擠出聲音說：

「我們進去吧。」

我將雙手伸到阿堇腋下，支撐她站起身來。然後我緊緊握住阿堇的手，牽著她走過短短幾公尺的路，慢慢走向玄關。

我的寶物不是 Ribbon。

和阿堇兩個人一起孵蛋的時光，從雛鳥還沒睜眼時開始哺餵牠的經驗……和 Ribbon 與阿堇三個人一起度過的所有時光，才是我的寶物。所以，我的寶物沒有消失，寶物一直都留在我心裡。

Ribbon 翅膀上氣派的飛羽，是神明為了讓牠飛向無垠的天空才賜予牠的東西。Ribbon 是為了在天空翱翔而誕生，所以那才是牠真正的模樣。

走進家門之前，我將手上的繁縷草花束輕輕放在土地上。Ribbon 說不定還會再回來，只要把牠最喜歡的繁縷草放在這裡，就能當作牠辨認中里家的記號。不知為何，我忽然想起 Ribbon 從我的肩膀鑽過脖子後側，跑到另一側肩膀時那種搔癢的感覺，想起牠那雙像墨滴那樣烏溜溜的圓眼睛。

我再一次仰望天空。

Ribbon 確實就在這片天空的某個角落。

Ribbon 還活著，從今以後，牠也會繼續生活下去。

所以，今天是我們慶祝 Ribbon 啟程的日子，牠一定會在天空某處，守望著我和阿董的。

因為，牠是永遠牽繫著我和阿董靈魂的緞帶。

我很努力、很努力地鼓舞自己，想說服自己這麼想，但無論如何都止不住眼淚。

我還是好想再見 Ribbon 一面，好想見到牠，再和牠一起玩耍。

再過不久，櫻花就要開了。

去年明明那麼迫不及待，今年我卻希望它不要再開。櫻花開了，就代表從那之後已經過了一年，已經走過了一輪四季。

假如今天沒發生任何改變的話……

我在心裡反芻剛才送丈夫出門上班時下定的決心。我要離開這個家，我已經決定了。我就算繼續待在這裡，也不會再有任何用處。

終於到了可以一人獨處的時候，我從餐具櫃裡拿出杯子。昨天，我也幾乎無法成眠。我打開冰箱，拿出喝到一半的瓶裝白葡萄酒，直接倒滿一整杯。

我在一年半前搬進這間屋子。這是間分戶出售、新建不久的公寓，我們設法貸款才將它買下。由於原本兩人居住的租屋處較為狹小，所以確定懷孕之後，我們才下定決心買了公寓。好像有許多人都抱持著同樣的想法買房，不知從哪一室又傳出了嬰兒的哭聲。是因為春天到了，大家都開著窗戶吧，嬰兒哭聲此起彼落，刺痛我的耳膜。

本來，我們家也應該傳出同樣的哭聲才對。嬰孩高亢地強調自己的存在、充滿了生命力的哭聲，應該要以全世界都能聽見的力道在這裡迴盪才對。

只喝了一杯白葡萄酒，還不足以平復情緒起伏，所以我拔開了下一瓶葡萄酒的瓶栓。在我們右邊樓下那一家，哭泣的嬰兒終於安靜下來，但馬上又有另一個嬰孩高聲啼哭。

我的預產期，剛好和櫻花預計開花的日子是同一天。我像現在一樣坐在這裡，不時看向窗外的風景，一整天都替孩子縫著尿布。每一次肚子裡的小孩從內側踢我，我都告訴孩子，你再等一下下就好了哦。雙手撫摸著大肚子，我滿懷期盼地等待與自己的孩子見面那一天。

第二杯白葡萄酒喝掉四分之三，我的情緒終於逐漸穩定下來。這個時段總是最難受的，我害怕的不是夜晚，而是早晨。大家從床上醒來，抱持著嶄新的心情出發去工作上學的時候，我總是茫然呆立在原地。耀眼的太陽總像在責備我、逼迫我，將罪惡感強加於我。唯有夜晚會寬大地包容我的虛脫無力，用黑暗的夜色輕輕包裹我虛無般的哀傷。

我坐立難安，於是從椅子上站起身來。我拿起放在桌上的小陶器，感受到短暫的安寧。

據說包裹著陶器的毛線罩是我自己織的，但我完全不記得這回事了。這個罩子以色澤鮮豔的銀灰色細麻線織成，他們說我原本要織一頂夏天用的帽子，後來才改織成骨灰罈的保護套。

公婆早早送來的玩具和嬰兒服，以及從丈夫的堂表親那裡繼承過來的二手嬰兒床，不知不覺間都已經不見蹤影。取而代之的，是陽臺外不知何時圍上的防護網。一看就知道，是丈夫擔心我從那裡一躍而下，出於關切而裝設的東西。

我們優先注重景觀，選擇了位於最高樓層的七樓住宅。可是，我已經連從那裡跳下去的力氣都不剩了。

一回過神來，另一個一直頑強哭泣的小嬰兒也已經不哭了。現在他應該在母親懷裡喝著奶，露出心滿意足的表情吧。

那一天，原本應該是我期盼已久的預產期才對，卻有某些地方不太對勁。送丈夫出門上班之後，我十萬火急地趕往醫院，內心的不安每一秒都不斷膨脹。胎兒昨天還會動，今天突然就沒有任何動靜了。快醒來，求求你快恢復意識，我反覆摩挲著肚子，一心一意地呼喚孩子。

今天起床時那種不祥的預感，究竟是怎麼回事？直到現在，我仍然感到不可思議。為什麼胎兒就在那個早晨，毫無預警地斷絕了生命呢？我究竟做錯了什麼？

抵達醫院的時候，我的預感成為了確信。即便如此，我還是必須將肚子裡的小孩生下來。我拚了命地用力、大叫，咬緊了牙關，從醫師和助產師之間的氣氛，我隱約感覺得到情況十分絕望。儘管如此，我還是在腦海一隅想著，或許會有奇蹟發生也不一定，或許孩子在出世的瞬間會恢復呼吸也不一定。可是，奇蹟沒有發生。

一回過神，我已經被移動到病房，丈夫陪在我的病床邊。我一句話也說不出來，只是凝視著他的臉，而丈夫默默握緊了我的手。在那一瞬間，我理解了一切。

辛苦妳了。

丈夫似乎以嘶啞的嗓音這麼說。從交往的時候算起，我們在一起四年了，這卻是我第一次見到他流淚。

讓我見他。

我勉強從喉間擠出聲音。丈夫流著淚沉默搖頭，他靠過來安撫我，而我在他的懷裡高聲說：

拜託你，讓我見他！

我想親眼看看我的孩子，覺得自己非得親眼確認過不可。一次也不曾感受過母親的懷抱就被埋葬，我怎麼能對他做出這麼殘忍的事情呢？

我的孩子是個五官清秀的男生，體重快三千公克。他被妥善地裹在嬰兒包巾裡，頑固地閉著眼睛，看起來是個意志堅強的孩子。我覺得自己抱在臂彎裡的，彷彿是一尊小小的神明。

孩子明明沒有活著出生，我的身體仍然以為自己剛剛分娩。我的胸脯發脹，母乳滿溢而出。明知道只是扮家家酒，我還是將自己的乳頭湊近嬰兒嘴邊，唯有在那一瞬間，我的心靈獲得了滿足。但時限仍然不斷逼近，畢竟這孩子不是布偶，也不是洋娃娃。我們一家三口能一起度過的時間，只有短短幾天。

公寓附近有河流過，河川沿岸設有步道，等間隔地種著成排的櫻花樹。小孩子在這裡也能安心玩耍吧，看完房子那天的回程路上，我和丈夫還並肩走在這條步道上這麼聊著。那時我們還毫不懷疑地相信，只要懷了孕，大概就能自動生出一個健康的小寶寶。

最後一天，用兩隻手臂感受著小小身體中生命的重量，我們帶著剛出生的兒子，三人一起從櫻花隧道下走過。在我待在醫院的期間，櫻花一口氣盛開了。那是一場夢，一個簡單渺小、微不足道的夢，卻是當時我深信一定會實現的天倫之夢。

一年又一年過去，原本只能抱在懷裡、睡在嬰兒車裡的孩子，開始學會走路、學會跑步，漸漸地和父母親牽手也覺得丟臉了，但即使到了那個年紀，親子三人還是一起在櫻花樹下拍照紀念。我不需要什麼奢侈的生活，只要一家三口安安穩穩、帶著笑容生活下去，我就覺得足夠幸福了。

我們叫住一位路過的女性，將相機交給她，請她替我們按下快門。來，笑一個——她理所當然地對我們這麼說，唯有那個瞬間，我和丈夫都露出了笑容。那位女子多半沒有注意到我懷裡的孩子不尋常吧。慢跑的民眾從旁經過，一位年輕媽媽的腳踏車兒童座椅上載著小小孩，拚命踩著踏板；一對高中生情侶坐在長椅上，幾個小朋友跑過步道。周遭這些人，肯定都以為我懷裡的新生兒只是睡著了而已。

結果，這成了我們唯一的一張全家合照。

喝著白葡萄酒，我的眼皮終於越發沉重了。真希望可以不要再睜開眼睛，我打著瞌睡這麼祈禱。我只有在這種狀況下才能睡著，但這絕對稱不上是睡眠。我的腦海某處一直保持清醒，想著我的兒子。究竟是想要遺忘，還是不想忘懷，連我自己也分不清楚。就算是在夢裡也好，我想抱持著百分之百純粹、沒有任何懷疑的心，見見長大之後的兒子。

不曉得過了多久，忽然從不知何處傳來一道聲音。

「一起玩吧。」

我確實聽見那道聲音這麼說。可是當然，這間屋子裡沒有其他人在。我把還裝著白葡萄酒的杯子推到一旁，將小小的骨灰罈攏進手心，在頰邊磨蹭，同時看向擺在桌上的三人全家福合照。

不可能，那孩子已經過世了。

我在朦朧的腦海中這麼想著，再一次闔上眼簾。春風吹過屋內，教人心曠神怡。下一次睜開眼睛，我就要整理好行李，離開這間屋子。我在腦海一隅這麼喃喃自語，用雙手拚命抓住睡魔的尾巴，以免讓它跑了。多想把時間倒轉回一年前的今天。

等到我下一次睜開眼睛的時候，黃昏的氣息已經近在咫尺。果然，什麼變化也沒有發生。再繼續過著這種生活，我和丈夫都會崩潰的。我並不是不愛他了，但兩個人待在一起，總像兩個人的悲傷彼此相乘似的，越來越痛苦難受。

我站起身，打算去整理行李，這時，白色的窗簾忽然引起了我的注意。窗簾裡有什麼東西在動，是我的幻覺嗎？我終於淪落到會看見幻覺的地步了嗎？在窗簾另一側的，好像是個小小的天使。隔著窗簾，天使在歡快地跳舞，祂身邊盈滿了光，光輝在祂周圍躍動。

「春人。」

我下定決心，開口喊了兒子的名字。超音波產檢的時候，我們就知道胎兒應該是個男孩子，所以我們為他取好了男生的名字。春人，寫作春日之人，是我和丈夫一起決定的名字。

這時，從外側呼地吹來一陣大風，掀起了窗簾。窗簾另一側是一片充滿光亮、令人目眩的世界，我對上了天使的視線。

「春人？」

我又喊了一次兒子的名字，天使再次從花盆間抬起臉來。連我自己都忘了，為了讓孩子在開始吃離乳食品之後能吃到安全無毒的蔬菜，我一搬進這間公寓，就開始在陽臺上種菜。後來，這些盆栽就這麼被棄置不管。

我看見的天使原來是一隻黃色的鳥，正啄食著小松菜的新芽。牠的臉頰上有兩塊濃濃的橘色色塊，好像化了妝一樣。

我一靠近窗邊，黃色小鳥便立刻離開花盆邊緣，從陽臺扶手上飛走了。我丈夫迫不得已裝設的防護網，也攔不住這隻小小的鳥兒。在小鳥飛走之後，我走上陽臺，睽違許久地往下方俯瞰。在春色之中，底下的風景看上去也模糊而朦朧。

我在花盆前蹲下，指尖撫過小松菜被啄成鋸齒狀的葉片邊緣。土壤乾涸，我也沒施肥，但即使如此，小松菜還是發芽了。它想必是在枯死之後落下種子，再枯死、再落下種子，就這樣勉強將生命延續到了今天吧，在這個狹小的世界裡。

想到這裡，我的眼淚怎麼樣也止不住。

剛才在陽臺上的才不只是一隻黃色的小鳥。那是天使，是春人化作天使回來了。他特地來告訴我，不要那麼難過，來和我一起玩吧。這裡是春人變成天使之後回來的地方，所以，或許我還是必須待在這裡才行吧。

再過不久，櫻花就要開了。

它們會開得美好而燦爛，就好像盛大地為出生在春天的人慶賀生日那般。

愛鳥之家坐落在半山腰，協會代表人投入個人財產所買下的一片土地上。這片土地原本無人打理，任其荒廢，因此我們幾乎是自己整地、蓋起建築物，也開闢了田地。開墾的工作至今仍在進行中，將這片土地打造成鳥類理想的庇護所，是我們的夢想。

園區內設有小小的果園和農田，採收下來的作物會成為鳥兒們飼料的一部分。從今年開始，我們也用無農藥的方式著手種植稗草和粟米，這方面的管理當然也是由內部的工作人員負責。

所以無論再怎麼努力，我們永遠都有忙不完的工作。而且，鳥兒的生活沒有週休二日，因此我們也不可能所有人一起放假。在這層意義上，這裡沒有御盆節連假，也沒有新年假期，唯有和鳥兒一起相處的日子，一天天淡然地過去。

聽說我高中畢業後就到愛鳥之家工作，我那些選擇念大學的同班同學紛紛投以憐憫的目光。可是對我來說，所有人都帶著同樣的神情以大都市為目標打拚，反而才是件不可思議的事。對於流行時尚、迪士尼樂園這些事物，我完全提不起任何興趣。

我走到雜草茂盛的小山上，從中摘了兩、三朵漂亮的野花，拿著它們前往納骨堂。在愛鳥之家過世的鳥兒，遺骨都被收納在那裡。

雖然很令人遺憾，但來到愛鳥之家的鳥兒，並不是每一隻都能遇到新的家人，也有許多鳥兒在這裡生活到壽命終結。這不算是規定，不過我們這些工作人員每天都會到納骨堂一趟，向牠們合掌致意。

等我從納骨堂回到辦公室，其他工作人員已經都到齊了。脫下穿了好幾個小時的長靴，襪子已經被汗水浸得溼透。無論再怎麼炎熱的天氣，由於我們工作中經常接觸到水，也常在田地裡忙碌，所以都必須穿著長靴。要擋下鳥類尖銳嘴喙的攻擊，長靴也是最好的裝備。我們有快一個小時的午餐時間，今天我也把自己親手製作的便當吃得一乾二淨。

午後，我的工作是把關在籠裡的鳥兒帶到飛行場，讓牠們盡情玩耍。飛行場保留原始地面的土壤，四面和上空以鐵絲網圍住，構造類似於高爾夫練習場。地面上長著茂盛的青草，鐵絲網內部也長著真正的樹木，鳥兒們在這個空間裡能以更親近自然的形式做日光浴、伸展翅膀、玩耍戲水。

讓鳥類在這裡快樂玩耍，同時訓練牠們、讓牠們習慣與人相處，牠們會更容易找到新的家人。我們日復一日為牠們持續訓練，期許牠們能找到第二、第三段新生。習慣與人互動之後，牠們也更有機會遇見新的飼主。

我讓兩隻米契爾少校鳳頭鸚鵡分別停在我的左肩和右肩，牠們是一對伴侶，有著秋天晚霞般美麗的粉紅色羽毛。正當我將牠們帶到飛行場的時候……

「阿鳥，你晚點有空嗎？」

阿泰哥從鐵絲網另一側叫住了我。也不知該說是偶然還是命中注定，我姓「鳥須」，所以工作伙伴們都叫我阿鳥。

阿泰哥是愛鳥之家資歷最久的員工，是代表人的左右手，還參與了愛鳥之家所有的營運事務。他以前原本在知名寵物店工作，後來對那裡的黑暗內幕感到厭倦，於是加入了鳥類救援隊，一直做到今天。他的經驗十分豐富，又是從動物醫事助理的專科學校畢業，所以主要負責檢疫和治療工作。

「我想介紹新來的孩子給你認識。」

我將兩隻鸚鵡移到棲木上，來到飛行場外面，阿泰哥便對我這麼說。

我跟著阿泰哥，走向設立在別棟的檢疫室。話說阿泰哥的背影，怎麼看都跟真正的黑道大哥沒有兩樣，我一開始真的很怕他，怕到不敢跟他說話。

剛來到愛鳥之家的鳥兒，前一個半月一定都會在阿泰哥負責管理的檢疫室當中度過，在那裡接受詳細檢查，確認牠們是否帶有任何疾病。一隻鳥帶進園區的疾病和病菌，在轉眼間傳染給其他鳥兒這種事時有所聞，因此我們將潛伏期也納入考量，頭一個半月會將新來的鳥和其他鳥隻隔離開來。

「我記得，是那隻在垃圾場被發現的小鳥吧？」

我一邊回想全體會議上有人報告的那隻玄鳳鸚鵡的資料，一邊這麼問道。但令人難過的是，這種發現地點絕對稱不上少見。世上就是有些人，有辦法無動於衷地把活生生的動物當作垃圾丟棄。

「對、對。阿鳥，你在這裡稍等一下哦。」

阿泰哥留下這句話，便用檢疫室入口的酒精仔細消毒雙手，再將長靴也清洗乾淨。萬一從外界把病菌帶進檢疫室，那就功虧一簣了。在所有工作人員當中，也只有一小部分的人被允許踏進檢疫室。

「來，就是牠。」

過一會兒，阿泰哥回來了，手上拿著小動物用的外出籠。

裡面裝著一隻黃化玄鳳鸚鵡。棲息在澳洲野外的玄鳳鸚鵡是全身灰色，只有頭部呈現黃色，但牠們一旦缺少黑色素，便會成為全身都是奶油色的黃化玄鳳鸚鵡。這種品種又以「黃玄鳳」的小名廣為人知，是相當受到歡迎的一種玄鳳鸚鵡。

「牠能不能加入放養鳥的群體，我覺得有點難說。阿鳥，你能不能幫我觀察一下？」

從今年夏天開始，我負責管理放養鳥屋，這裡放養著玄鳳鸚鵡和虎皮鸚鵡等等的鳥兒。

「牠滿瘦的耶。」

鳥類全身被蓬鬆的羽毛覆蓋，不容易看出實際體型，但儘管如此，眼前這隻小鳥光是從上方看去，也已經很纖細了。不但瘦削，牠的尾羽還微微往左邊彎曲，因此輪廓看上去就像一彎新月。

「是啊，牠不怎麼願意吃飼料。」

「可是也已經不需要接受治療了……是這個意思嗎？」

需要治療的鳥兒會住進治療室裡。治療室和檢疫室位在同一棟，全年的室溫都恆定在三十度。

為了再把這隻玄鳳鸚鵡看得更清楚一點，我當場蹲了下來。從側面一看見那隻小鳥，我的心臟差點驟停。

阿泰哥就在旁邊，我不能哭，但眼淚一點一點湧出來，止也止不住。我取下披在脖子上的毛巾假裝擦汗，掩飾我的淚水。

「牠的體重掉到八十克以下了，也不太會主動去吃飼料，但感覺又還不到送治療室的地步。老實說，我也猶豫了很久，但總覺得這傢伙比起待在治療室裡，還是多和人接觸比較好。牠現在非常怕人，不過看起來年紀還小，說不定還沒受過那麼重的傷……雖然這也只是我的第六感啦。」

阿泰哥沒發現我偷偷哭泣，自顧自地說下去。

每天接觸這麼多鳥，我很清楚每隻鳥都有自己的個性。

拿一般普遍認為性格膽小的玄鳳鸚鵡來說好了，其中有一些是真的內向又怯懦，但也有一些大膽無畏，天不怕地不怕，每一隻鳥的性格都各不相同。我也不清楚牠們的個性是天生如此，又或者是受到飼主影響才後天形成，不過一百隻鳥確實就有一百種性格。

而且，有些鳥和人待在一起比較幸福，也有些鳥要和其他鳥兒一起生活才能幸福。那些用愛灌溉、和人一起長大的鳥，臉上的表情很明顯和野外長大的鳥不一樣。

眼前這隻玄鳳，確實就像阿泰哥的第六感所說的那樣。即使牠現在不喜歡與人接觸，但牠或許本來就是那種和人待在一起會覺得比較幸福的鳥。由人們用愛養大的玄鳳表情特別溫柔，我一看就能大概分辨出來了。

「我會努力的。」

我強壓下眼淚，快速站起身來。我不小心忘記自己現在打扮成男生模樣，發出了有點像女孩子的聲音。我的眼眶裡顯然含著淚水，所以阿泰哥說不定早就發現我在哭了，可是他什麼也沒說。

我接過裝有玄鳳鸚鵡的外出籠，走向小型鳥村。包含放養在大鳥屋裡的鸚鵡在內，愛鳥之家現在一共住著快十隻的玄鳳鸚鵡。順帶一提，雖然從名字上看不太出來，但玄鳳鸚鵡也是鳳頭鸚鵡科的一員。牠們的頭頂上也有氣派的羽冠，能夠表現出情緒。

我會反應這麼大，都是因為牠真的長得跟檸檬太像了。

傍晚，結束一整天的工作之後，我騎著腳踏車，一口氣衝下稻田邊陡峭的斜坡道，回到自家公寓，此刻正目不轉睛地看著檸檬的照片。這張照片被裱在手作畫框裡，放在狹小玄關的鞋櫃上面。

我向父母千拜託萬拜託，又設法說服了討厭動物的母親，他們才好不容易買了這隻玄鳳鸚鵡給我。那年我念小學六年級，檸檬裝出一臉乖巧懂事的樣子停在我的肩膀上。我最喜歡檸檬了。

就像帶狗狗出門散步一樣，我也會將檸檬裝進附有蓋子的小籃子裡，帶著牠一起去野餐。公園、天橋、池塘，我們一起去過好多地方，看過同樣的風景。回想起來，檸檬用牠的一切教我領略了鳥類的魅力。

可是，在拍下這張照片的幾個月後，檸檬就死了。牠沒有生病，從結果來看，是我殺死了牠。我當然不是有意為之，卻在無意間傷害了檸檬。

我會餵牠人類吃的零食和點心，有時候連肉類料理也拿去餵牠，還誤以為檸檬很喜歡、看起來很開心的樣子。後來牠身體不舒服，我們立刻帶牠到動物醫院檢查，但那時已經為時已晚。沒過多久，檸檬就斷了氣。玄鳳鸚鵡正常生活的話，一般認為都能活個二十年以上，檸檬卻只活了五分之一的壽命。由於從雛鳥時期飲食就不正常的關係，牠的嗉囊，也就是相當於人類胃袋的部分，已經完全破裂了。

那一晚，我放聲大哭到聲嘶力竭，甚至哭到不時抽搐、難以呼吸，但還是止不住淚水。因為檸檬是被我害死的，我奪走了檸檬的未來。

那時候我寧可把自己的性命送給牠，也希望檸檬活過來，我是認真這麼想的。無論是發生這件事之前，還是在那之後，那都是我唯一一次哭得那麼不顧一切。即便是父母親過世，我肯定也不會再哭成那樣了。這件事無法歸咎於其他任何人，因此使得我格外懊悔。我心想檸檬或許還會活過來也不一定，所以當晚，我把檸檬放在睡衣內側，把牠抱在胸口睡覺。可是等到早上，檸檬仍然沒有復生。

到愛鳥之家的納骨堂上香的時候，我總會一併祈求檸檬在死後的世界能獲得安息，希望另一個世界的鳥兒結伴玩耍時，也能帶著檸檬一起。說真的，我從來沒有任何一天忘記過檸檬，從那之後，也提不起勁再飼養檸檬以外的鳥。

所以今天，一見到那隻玄鳳鸚鵡，我就懷疑自己看錯了。

為什麼？為什麼檸檬會在這裡？

我腦袋裡一團混亂。緊接著，一股有點不可思議的感覺攫住了我。

啊，原來是這樣，原來那時候檸檬沒有死呀。

儘管只有一瞬間，但在那一刻，我是真心這麼想。

原來那一切都發生在我的夢裡，真正的檸檬只是擅自跑出籠子，不曉得飛到哪裡去了。所以牠的死只是一場誤會，其實牠一直在世界上某個角落活到了今天。

從檸檬離開到現在還不到十年，而我聽說過最長壽的玄鳳鸚鵡能活到三十七歲。按常理來說，即使檸檬現在還活著也沒什麼好奇怪，這完全是有可能發生的事。我擅自這麼想著，有那麼一瞬間被寬慰的心情籠罩。

可是，外出籠裡的那隻鳥果然不是檸檬，牠臉頰上的腮紅深淺和檸檬有些微妙的不同。檸檬的腮紅還要再更淺、更淡一點。

於是我接著就想，我眼前這隻鳥或許就是檸檬的轉世吧。這麼一想，總覺得就像再次見到了檸檬一樣，讓我有點開心。

我回想著這些事，手忙腳亂地換好衣服。

我接下來準備要去打工。光憑愛鳥之家的薪水不足以維持生計，所以我每週會到公寓一樓的男扮女裝酒吧去打一、兩次的工。在我剛搬進這裡獨自生活不久，有一次碰巧遇到酒吧的媽媽桑，就當場被她挖角了。沒錯，我就是經常被一般大眾形容為「娘娘腔」的那一種人。

聽說我一件女裝都沒有，店裡的前輩公闢就拿了幾件他不需要的衣服給我。腰圍對我來說非常寬鬆，不過摺幾摺再穿就剛剛好。那時他也順便把穿過、用過的一些鞋子和化妝品分給了我。

當然，我到愛鳥之家工作時不會化妝，老實說現在也不想化妝。但這一切都是為了鳥兒，我這麼說服自己，為自己畫上妝容，不過口紅塗得太急，畫成像小鬼Q太郎一樣的厚嘴唇了。看見鏡中的自己，我不禁發笑。比起公闢，這身打扮說是變裝大賽還比較貼切。不過在這種鄉下地方，這份時薪超過千圓的工作還是十分難得，又不用騎腳踏車，下個樓就能上班，而且在酒吧開門之前，媽媽桑還會請我們吃精心烹調的美味料理。客人基本上都是熟面孔的常客，其中也有些人會帶著太太或小孩一起光臨，所以店裡的氣氛非常居家放鬆，也不會遇到什麼危險的事。還有，雖然不像愛鳥之家的職員們那麼日出而作、日落而息，附近居民基本上還是都早睡早起，所以即使算是夜店工作，我最晚也能在十一點多回到家。當然，偶爾也會發生一些讓我越來越討厭與人相處的事，不過想到這都是為了賺錢，就還在可以忍受的範圍。

附帶一提，我在這裡也叫做「阿鳥」，不過沒告訴任何人我在愛鳥之家工作。即使同樣使用阿鳥這個名字，這與在愛鳥之家工作的我還是不同的兩個人。

我朝著玄關那張檸檬照片拋去一個臨別的飛吻，急匆匆地走出大門。長筒靴比腳下這雙高跟鞋好走多了，不過這也是沒辦法的事。

一隻名叫哈姆太郎的黃冠亞馬遜鸚鵡停在我肩膀上，看起來心情很好似的哼著歌。亞馬遜鸚鵡當中好像以個性陽光開朗的拉丁系居多，大部分都喜歡獲得關注，哈姆太郎也從剛才就熱情演唱著時代劇《水戶黃門》的主題曲，想引起我的注意。牠以前肯定常常跟著飼主一起看這部電視劇吧。

只是牠唱這首歌的時候完全沒有音階起伏，所以聽起來就像幽靈的囈語，成了世界上最陰沉的、像念經一樣的曲子，不仔細聽還聽不出牠唱的是《水戶黃門》的歌。

哈姆太郎是在大約半年前，由於飼主生病無法繼續照料牠，而被送到愛鳥之家來的。起初我們怎麼跟牠說話，牠都沒有任何反應，也不願意離開籠子。對當時的哈姆太郎而言，牠眼中安全的地方就只有那座籠子了吧。一直到最近不久，牠才願意像這樣離開籠子，到外面來。

我把在大型鳥村留到最後的哈姆太郎送到飛行場去之後，便立刻動身去見那孩子。

我昨天稍微猶豫了一會兒，最後決定將那隻玄鳳鸚鵡的籠子放在老八重旁邊。雖然每隻鳥都關在個別的籠子裡，但籠子的排列方式還是必須經過慎重考慮，因為牠們就像人一樣，跟隔壁鄰居之間也會有處得好不好的問題。那孩子和老八重的性格都比較文靜，我有預感牠們應該很合得來。

我走近那孩子居住的鳥籠，悄悄往裡面看。

我上午特地放了新鮮的顆粒飼料給牠吃，卻幾乎沒有減少。牠要是再這樣不願意進食，我們就必須用類似滴管的專門工具強行灌食了，畢竟體型較小的鳥類即使只是一天不吃東西，都可能危及到性命。

「怎麼了？不用怕喲。你不吃東西，就沒辦法恢復健康哦。」

我作勢將手慢慢伸進籠子，牠的羽冠便高高倒豎起來，同時向後退了幾步。這是牠們感到驚嚇、害怕時的反應。就像阿泰哥說的一樣，牠害怕人類的手。

據說這隻玄鳳鸚鵡被裝在糕點店的小紙盒裡，牢牢貼上了封箱膠帶，被當作垃圾丟棄。幸好住在附近的專科學校學生聽到了牠弄出的細微聲響，否則要是沒被發現，牠就要直接被當成廚餘處理掉了。人類的手多半讓牠留下了非常可怕的回憶吧，當時的恐懼已經深深烙印在牠的腦海裡。到了這個地步，我們也只能耐心引導，慢慢讓牠習慣人類的手。

既然牠不吃顆粒飼料，我於是拿了幾種零食過來。首先，我試著拿玄鳳鸚鵡最喜歡的蕎麥給牠吃。要是放在手上，牠再怎麼想吃大概也不敢靠過來，因此我把幾粒蕎麥裝在瓶蓋裡，放在牠面前。同樣也是玄鳳鸚鵡的胖虎馬上就看到蕎麥了，牠平常總是停在天花板附近，只有在這種時候會搶第一個飛下來。鳥類的視力很好，牠們眼睛是真的很尖。胖虎裝作沒事似的靠過來，想偷吃零食，我大聲制止牠：

「胖虎，你絕對不可以再吃了！你要是繼續變胖，就要被強制送進減肥房囉！」

胖虎是隻體型豐滿的玄鳳鸚鵡，這名字很適合牠。但別看牠這樣，胖虎其實是個年紀輕輕的小女生。同樣是黃化玄鳳鸚鵡，牠們倆站在旁邊一比較，體型差距就非常明顯了。

胖虎胸口處的龍骨突起完全被埋在脂肪底下，看不出形狀了。明明是隻玄鳳鸚鵡，體重卻超過一百公克，被說成破百公斤的大胖子也無法反駁。相較之下，眼前的另一隻玄鳳鸚鵡就瘦得剩下皮包骨了。雖然牠還不願意讓我觸碰，但這孩子的龍骨突起肯定和胖虎相反，明顯地往前方突出吧。

我在胖虎搶食之前把蕎麥收回來，接著嘗試給牠向日葵種子。這是去年愛鳥之家採收的第一批葵花籽，目前的供給量雖然還趕不上需求，但未來，我們希望能盡量自給自足地提供鳥兒們吃的食物。

「很好吃哦。」

為了示範給牠看，我實際拿了一顆葵花籽，放進嘴裡咀嚼。胖虎從剛才開始就不斷投來炙熱的目光，但我是不會拿給胖虎吃的。過一會兒，胖虎或許是明白了我絕對不可能給牠東西吃，於是拍著翅膀啪沙啪沙地發出豪邁聲響，又不知飛到哪裡去了。

可是，無論我再怎麼津津有味地吃著葵花籽，我眼前這隻玄鳳鸚鵡都完全無動於衷。牠只是帶著「這個人幹嘛從剛才開始就一直動著嘴巴咀嚼？」的冰冷眼神，側眼瞥了我一眼而已。

我想換個方向，於是接著取出了奇異果。這是愛鳥之家的贊助人在自家庭院種植的奇異果，今年夏天，他們送了很多過來，當作送給鳥兒們的中元禮品。我將切成骰子大小的奇異果丁放在瓶蓋上，但牠對這塊水果也絲毫不感興趣。

接著是核桃。住在大型鳥村的鳥兒最愛吃核桃了，牠們會熟練地自行剝開外殼，吃裡面的堅果。但要玄鳳鸚鵡剝殼太強人所難了，因此我事先替牠把外殼剝好，取出裡面的堅果帶了過來。我將外殼剝除乾淨的核桃仁輕輕放在瓶蓋上，牠目不轉睛地看了一會兒，但最後還是沒有表現出任何興趣。

「不用怕喲，這是非常好吃的東西。」

我這麼說著，將瓶蓋裡的那顆核桃仁放進自己嘴裡，我也很喜歡吃核桃。可是眼前的玄鳳鸚鵡表情毫無波瀾，不理不睬地面朝著另一個方向。

只剩下一種零食還沒試過，但沒幾隻玄鳳鸚鵡會喜歡這種水果，所以我幾乎已經放棄了。但沒想到，牠卻表現出我完全沒料想到的反應。

我拿出香蕉給牠看的瞬間，那孩子的眼睛確實亮了一下。

「你要吃吃看嗎？」

我凝視著牠的眼睛這麼一問，牠的態度顯然和之前不一樣了。牠的羽冠反覆豎起又平放，這證明了牠還在猶豫。雖然對香蕉感興趣，但還是有點害怕，羽冠表現出了牠的內心糾葛。

我趕緊剝開香蕉皮。這是午餐時阿泰哥發給大家的水果，聽說是他住在沖繩的賞鳥同伴特地送來的，是特別的品種，比常見的香蕉還要小上許多。我本來打算留著，晚點當點心吃，所以還把它放在口袋裡。

我用手剝下一塊香蕉中心的果肉，將白色的固體放在瓶蓋上頭。這麼一說，剝了皮的香蕉和小波的羽毛是同一種白色。小波是隻有點憂鬱的白鳳頭鸚鵡。

「請用。」

拜託了，求求你，吃下去吧。

我拚了命向說不定存在於某處的鳥神祈禱，向身在天國的檸檬求助。

在我的注視中，牠真的邁著小步走向那塊香蕉，吃了一口，輕易得像是一場玩笑。牠大口大口吃得忘我，從上方看下去，我總覺得這孩子看起來也有點像根香蕉了。身材瘦瘦長長的，黃色的身體也像香蕉皮。

「香蕉。」

我這麼一說，那孩子就忽然抬起臉來，凝視著我的方向。牠總算願意和我對視了，嘴喙旁邊還沾著香蕉碎屑。牠低下頭之後，我又喊了一次：

「香蕉。」

牠再次抬頭看向我。

我在心中比了個勝利姿勢，快樂地跳了起來。這隻不知名的黃玄鳳，終於有了個可愛的名字。牠的名字就決定叫做香蕉了。叫芭娜娜或許也不錯，念起來滿順口的，但還是叫香蕉更適合這孩子。香蕉應該是個男孩子，叫芭娜娜的話有點像女孩子，可能會害牠變成像我這樣的人。

我看準了瓶蓋上的香蕉被吃得一乾二淨的時機，最後再放了一小塊果肉在我的食指上，遞給牠吃。香蕉一步一步、小心翼翼地慢慢靠了過來，然後直接從我的食指上吃下了那塊果肉。

在短短一天之內，我們的距離居然能拉近到這種地步，坦白說連我自己都沒有想到。

「香蕉，再見哦。」

我把籠門關好，將鳥籠放回原位。不經意回頭一看，老八重帶著沉穩的目光，守望著我和香蕉之間的交流。

在那之後十天，香蕉開始願意直接吃我手掌上的飼料。

再過兩個星期，即使沒有飼料獎勵，牠也願意上手了。

當我打開滑動式的籠門，朝牠伸出手，香蕉就會熟練地一次移動一隻腳，乖乖踩到我的手上，好像能聽見牠在動作的同時發出「嘿咻」的聲音。這就叫做上手。一般都說學會上手之後，能大幅提升鳥兒被人認養的機率。這是牠願意站到人類手上巨大的第一步。

最近這段時間，香蕉的進步令人刮目相看。

當然，目前牠還是自己住一個籠子，但放養在周遭自由飛行的鳥兒們靠近到籠子旁邊時，牠不再害怕，也變得願意自己攝取飼料。

最令人高興的，莫過於牠記住了我。其他工作人員靠過來跟牠說話，牠都不理不睬，但我一過去，牠的反應就明顯不同。牠會小步小步走到籠子的柵欄旁邊，四十五度角歪頭，圓溜溜的眼睛眨也不眨地看著我，好像想說些什麼似的。看見牠這副模樣，我就忍不住想用整個身體全力表現出我的喜悅。

現在，香蕉正在我眼前吃著顆粒飼料。顆粒飼料裡面含有鳥類維持健康所需的養分，營養均衡，能夠補充吃穀物容易攝取不足的胺基酸、維生素和礦物質。所以在愛鳥之家，我們都盡量讓鳥兒吃顆粒飼料當作主食。

玄鳳鸚鵡吃東西的口味比較保守，通常除了牠習慣的飼料以外都不太願意吃，所以我本來非常擔心。幸好，雖然香蕉的食量還是不大，但和剛開始那陣子相比，牠的進食狀況已經健康到令人驚訝了。

「小蕉蕉——」

不知不覺間，工作伙伴們開始親暱地這麼喊香蕉。

可是，儘管牠已經能輕鬆上手了，在這之後的動作卻一直沒有進步。如果可以，我希望能訓練牠走到肩膀上，養成停在那裡的習慣，但香蕉踏上手掌之後，卻一步也不願意往前邁進。

因此，我決定做個嘗試。

當香蕉停在我右手上的時候，我輕輕、輕輕地將左手手掌靠近牠。我的兩隻手掌上都已經塗抹了添加精油的按摩油。雖然人類對於鳥類嗅覺還有許多尚不明瞭的部分，不過我還是嘗試塗抹了一小滴據說有舒緩緊張感效果的芳香精油。我以雙手輕輕柔柔地、在若即若離的位置裏住香蕉，想像我用一股特別溫暖的氣息，將牠輕輕抱住。

即使我這麼做，香蕉也沒有掙扎逃跑。我閉上眼睛，專注地將能量傳遞給香蕉，那是溫柔又暖和的美好能量，帶著旭日般美麗的色彩。在這期間，我的掌心漸漸泛起一股暖意，我切身體認到，香蕉和我之間確實正在以言語以外的、某種共通的東西交流。

這件事我還沒告訴過任何人，不過未來，我想成為專門服務鳥類的芳療師。世界上或許已經有人在做這件事了也不一定，不過就我所知，在日本還沒有人正式為鳥類提供芳療服務。

我細細呼出一口長氣，緩緩睜開眼睛，看見香蕉還閉著眼睛，露出十分陶醉的表情。牠的羽冠平躺著，是牠感到安心、放鬆的表徵，香蕉現在正發自內心覺得享受。確認過這一點，我開始緩緩移動手指，撫摸牠的整個身體。

「不用怕喲，你完全、完全不用害怕喲。」

我下意識地發出聲音，輕聲對牠這麼說。

從頭到脖頸、後背，最後是尾羽，我保持著同等的速度，配合呼吸輕撫。手離開尾羽時，我想像這隻手也一起將香蕉身體裡的恐懼輕輕去除掉了。然後我甩甩手，揮開那些殘留在手掌上、肉眼看不見的毒素，再用乾淨的手從頭開始緩緩撫摸牠。

當我這麼做的時候，檸檬總是喜歡得不得了。當然，那時的我還是個小學生，還沒有聽過芳療師這種職業，也不知道有專供寵物按摩使用的精油，只是不知不覺間為檸檬做了類似芳療按摩的事情而已。
最舒服的時候，檸檬會整隻鳥仰躺在我的手掌上睡著，嘴喙半開，真的卸下了所有防備。原本我早已忘掉了這回事，是某一天香蕉突然讓我想起這段回憶。
可是現在，我手掌上的鳥兒不是檸檬，而是香蕉。
像這樣撫摸著香蕉的身體，不知怎地連我都有點想睡了。牠的羽毛滑滑的，摸起來很舒服。仔細一看，香蕉也在我的手心裡睡著了。據說鳥類的睡眠以分鐘為單位，所以香蕉在這段短短的期間內，說不定也睡得很熟呢。牠嘴裡像說夢話一樣念出一串含糊的聲音，接著大大睜開眼睛。
「小蕉蕉，這樣舒服嗎？」
當我這麼問，香蕉喃喃說謝謝的聲音，清晰地在我心中響起。就像香蕉第一次從我手上吃香蕉果肉的時候一樣，我再一次雀躍地跳了起來。
我聽見了香蕉的聲音，無庸置疑地，聽見了牠對我說話的聲音。
當然，愛鳥之家的日子也不是只有這種值得高興的好事。倒不如說，好事只占據了一小部分，從數量上來說，被分類到悲傷、痛苦和憤怒的事情要遠遠多出許多。正因如此，我們不放聲歡笑，就無法在這裡繼續待下去，內心會承受不住的。畢竟這裡是拯救受傷鳥兒的救援機構，鳥兒們都不是自願來到愛鳥之家的。這裡是身陷絕望的鳥兒們聚集的地方，牠們有的遭人遺棄不顧，有的則是飼主迫於無奈，必須將牠們送走。

就在我聽見香蕉對我說話的同一時間，愛鳥之家最為年長的灰鸚鵡老八重，靜靜嚥下了最後一口氣。當初就是老八重引導我踏進了愛鳥之家，牠是我生命中的恩人。

我第一次見到老八重，是在國中校外教學的其中一項活動，到鳥類救援隊體驗當一日隊員的時候。這支鳥類救援隊就是愛鳥之家的前身，假如那時候老八重沒有對我說「歡迎你」，現在的我就不會身在這裡。

老八重出生於戰前，牠以前是動物園裡大受歡迎的明星，總是有種逗人發笑的幽默感。牠很會說話，也能和我們這裡的工作人員進行簡單的對話。我們將飼料放進牠籠子裡的時候，老八重每次都會跟我們說「謝謝」，牠永遠都是那麼貼心、那麼聰明。如今老八重過世了，所有工作人員都陷入深沉的悲傷之中，替牠守喪哀悼。正好就在這時候，發生了一個小插曲。

那是我正在放養鳥房，訓練香蕉上手的時候。

有一隻黑頭凱克鸚鵡從背後靠近我，當然，我專心顧著香蕉，完全沒注意到牠。

「呀——！」

我下意識發出了像女孩子一樣高亢的尖叫聲，在這瞬間香蕉也嚇了一跳，反射性飛離我的手臂。我完全搞不懂自己身上到底發生了什麼事，因為我的長褲突然從背後被扯下去了。好像是因為我蹲著的關係，鬆緊帶也滑到了比較低的位置。我嚇了一跳，整個人往前摔倒，半個屁股就這麼從長褲裡露了出來，簡直糟透了。

我強忍著想要大叫的衝動爬了起來。肇事鳥似乎也不理解發生了什麼事，在我的大腿之間啪答啪答地掙扎。我打開雙腿，設法救出了那隻黑頭凱克鸚鵡，然後把滑落的長褲拉回原位。

真是太倒楣了。這隻黑頭凱克鸚鵡本來就愛抓東西，只是這次不巧抓到了我的運動褲吧。

話說回來，這麼狼狽的模樣要是被人看到……雖然在這裡工作的只有我一個人，不可能被任何人看見，但保險起見，我還是慢慢回過頭往後看。就在這時……

「呵呵呵呵。」

響起了一陣優雅的笑聲。

咦？怎麼回事？這裡應該沒有其他人才對，為什麼會有笑聲？該不會是幽靈……

當我的腦袋即將陷入一團混亂的時候，那陣高亢的笑聲再一次響起。

我環顧周遭，和一隻黃色的玄鳳鸚鵡四目相對。沒想到在笑的居然是香蕉。

我既驚訝又興奮，激動得一時不知所措。

呵呵呵呵，這種笑聲聽起來不是像個有點年紀的大嬸嗎？香蕉、哎，香蕉，你到底是在哪裡學會這種笑法的呀？是誰教你的？我連珠砲似的問牠，但香蕉完全不理會我。

「呵呵呵呵。」

香蕉發出笑聲，連我也想笑了。

我笑出聲來，不知為什麼，眼淚逐漸滿溢而出，我邊哭邊笑，就這麼笑著哭了起來。老八重過世的悲傷，突然像巨浪一般朝我湧來，香蕉就好像在安慰我一樣。

「謝謝你。」

我用雙手抹去臉頰上的淚水，向香蕉道了謝，香蕉便唰地跳到了我的肩膀上。牠上手之後，有時會慢慢往肩膀的方向移動，但這還是牠第一次直接停到肩膀上。我總覺得好像自己被香蕉選擇了一樣，有種驕傲的感覺。

「呵呵呵呵。」

香蕉一笑，連我都感染了快樂的心情。

只要香蕉幸福，我就幸福。不只是香蕉，只要鳥兒們過得幸福，我就同樣幸福。我發自內心產生了這種感觸，香蕉教會了我一件重要的事。

從這天開始，香蕉似乎回想起什麼似的，突然開始習慣與人相處了。心情好的時候，牠會開心地嘰咕碎念，頭部小幅擺動，偶爾還會張開翅膀擺出萬歲的姿勢。上手也變得更順利了，剛開始牠還只願意停在我的肩膀上，不過後來慢慢習慣了其他工作人員。不只是對人，牠也慢慢對其他鳥兒敞開了心胸。

香蕉幾乎已經恢復健康了。牠的體重增加到近九十公克，鳥糞的狀態也相當良好。剛開始放牠在放養鳥房裡自由活動的時候，牠只是在地面上小步行走，完全沒辦法飛行，不過一點一滴練習飛行之後，牠已經能正常飛翔了。現在，牠可以自己飛上放養鳥房最高的天花板。

照這樣順利恢復下去，牠或許能從愛鳥之家畢業，遇見新的家人，踏上第二段鳥生也不一定。這對香蕉而言，也是最好的安排。

理智上，我確實這麼理解。

可是，實際在會議上決定讓香蕉登記參加下一次見面會的時候，坦白說，我還是很落寞。我還想一直待在香蕉的身邊。

愛鳥之家會定期舉辦見面會。除了平常照顧鳥兒以外，愛鳥之家還會舉辦許多活動，比方說愛鳥講座，向大眾宣導如何與鳥類正確共處；但在這之中，見面會也是我們特別著力舉辦的活動。愛鳥之家的活動宗旨，是幫助人類與鳥類快樂生活，讓世界變得更加幸福。為了做到這一點，我們會為園區裡這些出於某些因素被收留、救助的鳥兒，以及寵物店賣不出去的鳥兒，找到新的飼主。

為了不讓這裡變成鳥兒們最後的居所，也為了不讓牠們再次回到愛鳥之家來，我們必須拿出所有的愛，為每一隻鳥找出最能帶給牠們幸福生活的飼主。而見面會，就是愛鳥之家為此所舉辦的活動。

為了盡可能吸引更多愛鳥人士造訪，當天除了主要的見面會以外，我們還會準備許多活動企劃。尤其香蕉首次參加的這場見面會，由於是年內最後一場，臨近聖誕節前夕，我們決定準備人人有獎的抽獎活動，炒熱現場氣氛。

我負責製作與鳥類相關的一些小飾品，當作活動上人人都有的獎品。我本來就喜歡做手工藝，會用羽毛為自己做一些飾品。有一天我戴著自製飾品時剛好被代表人看見了，後來他們就決定也在販售處販賣一些我製作的小東西。

見面會前的幾個禮拜，我不惜犧牲睡眠時間，埋首於這份副業。我用毛線製作給寵物鳥戴的毛球裝飾，用珠子製作鳥類鑰匙圈，這兩項工作本身都相當簡單，但因為量實在太大，無論我再怎麼努力也看不見盡頭，幾乎等於多上一個夜班了。中途我幾度想要休息，也曾經感到後悔，早知道就不要輕易開口說要做這種事了。

即便如此，我還是沒有放棄，畢竟這可是牽涉到香蕉的命運啊。不只是香蕉，也牽涉到其他鳥兒的未來。如果這些毛球裝飾和鑰匙圈，能吸引更多人聚集到愛鳥之家來，那我的辛苦就不算什麼。因為，鳥兒們說不定能因此找到最好的飼主。

一直忙碌到當天清晨，我終於完成了合計一百件的贈品。雖然時間緊迫，不過總算是設法趕上了。

不知是抽獎的點子奏效，還是關注愛鳥之家相關活動的民眾增加了，又或者在不景氣之下人們比起犬貓更偏好養鳥，總而言之，這場見面會盛況空前，是目前為止最多人前來參加的一次。

開場由代表人說明這場見面會的宗旨與流程，接著就讓參加者實際和候選的鳥兒們見面，而香蕉也是其中一隻小鳥。香蕉的籠子上掛有一面牌子，上面寫著

「黃化玄鳳鸚鵡　公鳥　年齡不詳」。除此之外，還有大助、花子這對藍黃金剛鸚鵡夫妻生下的次男；天生一隻腳上缺了腳爪，無法抓住棲木，但個性陽光開朗的白鳳頭鸚鵡；說話功力大有進步的黃冠亞馬遜鸚鵡哈姆太郎等等，一共十幾隻候選的鳥兒。

牠們真的都是很好的鳥兒，所以我希望牠們獲得幸福，希望牠們能笑著謳歌牠們未來的鳥生。

我在工作之餘，不時跑到見面會會場去窺探情況。會有飼主看中香蕉嗎？我一方面希望有人喜歡香蕉，內心一角卻又希望牠別被任何人選上。假如沒有新的飼主對香蕉一見傾心，我就自告奮勇帶牠回家吧——我半帶認真地這麼想。

可是我白天幾乎都不在公寓，由我來養鳥，對鳥兒來說稱不上幸福。所以想來想去，我還是希望香蕉能找到好緣分。

參加者之中，也有些人非常認真地看進每一個籠子，和每一隻鳥兒四目相交。不過在這裡並不是由人來選鳥，而是鳥來選人。鳥兒和飼主雙方若不是兩情相悅，我們絕對不會辦理進一步的手續。無論候選的飼主再怎麼熱情，只要當事鳥看起來沒有意願，我們就絕不會把牠送出去。

見面會期間，我一直心神不寧，坐立難安。乍看之下，容易引人駐足、投以注目的是大型鳥，但實際考慮到要養在自家一起生活，飼主往往遲疑再三，難以再進一步。鳳頭鸚鵡和灰鸚鵡的聲音真的很大，大概就像人類在緊急關頭尖聲大叫「救命！」那麼響亮。無論再怎麼喜歡牠們，一起玩個幾小時，和從早到晚生活在一起還是完全不同的兩回事。而且大型鳥相當長壽，或許是因為飼育技術也不斷進步的關係，有不少大型鳥都能活上五、六十年。

所以實際的情況是，即使在見面會上有人表達了飼養大型鳥的意願，鳥兒也送到飼主家中嘗試短期寄宿了，牠們絕大多數還是會被送回愛鳥之家來。無論這些鳳頭鸚鵡和灰鸚鵡的個性多親人、話說得多好，真正能從愛鳥之家畢業的也是少之又少。

相較之下，虎皮鸚鵡這種小型鳥在見面會上雖然比較不起眼，但就結果而論，順利被領養的案例倒還不少。牠們容易飼養，很適合養鳥新手，也有許多飼主是家裡已經飼養同種類的鸚鵡，為了替家中的鳥兒找個伴而再來領養一隻。

那香蕉呢？不是我偏心，香蕉在所有玄鳳鸚鵡當中也算是五官清秀、特別可愛的那一類。牠的腮紅尺寸適中，顏色也濃淡合宜，頭形渾圓，眼睛圓亮有神，羽冠威風帥氣，整體體型比例也無可挑剔。簡而言之，可以說牠是玄鳳界的超級偶像了吧。

牠的全身都呈現淡奶油色，從遠處看，就好像牠所在的地方有陽光照耀一樣。剛開始牠還有點害怕人類，但現在已經相當習慣與人接觸了。也許是到了發情期的關係，牠有時候有點叛逆，不過香蕉鮮少用力咬人，也幾乎不會因為與飼主分離而大叫。牠的性格相當溫和，從來不會對其他鳥兒展現出攻擊性。

我想，香蕉以前應該被養在很好的飼主身邊吧。若非如此，一度離開籠子、飛向外界的飛失鳥，不可能還保有這麼溫柔的個性。只要和香蕉待在一起，整個人就好像被幸福的心情包裹；香蕉只是停在我的肩膀上，我心中的憤怒、悲傷就好像被紗質手帕吸走一樣，無聲無息地消失了。有這種感覺的似乎不只是我，香蕉也會為其他工作人員帶來平靜的心情。只要香蕉在場，氣氛就變得溫暖祥和，周遭充滿喜悅。

結果，有兩位飼主表達了想領養香蕉的意願。找到一位飼主就已經算是大獲成功了，香蕉這次卻找到了兩位，是很了不起的成就，我也純粹地為此感到高興。我努力不懈的訓練獲得了回報，香蕉憑藉自己的力量，開拓了屬於牠的道路。

向香蕉表白的其中一位飼主，是四十幾歲的家庭主婦。申請單上的原因一欄寫著，她們家已經養了一隻母的玄鳳鸚鵡，因此希望領養香蕉跟牠配成一對，她的孩子們也很期待看到小鳥築巢、繁衍後代。可是當天，她就打電話來取消了。當時我正在收拾外面，不在辦公室裡，電話是其他伙伴接的。她說她臨時要搬家，雖然不知是不是實情，總之她在領走鳥兒之前先通知我們真是幫了大忙。

另一個飼主，則是一位中年男性，看年齡和我父親幾乎是同個年代的人。不過光論外表給人的印象，他看上去比我父親要年輕多了。我只是從後面看過他，卻對這個人印象十分深刻，因為他一直半蹲在香蕉的籠子前面，保持著那個姿勢動也不動。

原因欄上寫著，他和妻子分居了。假如養鳥只是為了排遣單身的寂寞，那或許讓人覺得有些疑慮，但他和前妻的女兒好像被留在了他的身邊。單子上並未填寫除此之外的詳情，不過男子寫說，他想為女兒飼養香蕉。當然，如果他是真的有意領養，我們必須當面和他面試，再問得更仔細一點才行。面試除了愛鳥之家的代表人和阿泰哥以外，負責照顧香蕉的我也會一同出席。

後來，我們面試過了那位候選飼主，香蕉當天就送到他家去短期寄宿了。短期寄宿，簡單來說就類似於試養期。無論再怎麼覺得鳥兒可愛，對牠一見鍾情，還是有許多事情是等到實際一起生活之後才會知道的。

兩個人在結婚之前會先同居，藉此判斷這個人是否真的適合一起生活，而換作是鳥與人也一樣。有些鳥大叫起來聲音真的很刺耳，也有些鳥喜歡亂咬東西。必須找到能夠一併接納牠們缺點的對象，否則我們也無法安心送養。

香蕉去短期寄宿的時期正好重疊到新年假期，因此年末到年初這段時間，愛鳥之家比往常安靜許多。老八重也不在了，牠原本居住的籠子在不知不覺間被收拾乾淨，很快就成為了最近新來的杜氏鳳頭鸚鵡的新家。牠是一隻性別與年齡都不詳，也沒有名字的鸚鵡，在某種意義上，像老八重那樣知道生日是哪一天的鳥兒，或許還是幸福的。

這隻杜氏鳳頭鸚鵡由於遭到虐待，左側的翅膀完全變形，被送到動物醫院時已是瀕死狀態，事後被轉送到愛鳥之家來。一般在這種情況下，細菌容易從傷口進入體內，立刻就能奪走鳥兒的性命，這孩子卻奇蹟似的康復了。現在阿泰哥天天拚命替牠復健，希望能設法替牠裝上義翅，讓牠重回天空。假如牠成功裝上義翅飛行，那應該會是世界首見的壯舉吧。

所以，我沒有時間傷心了，還有那麼多鳥兒需要我。在這裡，等著我去做的事情堆積如山，不是沉浸於感傷之中的時候。儘管如此，我仍然下意識尋找著香蕉的身影。儘管知道牠已經不在這裡，我的目光還是沒來由地追逐著香蕉熟悉的影子。

過了寄宿期間，香蕉也沒有回到愛鳥之家來。牠就這麼被那名中年男性收養，成為了他們家的鳥兒。小型、中型鸚鵡的寄宿期間結束時，也常常有直接領養的情況。這是因為長距離移動會對鳥兒造成負擔，假如寄宿地點距離遙遠，就不必特地送回愛鳥之家了，也可以省去一道手續。相對地，我們會透過電話聯絡，仔細詢問鳥兒的生活情況。

過完年，我們立刻收到了那位男性飼主寄來的賀年卡，上面印著他和女兒的合照。女孩大約是快要上小學的年紀，看起來聰明伶俐，香蕉就停在她的肩膀上。明信片是手寫的，大概是女兒的筆跡，上面說歡迎我們隨時去探望香蕉。一看住址，是我出生成長的縣市。

香蕉，你要幸福哦，不可以再回到愛鳥之家來囉。

要和你的新飼主們，一起快樂生活一輩子哦。記得和人家好好相處，好好享受他們的寵愛哦。

不要忘記我喲。但只要你過得幸福，就忘了我也沒關係。

我靜靜將那張賀年明信片抱在胸口，然後，像我曾經對香蕉做的那樣，以雙手輕輕將它包裹。

不用怕喲，不用怕喲。

我在心裡複誦那句不知對香蕉說過多少次的話。

只要香蕉幸福，我就幸福。只要我幸福，香蕉也幸福。

「咦，這是哪裡來的？」

店門口掛著一座陌生的鳥籠。那籠子看起來彷彿經過了幾十年的風吹雨打，柵欄鏽跡斑斑。籠門也無法完全關上，姑且是用一條短鐵絲固定住了，但還留有能伸進一隻手指的縫隙。

鳥籠裡關著一隻黃色的玄鳳鸚鵡。或許是昏暗燈光造成的效果，牠看上去好像帶著憂鬱的眼神，凝視著對面的霓虹燈。

「有朋友拜託我顧鳥，就無限期地把鳥寄放在這裡了。」

我在吧檯座位坐下，媽媽桑便有些嫌麻煩似的這麼說著，拿了溼毛巾給我。還是老樣子，熱呼呼的。我拿下眼鏡，毫不遲疑地擦起臉來，感覺十分舒暢，我也順手把後頸仔細擦過了一遍。終於舒服多了，我不由得從體內深處呼出一股深深的嘆息。

媽媽桑已經壓下把手，開始替我倒啤酒了。這家店不供應啤酒以外的任何東西，而且一杯只要四百圓，還好喝得不得了。客人可以自行攜帶下酒菜，但不能只顧著自己吃，必須與其他客人和媽媽桑分享，這是這裡不成文的規矩。不過今晚，我沒有帶任何東西來吃。

媽媽桑平常總是滿口玩笑話，唯獨倒啤酒的時候會閉上嘴，沉默下來。她以一絲不苟的眼神確認著起泡程度，隨之微調啤酒杯的角度。倒到一半，她拉起把手，拿湯匙撈起泡沫，棄置在流理臺之後，再一次壓下把手，倒出蓬鬆又細密的頂級泡沫。

「來，請用。剛開封的，應該很好喝哦。」

媽媽桑將薄玻璃酒杯放在杯墊上，用粗啞的聲音這麼對我說。眼前的啤酒閃耀著金黃色澤，上頭有著滿滿的白色泡沫。

「我就不客氣了。」

我端正了坐姿，小心翼翼地端起玻璃杯，以免將啤酒灑出來。

才剛倒完酒，媽媽桑立刻拿起香菸和打火機走到門口。她拿的是hi-lite菸，門外很快就傳來打火機點火的聲音，煙霧從外面飄了進來。我過世的老爸，也和媽媽桑抽同一個牌子的香菸。所以像這樣吸著媽媽桑的二手菸，老爸的身影總是必然在腦海中浮現。多虧老爸是個重度菸槍，我成了極度痛恨菸味的人，不過在這裡媽媽桑最大，我一聲不吭地喝著自己的啤酒。

「齋藤小弟，今晚的月亮很漂亮哦。」

媽媽桑以沙啞的嗓音輕聲說道。我已經是快四十歲的大人了，媽媽桑卻還是隨口喊我小弟。

她正站在大街上仰望天空吧。聽見這句話，我將第二口啤酒吞入喉嚨。無論再怎麼口渴，我也不會咕嘟咕嘟地仰頭灌酒。老爸他平常個性溫和，但一喝酒就會變成兇狠粗暴的人，對老媽和我動手動腳。我將他視為負面教材，喝酒的時候總是注意自制。

結果，有一次我老爸喝了酒之後跑去找黑道分子的麻煩，被人家揍了一拳，後腦杓因此撞上地面，就這麼輕而易舉地丟了性命。那是我高三那年冬天的事。

「如果我沒記錯，今晚是不是剛好中秋啊？」

我忽然想起昨天，妻子在家裡跟女兒講解賞月糰子的做法，於是這麼說道。

媽媽桑已經點起了第二支菸。

忘了什麼時候，這裡的其中一位常客曾經將媽媽桑倒出來的啤酒泡沫比喻為初吻。那名常客是住在這附近的老人家，是個地主。喝到這泡沫啊，就讓我想起第一次和女孩子接吻的時候，那女孩柔軟的嘴唇啊——老人喝醉了酒，藉著酒意這麼說道。這段話無預警掠過腦海，我也差點回想起自己初吻的場面。

「喂，你在偷笑什麼呀？」
媽媽桑說道。她抽完了菸，將菸蒂按進空罐，一邊走回吧檯來。
「沒有啦，就是剛好想起我初戀的對象。」
原來我已經能像這樣，把這件事當作閒聊的話題，我自己都感到意外。
「她是什麼樣的女生啊？」
媽媽桑說著，從冰箱取出加工起司，裝在紙盤上端來給我。小時候說到起司，我就只吃過這一種。我突然懷念起來，不由得拿起一塊，輕輕剝開銀色的包裝紙。
「是我社團的學妹。」
我咬下一塊起司，含在嘴裡咀嚼。
「齋藤小弟，你是哪裡人呀？」
「福岡的一個鄉下地方。」
起司不太容易吞嚥，我用啤酒硬是將它沖進喉嚨。
「原來啊，難怪你每年過年回老家，都帶明太子來送我。我家女兒最愛吃那個了——」
媽媽桑一個人將獨生女撫養長大，她和丈夫很早就天人永隔了。

「媽媽桑，妳還記得自己初戀的對象嗎？」

我很少跟媽媽桑面對面聊起這種話題。其他常客怎麼還不趕快上門，我心裡一面著急，同時卻也有個角落還想跟媽媽桑兩個人獨處，繼續聊那些青澀的戀愛話題。

「那還用說，我都跟那個人結婚了。」

媽媽桑望著天花板說。現在，店內一角仍然擺著她過世丈夫的照片，即使在男人的眼光看來，他也是個相貌英俊的人。據說，以前他們在這一帶是知名的俊男美女佳偶。

「雖然他只留下了小孩，很快就死掉了。」

媽媽桑笑著輕聲說道。

我不清楚媽媽桑精確的歲數，不過她的人生想必經歷過許多波折。聽說這裡原本是藝妓居住的置屋，在政府廢除了允許賣春的赤線區之後無法繼續營業，才會改為啤酒屋重新開張。直到現在，店裡的牆上還掛著置屋時代留下的招牌。

我懷念地想著加奈子，手指撥弄著薄玻璃杯上凝結的水滴，這時媽媽桑忽然喊了我的名字。一抬起臉，我便與她四目相對。

「跟第二喜歡的人在一起，才叫剛剛好。這樣的關係呀，才能細水長流地一直延續到終點。」

媽媽桑面不改色地留下一句意味深長的話，便再次走向門口抽菸去了。第二喜歡的人……從這點來說，和我結婚的妻子或許是個無可挑剔的伴侶。我和妻子，是所謂奉子成婚的夫妻。

即使是我這樣的人，過去也曾經瘋也似的愛上一個人，此生就只有那唯一一次。那年我高中二年級，加奈子是我在網球社的學妹。一看見加奈子的容顏，便使我身體的一部分變得堅硬，我不顧一切地渴求著加奈子，除了加奈子以外的女人彷彿都不復存在。我自認為已經做好了萬全的避孕措施。

得知加奈子懷孕的時候，正好和現在一樣，是剛入秋的時節。當時加奈子已經懷胎三個月以上，我認真想從高中退學，出去工作，供養我的妻子和小孩。我想見見自己和加奈子之間生下的孩子，但身邊的大人，以及身為當事人的加奈子都不這麼希望。

加奈子在母親陪同之下，到婦產科接受了墮胎手術，然後搬到某個遙遠的城市去了，從此我再也沒有她的消息。這真的是我一廂情願的願望，但我希望加奈子每天都能笑著生活，但願她已經和人結婚，像我一樣生了自己的小孩。如果當年，我們做了另一種選擇……我和加奈子的孩子就即將滿二十歲了。
最後我還是續了一杯，連喝了兩杯啤酒。我的妻子似乎完全無法理解這間啤酒屋好在哪裡，無論我告訴她幾次正確的店名，她還是稱之為「那間破啤酒屋」。確實，剛開始我也懷疑這裡是不是真的在營業，老舊的天花板明顯傾斜，廁所門也鎖不上。即使如此，對我而言，這裡還是另一個天地。
我請媽媽桑替我結帳，拿千圓紙鈔付了款。除了找零兩百圓以外，她還塞了加工起司，要我帶回家給妻女吃。我沒有帶妻子來過這間啤酒屋，不過假日的時候，媽媽桑似乎在某處見過我們一家三口走在一起的模樣。我不覺得口味挑剔的妻子和女兒會愛吃這種起司，不過還是向她道了謝，走出店門。不久前那麼炎熱的夜晚，現在也涼快了許多。
「咦？」
有那麼一瞬間，我以為自己看錯了。是因為喝了兩杯啤酒，我已經醉到看見幻覺了嗎？我揉了揉眼睛，再一次往鳥籠裡看，但籠子裡果然還是空空如也。
「媽媽桑！」
我急忙叫媽媽桑過來。她正在吧檯內側的小流理臺前認真清洗著薄張玻璃杯，水龍頭開得很大。

「怎麼啦，齋藤小弟，叫得這麼大聲。」
媽媽桑關上水龍頭，驚訝地轉過頭來。
「那隻鳥，剛才不是還在這裡面嗎……」
我語無倫次地說著，是我在作夢嗎？還是那隻鳥從頭到尾都是我夢到的？我將手掌貼上自己的臉頰，輕輕捏了捏。
媽媽桑往圍裙上抹著雙手，也朝我走過來。她踮起腳尖，往鳥籠裡一看……
「咦？」
那一瞬間，媽媽桑也張大嘴巴，愣在原地。
「剛才這裡面真的有一隻玄鳳鸚鵡，沒錯吧？」
「嗯，不用懷疑，我還放了飼料進去餵牠呢。」
媽媽桑說著，伸出指尖觸碰生鏽的鳥籠門。她一碰，鐵絲便鬆開了，籠門整個掉了下來，鳥籠呈現毫無防備的狀態。
「牠自己逃出去了嗎？」媽媽桑問。
「好像也只有這個可能了。」
說完，我們倆一同仰望天空。壯觀的滿月高掛，獨占了整片寬廣的夜空，就好像悠哉地伸展手腳，自在地坐在那裡一樣。道路對面，便是過去曾經是花街柳巷的地方，月光將那塊地段照耀得格外美麗。

「是別人寄放的鳥，這樣沒關係嗎？」

我擔心地看向媽媽桑。

「唉，也只能這樣了。」

話中摻雜著嘆息，媽媽桑給了我一句不置可否的回答，又從菸盒裡抽出一支菸。鳥籠裡撒了滿地的飼料，其間有根漂亮的羽毛落在那裡。

「這可以讓我帶回家嗎？」

我將手指伸進鳥籠，用兩根指頭的指尖設法將羽毛撿了起來。雖然已經是一段時間之前的事了，不過這是女兒拜託我尋找的東西。在都市裡，實在很難找到烏鴉和鴿子以外的鳥兒的羽毛，而且顏色還要夠漂亮才行。

「請便。」

媽媽桑瞇細眼睛，很享受似的抽著菸這麼答道。我那念幼稚園的女兒熱中於做手工藝，每天都用糖果包裝紙和橡皮筋等等的材料創造出藝術作品。我怕人家笑我是傻瓜爸爸，所以不會跟別人說這些，不過她說不定就是未來的畢卡索呢。

「齋藤小弟，為了紀念那隻小鳥啟程旅行，你要不要再喝一杯？我請客。」

聽見媽媽桑甜美的誘惑，我有點捨不得走了，不過……

「今晚我還是先回去了。」

我仍然宣言似的這麼說道。

「我想在陽臺上賞個月。」

現在立刻回去的話，我女兒還醒著。

「聽起來真不錯。那我今晚也早點打烊吧，反正好像也沒有客人要來。雖然已經記不清是幾週年了，但今天是我的結婚紀念日，剛才和你聊到初戀的話題才想起來。」

「恭喜。」

「雖然對象已經過世了。」

「不過，紀念日還是值得紀念嘛。」

或許是想起了什麼，媽媽桑掩飾似的迅速抹了抹眼角。最近，媽媽桑變得愛哭了不少。

「我會再來的。」

「謝謝，再來店裡露個臉吧。晚安──」

背後傳來媽媽桑宏亮的聲音。

啤酒帶來的醉意舒暢地傳遍了整個身體。我在紅燈前停下腳步，仰望月亮，將手探進西裝口袋，指尖描摹過剛才媽媽桑送我的加工起司邊角。起司塊的縫隙之間，我一直在尋找的羽毛就靜靜躺在那裡。

我一在公園長椅上坐下，便有一陣強風從後方嘩地吹來，有人將手輕輕放在我肩上。那一瞬間，我的肩膀溫暖了起來。接著那人問我，「沒事吧？」

我覺得自己好像已經死了。這裡可能是天國吧，我心想。沒想到天國和地球上的景色還真像，我這麼想著，仰望天空。眼前有高大的樹木聳立，是櫸樹嗎？還是樟樹？天空上有一道即將消失的飛機雲，像用面相筆畫的那樣細。

「沒事吧？」

當對方又說了一次，我轉頭看向自己的肩膀。

這就是我遇見展鴻的瞬間，是展鴻和我之間一切的起點。但我沒想到，叫住我的居然是一隻如假包換的小鳥。

我剛從醫院離開，不久前，醫生剛宣告了我時日無多。胸口沒來由地一陣發悶，我才想在這座小型兒童公園的長椅上坐著休息一下。

我站起身，展鴻仍然停在我左肩。說也奇怪，展鴻就只是站在肩膀上而已，不知怎地就讓我湧現一股活力。假如牠在半途中飛走，那也沒關係，一切都是展鴻自己決定的事——我在心裡靜靜這麼想道。

所以，我沒有將展鴻藏在大衣內側，沒有用手按住牠的翅膀，也沒有拿披肩裹住牠。即便如此，展鴻還是沒有逃走，我於是直接朝著公車行駛的道路上走去。久久外出一次，這件事已經消耗掉了我所有的體力，因此我放棄搭乘電車，決定改搭計程車回家。

肩膀上停著一隻鸚鵡，我仍然舉手攔車，計程車司機看似有點驚訝。不過司機還是什麼也沒說，替我打開車門，開動了車子。在我坐進車裡之後，他也對我肩膀上那隻鳥隻字未提，儘管他絕對不可能沒看見。

展鴻在車子裡也紋絲不動地停在我肩上，我覺得自己彷彿獲頒了一枚光榮的動章。

我內心湧現一股非常奇妙的心情。我們明明才剛遇見彼此，卻彷彿已經攜手走過幾十年的人生，我不禁覺得自己好像遇見了一直尋覓的伴侶。展鴻這個名字，也是在我動腦思考之前就已經出現在腦海，就好像牠掛著寫有「展鴻」的名牌出現在我眼前似的，沒有一絲一毫的猶豫。

而且在此之前，我一次也沒養過鳥，鳥兒停留在肩膀上的這種感覺卻似曾相識。這是為什麼？我自己也不明白，但總覺得這一切都是必然。所以我一點也不心慌，就像搬演著一場劇本已定的戲。我久違地回想起當女演員時的那種感覺。

這一切該怎麼發生，就會怎麼發生。無論是我剩餘的壽命，還是與鳥兒的邂逅。

這感覺就好似被一股輕飄飄的空氣包裹，明明在這之前，我一直都覺得身體沉重，彷彿拖著輪胎步行。該怎麼說呢？就好像細胞與細胞之間擠進了許多細小的氣泡，我的整個身體都變成了舒芙蕾似的。就這樣，我人生的最終章揭開了序幕。

我在自家門前下了計程車，小風立刻飛奔過來。

我唯一擔心的就是展鴻和小風處不好，說不定一看到小風，展鴻就會飛走了。我為此做好了心理準備，畢竟在計程車裡，我就已經充分享受了與展鴻待在一起的幸福。

「哎呀。」

不出所料，一看見停在我肩膀上的展鴻，小風就驚訝地眨著眼睛。她呆站在原地，手仍然放在圍裙上，一臉目瞪口呆。

「我回來了。」

我盡可能以尋常的語氣說道。

打過招呼，我便走向玄關，小風匆匆忙忙從我身後追來。這裡是將近三十年前，我參酌專家意見自行設計、建造的自宅兼畫室，土地也是我自己找的，從道路到玄關之間有一小段平緩的坡道。

今天我和副院長有一場重要談話的事，我也告訴了小風。一開始小風還執意說要陪我一道過去，但我設法勸服了她，請她幫忙看家。即使是我和小風的交情，我也不想將她捲入這麼沉重的私事當中。除非必要，我不會擅自踏入對方的私人領域，因此也不希望對方擅自踏進我的領域裡來。

「美步子老師。」

踏進屋內時，小風總算說了第二句話。這裡是玄關，但我家不脫鞋，都穿著外出鞋直接進屋。對我來說，這樣生活起來比較自在。對於這點，小風好像一直難以贊同，不過這裡是我家，規則由我自己決定。因此，小風總會在門口的椰子纖維踏腳墊上執拗地刮蹭鞋底，像表達無言的抗議。

「美步子老師——我在叫妳呢。」

我沒有忽視她的意思，但回答得晚了一些，小風就又喊了我一次。小風叫我的時候總是帶有歌唱般的節奏，無論我再怎麼告訴她不要叫我老師，她都不願意改口。再糾正下去我也嫌麻煩，現在我只破例允許小風這麼叫我。不過，小風口中「老師」的發音有種類似於南部煎餅、切短穗火鍋這些詞彙的輕快感，和其他人喊我「老師」時那種沉重的感覺並不相同。
「怎麼啦？」
走到起居室，我才緩緩回過頭。
「那個……」
小風遲疑不決地看向我。
她這副表情和從前一點也沒變。如今我們倆都是老太婆了，不過我和小風從年紀很小的時候就彼此認識。打從她比現在還要更加細瘦，還是個愛哭鬼的時代，一直認識到現在。
小風似乎在猶豫，不知該先詢問醫院的檢查結果，還是問我肩上這隻鳥是怎麼回事，我於是先發制人。那些麻煩事先擱一邊，可以的話，就一直擱置到我死後再說吧。
「哎，我們來喝茶吧，我現在就泡好喝的奶茶給妳喝。妳看，我還買了妳愛吃的泡芙回來。小風，妳可以幫忙把泡芙放到盤子上嗎？」
我舉起深藍色的漂亮紙袋，交到小風手中。小風不僅擅長做料理，所有家事也都做得很好，唯獨在泡奶茶這一項我能勝過她。這是我二十幾歲時認識的印度舞蹈老師教我的泡法，聽說印度人把這種奶茶叫做Chai，一天要喝上好幾杯。

我從架子上取出裝有香料的洋鐵罐，差點忘了展鴻還停在我肩膀上。

我和小風從剛出生就認識了。讓小風來說的話，她會說我的大姑姑和她的外婆是堂表親，不過我不擅長解釋得這麼複雜，被人問起時總說小風是我的遠房親戚。我們年紀相近，從小就氣味相投，兩個人並肩走在路上時，常有人誤以為我們是姊妹。

「小風——奶茶泡好囉——」

我大聲喊她，聽見遠處傳來「好——」的應答聲。她在晾衣服嗎？我這麼想著，稍等了一會兒，便看見小風從庭院裡摘了花回來。

「我剛才看到桌上一朵花都沒有，所以去摘了一點。」

可能是連忙跑回來的關係，她氣喘吁吁，肩膀上下起伏著說道。我今早必須到醫院去，不小心忘記插花了。我不喜歡花店裡賣的那些過度張揚的花，它們沒有大自然的香氣，只聞得到金錢的味道。

小風將手上的小花插進花瓶，然後馬上從紙盒裡取出泡芙。說是花瓶，不過這瓶子其實是從前在歐洲一個小國家實際使用過的牛奶瓶。這間屋子裡有著許多絕對稱不上貴重，價值卻無法以金錢衡量的東西。

「哎呀，看起來真美味。」

小風凝視著泡芙說道，眼神彷彿看著價值不菲的寶石。

「這時間喝下午茶剛剛好。」

往中庭裡的日晷一看，就快三點了。我家除了這座日晷以外沒有任何時鐘，所以一旦碰上陰雨天氣，就連白天也看不出時間。而且在夕陽西沉之後，直到太陽再次露臉之前，都只存在「夜晚」這一種時刻。

小風將茶杯和泡芙全都一起放上托盤，替我端到桌子上來。

小風年紀輕輕，就嫁給了秋田一間釀酒廠的少爺，但她在此之前一步也不曾離開過江戶。即便在那場戰爭發生的時候，小風也沒有疏散撤離，一直都在江戶生活。

「哎，真好吃，這家的泡芙果然該拿一等獎。」

小風抬手掩著嘴咀嚼，一邊笑瞇了眼這麼說道。在吃甜食的時候，小風看起來是最幸福的。一等獎是小風的口頭禪，雖然她本人似乎毫無自覺。

「外皮酥脆，內裡也非——常紮實地擠滿了奶油餡哦，很少吃到這麼有男子氣概的泡芙。大部分的泡芙都是讓人滿心期待地咬下去，口感卻軟趴趴的。」

小風非常喜歡這家店的泡芙。

「那奶茶呢？」

我等不及聽她說完，便這麼催促道。自己主動要求對方讚美確實很不識趣，不過對我來說，只有奶茶這件事特別不一樣。就連自己的畫作獲得讚賞我都不會那麼沾沾自喜，但一有人讚美我泡的奶茶，我就會得意到手舞足蹈。

「美步子老師，妳泡的奶茶無論何時都該拿一等獎。」

小風這麼說著，像打瞌睡那樣大大地往前點了一下頭。她果然還是沒注意到自己的口頭禪。

「如果不夠甜，可以自己加蜂蜜哦。」

這蜂蜜是去年夏天，在這座庭院裡採收而得，但那些蜜蜂已經不在了。健康狀況惡化之後，靠我一個人實在無法照顧牠們，於是我託人介紹，請一位業餘的養蜂人將牠們領走了。所以，用光了現在瓶子裡的這些蜂蜜，我家就再也沒有自製蜂蜜了。

「美步子老師。」

小風又喊了我一聲。該向小風坦承到什麼地步，坦白說，我也還拿不定主意。等到我不在這裡了，能幫忙善後的只有小風一個人，我總不能什麼都不告訴她。

但我要是向她坦白一切，小風自己的內心多半承受不住這種打擊。
就在這時，展鴻突然唱起了歌來。我不知道那是什麼曲子，但牠確實在唱歌。
「唱得真好、真好。」
小風高興地拍著手。
「你叫什麼名字呀？」
小風靠近展鴻這麼問道。
「牠叫展鴻。」
我於是代替牠回答。
「展鴻。」
有那麼一瞬間，小風臉上的表情似乎變了。她說不定察覺到了，不過關於這個名字，我沒再多說什麼。
「這麼說來，小時候也養過小雞呢。從祭典上帶回來的，後來就養在家裡。」
我往小風的茶杯裡添滿奶茶，她便回想起什麼似的起了個話頭。
「小風，是妳養的？」
「妳在說什麼呀，那不是小美步妳養的嗎？」
「咦？我養過小雞？」

提及兒時的我，她就不喊老師了，而是叫我小美步。

「真的嗎？確定不是小風妳養的？」

我完全沒有這個印象。

「那次我們大家結伴到祭典上玩，小美步在那裡看上了一隻小雞，說什麼都要帶牠回家，我們怎麼勸都勸不聽。」

「竟然有這回事。」

「我當時就知道祭典廟會上賣的小雞都身體孱弱，買回去沒多久就會死了，所以心情有點複雜。」

「原來是這樣啊？」

「是呀。」

「然後呢？那隻小雞應該不出所料，馬上就養死了吧？」

我說。

「美步子老師，妳還真的什麼也不記得了。」

小風露出驚訝的神情說道，將身體彎成く字形，咯咯笑了起來。

「那後來到底怎麼樣了？」

我連這是幾歲時發生的事都毫無頭緒。

「後來呀，那隻小雞真的長大了，小美步非常努力地照顧牠。妳選中的那隻小雞看起來特別虛弱，我心裡覺得牠一定不消多久就會死掉了，不過牠還是平安從小雞長成了一隻成雞。」

「原來。那麼當時，我就在那間狹小的屋子裡養著那隻雞囉？」

「是呀，不過有一天……」

說到這裡，小風停頓了一下。

「有一天？」

我想趕快知道後來發生了什麼事。

「那隻雞不見了。」

小風放棄掙扎似的說道。

「也就是說，牠逃跑囉？還是被小偷偷走了？」

當時真的就是有可能發生這種事的時代。

「都不是。」

小風使勁搖搖頭，否認了我的猜測。

「那是發生什麼事了？雞跑到哪裡去了？」

我追問道。

「有一天，小美步光著腳丫子衝進我家裡來，哇哇大哭。我的母親問妳怎麼了，妳也不說話，只是哭個不停，所以我們都不清楚到底發生了什麼事。過幾天才聽說，原來是妳爺爺趁著妳上學時殺了那隻雞，把牠做成了晚餐的雞肉鍋。」

「真的嗎？我完全不記得了，妳確定那不是其他人嗎？」

我心裡仍然存疑，於是目不轉睛地看著小風。這實在太難以置信了。

「絕對是小美步妳，不可能弄錯的。當時，妳可是像接力賽跑時抓著接力棒那樣，只抓著雞腳就衝進了我們家來呀。」

這麼令人印象深刻的大事，沒想到居然會從記憶中消失得一乾二淨。

「一定是因為那件事太讓妳傷心，所以才從記憶中被抹除掉了吧。」

小風以平靜的嗓音這麼說完，將茶杯裡剩下的最後一點奶茶喝進嘴裡。

小風，如果我死了，妳會哭嗎？會傷心嗎？

依她的個性，她肯定會顫抖著肩膀嚎啕大哭吧。可是等到傷夠了心，流光了所有的眼淚，或許就能像當年的我一樣，若無其事地忘掉這一切。

「趁著天色還亮著，我去買點鳥飼料吧。」

小風說著，將使用過的餐具放回托盤，站起身來。看來縱使我什麼也沒說，小風還是理解了我和展鴻之間的必然。這場見面會，似乎是成功了。

我希望盡可能以不麻煩小風的方式啟程，想要保有尊嚴，優雅地展翅遠行。

每週一，小風總是特地從栃木來到我家。年輕時我們縱情歡鬧，一起到處去玩。現在回想起來實在教人難為情，不過十幾歲的時候，我曾經做過一點模特兒的工作。後來因為這段緣分，也開始有人找我去拍電影，當然只是些小配角就是了。那時小風就作為我的隨身助理，陪著我一同前往拍攝現場。之後在因緣際會之下，我又答應要幫朋友創作的童話書繪製插畫。

我自己完全沒有概念，不過這些插畫似乎獲得了不少好評，於是這一次，我便以插畫家的身分正式進入了業界。開始有人循著人脈來委託我畫圖，這份工作越做越有意思，演員工作被我擱置到後來，自然而然就不做了。過不久，我開始能以自己的名字出版繪本。

我本來就不太適合需要在人前露面的工作。隨著我轉換跑道，小風也從隨身助理變成了我的工作助手。

從十幾歲時開始，我們周遭就圍繞著許多志願成為小說家、劇作家、畫家、演員的人。大家都還只是初出茅廬的年輕人，但他們身上充滿蓬勃的能量，是一群無拘無束又幽默風趣的人。我們的世界就從此處逐漸拓展開來。

在這群人當中，最受異性歡迎的就是小風了，她比當時做模特兒、做演員的我還要受歡迎得多。她也經常墜入情網，和人風花雪月地談情說愛，所以我想，這個人大概要一輩子沉溺於戀愛了吧。但有一天，小風卻突然從我們的世界金盆洗手，宣告她要嫁作人婦了。

她生於江戶，是個道道地地的東京人，卻打算離開江戶，嫁到東北的鄉下地方去，我聽了真不敢置信。連周遭的女性朋友們都在耳語，說小風絕對會哭著跑回來。然而，她卻徹底打破了所有人的預期，在秋田那間傳統悠久的釀酒廠，完成了身為長子妻室的職責。小風生下三男一女，在育兒的同時也幫忙操持家業，搖身一變成了「釀酒廠的女主人」。那段期間，我們幾乎就只剩下互相寄送賀年明信片的時候才會聯絡。

這樣的生活似乎一帆風順，但有一天，她先生被捲入意外事故當中，不幸身亡。當我趕赴葬禮的時候，小風已經消瘦得判若兩人，我除了抱緊小風的肩膀以外無能為力。

現在，小風將秋田那間釀酒廠交由長男和次男管理，自己則和成為上班族的三男一家人一起住在栃木。大約十年前，我跌倒摔斷腿的時候，小風曾請求我讓她住在這裡工作。可是不論男女，我天性無法與人長期共同生活，即使是感情要好、彼此依靠的人，也不行。無論關係再怎麼親密、面臨再怎麼嚴苛的處境，我秉性就是想憑藉自己的雙腳站立，一個人生活下去。

從那之後，我請小風每週過來一次，照料我的生活起居。有段時期我也曾受眾人追捧，接下一件又一件的案子，不過現在我只接自己作畫的工作，所以小風名義上雖說是我的助手，但實質上幾乎不會負責與繪畫直接相關的業務。即便如此，小風還是每週欣然來訪，為我打理生活事務。

隔天，我到庭院裡採伐泰山木的枝條。有人說我纖細、柔弱，那可是大錯特錯。如有必要，我連木工都能自己來，也能熟練使用鋸子。女人一個人獨自生活下去，就意味著這麼回事。瓶蓋打不開的時候也一樣，只能靠自己的力量設法打開，沒有其他辦法。

到最後，我還是沒結婚，所以不像小風那樣擁有人生的伴侶。

展鴻從凸窗目不轉睛地看著我砍下枝條。為什麼我們就這麼合得來呢？為什麼這麼心有靈犀呢？我心裡當然也有所迷惘，畢竟我即將不久於人世。既然是權威醫師的判斷，想必不會有錯。

縱使如此，我仍然想和展鴻待在一起，共同生活，即使只是多一秒也好。

——當我帶著停在肩上的展鴻，從公園長椅上站起來的那一刻，我就這麼想了。所以，這是我最後的任性，得請展鴻原諒我先牠一步離開了。

我以銼刀稍微修整過砍下的樹枝切口，接著將其中一枝裝設在我的寢室天花板，一枝則裝設在起居室一角。我一直以來都像這樣，一點一滴加工生活空間，用自己的雙手整頓自己的住家。

先不論小風說我養過小雞的那件事，回想起來，這還是我活到這個年紀第一次飼養生物。我沒養過狗，也沒養過貓。這棟房子剛建好不久的時候，有野貓在庭院一角生了小貓。有段時間，我讓流浪貓一家在那裡自由活動，但牠們不知不覺也消失了。我確實也養過蜜蜂，不過那和生活在一起的寵物又有點不一樣。我也不曾和男人同居，確實有過幾個好事之徒向我求婚，但我無論如何都無法下定決心跨出那一步。

過了一週，小風又從栃木風塵僕僕來到我家。儘管我告訴過她不必特地搬那麼重的東西過來，小風還是每次都會從家附近的無人攤販買來大量的蔬菜，推著手推車送到我家。

「比東京的蔬菜便宜多了，而且還很好吃哦。」

小風彷彿把栃木新鮮的空氣一併送了過來。小風一踏進家中，我總覺得連屋內的空氣也變得透明起來。春風和煦這個詞，用來形容小風恰恰合適。她總是像春風悠然吹拂那樣怡然自得地活著，和急性子的我大相逕庭。

「美步子老師，結果怎麼樣？」

最後從手推車底部取出一顆巨大南瓜，小風由下往上看著我問道。

「什麼怎麼樣？」

「我是說，這可是妳和展鴻第一次一起生活呀。」

「哦，妳是說這個。」

和展鴻的同居生活竟然只過了短短一個星期，真教人難以置信。

「很幸福喲。」

話是我自己說的，卻沒來由地有點不好意思。

無意間一看，蔬菜和水果在廚房白色的磁磚上閃耀著新鮮的光澤，我暌違已久地產生了拿起畫筆的渴望。

「比起和麻煩的男人同居可輕鬆多了。」

當我這麼說，停在起居室棲木上休息的展鴻「嗶——」地發出高亢的鳴叫聲，就好像牠完全聽懂了人語。

小風大略打掃過家裡之後，便出門採買，為我烹煮了一週份的菜餚。無論我拒絕幾次，告訴她這些事我能自己來，她總是說「老師妳一個人，還是容易吃得營養不均衡嘛」，每一次總會為我做幾道只需要加熱，能輕鬆食用的料理再回去。我完全不需要動手做家事。

中午，小風為我做了鄉土料理，卷纖蕎麥麵。這是在小風夫家，那間位於秋田的釀酒廠代代相傳的秘傳鄉土蕎麥麵——每當我這麼說，小風總會滿臉通紅地否認，說我講得太誇張了，但她煮的卷纖蕎麥麵就是這麼美味。裡頭放了滿滿的牛蒡和香菇，與雞肉高湯的滋味完美融合，而且今天她還加了天然採摘的新鮮舞菇，真是美味到言語難以形容。

我是東京人，所以最愛吃蕎麥麵了，一直有著東京蕎麥麵是全日本第一，也就是世界第一美味的自負。但吃過小風煮的鄉土蕎麥麵之後，我開始覺得其他地方的蕎麥麵也相當博大精深。

小風發現那張傳真，是在我們吃完了卷纖蕎麥麵之後。

「美步子老師——美步子老師——」

小風變了臉色，急匆匆地跑進起居室來。屋內還瀰漫著湯頭馥郁的香氣，一打開窗戶好像就會讓這股香味溜走了，我遲遲捨不得開窗。

我剛離開廚房一隅的餐桌，坐到日照良好的起居室沙發上，正準備讀報紙。最近視力好像變差了，字都看不太清楚。早晨的光線還不夠明亮，因此我都在這個時間看報。

「怎麼啦？這麼慌張。」

老花眼鏡還低低掛在鼻梁上，我抬眼看向小風。展鴻好像一直等著我吃完飯似的，我一在沙發上坐下，牠就又飛到了我肩膀上來。我和展鴻真的是心靈相通。

「有人想要委託工作給妳……」

小風說著，吞了一口唾沫。

「工作？什麼時候的？」

我不擅長操作機器，所以從來不靠近傳真機。坦白說，我根本不想把那臺像怪獸一樣的傳真機放在家裡，因此平常總是拿一條基里姆平織毯罩在上頭，眼不見為淨。無論是那種人工的嗶聲，還是莫名其妙發亮的按鈕，它的一切對我來說都無法忍受。可是有一次，小風懇求我說，既然要接案工作，請妳無論如何都一定要放一臺傳真機在家裡。小風還是釀酒廠女主人的時候，傳真機就是她的一大得力助手，這是她這麼建議我最主要的理由。於是後來，我就不太情願地接納了這臺傳真機，條件是我完全不會去碰它。不過這臺傳真機平常還是乏人問津，幾乎都閒置在那裡。

「妳確定不是三、四年前的委託了嗎？」

我喝著小風為我泡的極品綠茶這麼回道。

「妳在說什麼呀，美步子老師，這上面印的可是上週的日期。」

小風一臉詫異地說著，將那張光滑得毫無雅趣的紙遞給我。也難怪小風會這麼驚訝，畢竟到了現在，已經幾乎沒有人來委託我工作了。

「哎呀，真的呢。」

末尾確實寫著上週的日期，才剛過不久。

「老師，妳打算怎麼做？」

小風帶著認真的眼神問我，於是我猶豫了一瞬間。

「給我一點時間考慮吧。」

我靜靜回答。

對方想請我繪製一本雜誌的封面圖。雜誌以季刊頻率推出，也就是一年需要四張圖。我內心深處像被什麼東西刮擦過似的起伏不定。為什麼？為什麼找我？

而且，為什麼偏偏選在這種時候？明知道再怎麼想也不會有答案，腦袋卻無法克制地轉個不停。這種時候還是暫緩回覆為上，越是急於給出的結論，越容易在事後造成自己的麻煩。

「那麼，這張傳真可不能弄丟了，我先用磁鐵把它吸在冰箱門上哦。」

小風說道。凡是重要的東西，她什麼都想往冰箱上貼。對於長年擔任家庭主婦，掌管一家大小事的小風而言，冰箱一定是個像神社那樣神聖的地方吧，就像我眼中的畫室一樣。

隔天早晨，我很早就睜開了眼睛。

屋內沒有時鐘，無從確定精確的時刻，不過看得出天還沒亮。展鴻似乎還在睡覺。我喜歡展鴻並不總是一年到頭黏在我身邊，懂得分清待在一起的時間，以及各自看著不同風景的時間。無論關係再怎麼親近，也不會跨越某一道界線，我在展鴻身上感受到了這樣的美學。

來畫畫吧。

從昨天開始，不、在更早一點之前，這股衝動就一直在我內裡醞釀，我已經無法無視這個欲望。

我想畫畫——我真的許久沒產生過這種感覺了。就像想喝水、想呼吸新鮮空氣那樣，我的身體以同等的程度渴望繪畫。我已經時日無多，開始作畫又有什麼意義？說不定連一幅作品都來不及完成，我就會死掉了——很不可思議的，我完全沒有浮現這類想法。

對於自己的死亡，我一點也不害怕，這是真的。

但在那之前，我想在這世上留下畫作，即使只是一幅也好。

我重新進入美術學校進修，是在我快滿三十歲的時候。當時東京奧運即將舉辦，全日本都為此陷入狂熱。在此之前，我靠著自學勉力持續著繪畫工作，卻已經感覺到自己的極限。我想重新從基礎開始學畫，因此回到校園，和年紀比自己小了一輪的學生坐在一起上課。

在這之前，我畫圖全憑感覺，其實對於繪畫完全一無所知。所以即使作品被人批評為小女生的塗鴉，我再怎麼不甘心也無從反駁，因為那就是事實。我到美術學校念了整整兩年的書，從零開始學習繪畫基礎。

我靜靜走出臥房。

首先著手沖泡奶茶。打開窗簾，外頭的天色仍然幽暗。各式各樣的生命還在酣然沉睡，那些安穩的鼻息從庭院、從城市、從天空深處傳來。在一天當中，我尤其喜歡這個時段。西邊的天空裡，月亮還皎然生輝。

我站在昏暗的廚房裡，摸索著準備鍋具。往鍋內倒了水，放到爐子上開火，加入小豆蔻、肉桂和茴香，接著加入生薑，煮至水滾後加入茶葉。茶葉用阿薩姆最好。大約煮個一分鐘之後，加入水量二分之一的牛奶。牛奶都是小風買的，她總會在牛奶用完之前替我買好備品。一直熬煮到即將沸騰的時候，立刻將鍋子移開爐火，然後將這個步驟重複三次，像施展魔法一樣。

作畫的時候，我總會喝這種奶茶，不先喝過奶茶就沒辦法展開工作。

我把自己關進畫室，足不出戶。整間屋子裡，只有這個房間是小風從來不會踏足的。這樣我最能心情舒暢地面對畫作，這是我經過反覆嘗試錯誤找到的工作方式。

從以前到現在，我從來不曾奉誰為師。我也不曾收過徒弟，只有小風替我打點生活起居、調整工作行程。我發自內心厭惡支配別人、受人支配的關係，無論何時都以自己想要的方式過活，以自己想要的方式一路畫到今天。

埋首於作畫的時候，我會忘卻飢餓，也不去廁所。這世界上只剩下我和畫作存在，而就連這兩者也終將交融，重合為一。這或許也能說是一種感官的欲望吧。

我透過繪畫體驗到情欲，在作畫時感受到狂喜，有時甚至連呼吸都要忘記。

在面對繪畫的過程中，我學會了如何達到無我之境。

無意間看向窗外，有光照進中庭。

多美呀。

我回歸赤子之心，如此讚嘆。象徵著這座庭院的泰山木在日光照耀之下，樹幹、葉片，一切的一切都光輝閃亮。我暌違已久地回想起這種感覺。

我現正著手繪製的，是一幅自畫像。我已經幾十年沒畫過自己的身影了。

無論我再怎麼畫，新的靈感都源源不絕地湧來。

每一天，我都像被什麼東西附身似的不停作畫。感覺就好像那些小生物、花朵、物體、風景，全都在對著我說，來畫我嘛、也畫一畫我嘛，笑瞇瞇地朝我逼近過來。我一一與它們正面相對，用色彩和形狀表現它們。無論睡著或醒著、白天或黑夜，我時時刻刻想的都只有繪畫。

只要將全副身心沉浸在繪畫的世界當中，我就能逃離現實。對我而言，繪畫或許是逃避現實最徹底的手段。我作畫不是因為幸福，而是因為痛苦，是為了忘掉一切。這樣的心態，從以前到現在從未改變。

畫畫的時候，一個星期一眨眼就過去了。

下週一早上，小風一見到我，開口就說：

「美步子老師，妳在工作呀。」

好像是因為我的手上、臉上都沾到了顏料。

「嗯，算是吧。」

我曖昧地回答。這感覺就像突然從夢中醒來，我像個玩泥巴玩到忘我的孩子那樣作畫，此刻對這樣的自己感到有點難為情。不過，作畫之後的快感確實傳達到了我的內在深處，像餘音那樣迴盪不去。廚房水槽裡，我煮完奶茶就置之不理的鍋子隨意放在那裡。

經過連日作畫，我的頭腦整個綻開了，就好像一朵花瓣展得太開的鬱金香。仔細一想，這段期間我沒跟任何人說過話。展鴻也不曉得是否察覺了什麼，最近很少靠近我。

一直把自己關在室內實在不太好，於是睽違幾天，我試著走出屋外，來到庭院。不久前小風摘的野花快枯萎了，因此我又選了新的花朵。

在寒冷的天空底下，玫瑰花正不屈不撓地綻放。它以真實的姿態吐露新芽，開出花朵，然後枯萎凋零。我不得不欽佩它毫無迷惘、正直坦率的模樣。我也想像花朵凋萎那樣迎接死亡。

午餐，小風為我親手做了酸辣湯麵。她知道我愛吃麵，總是不惜費心替我烹調。我不為自己做料理，一個人的時候總是吃得十分簡樸。正因為知道我這種習慣，所以小風才會像這樣，總是在冰箱裡放滿各種家常菜才回去。儘管虛張聲勢地說要自己一個人活下去，但實際上，若不是有小風在，我的畫家生活就無法成立。

「小風，妳煮的酸辣湯麵果然是極品美味。」

我喝了一口湯，這麼說道。展鴻也在起居室鋪好的報紙上，啄食著小風給牠的飼料。

「這煮起來很簡單呀，只要加入滿——滿的醋，再撒上滿——滿的胡椒就完成了。美步子老師，妳每次都說得太誇張了。」

每當我讚美小風的料理，她總是像這樣輕描淡寫地自謙，說得好像這沒什麼。但我並不這麼想，換做是我就絕對煮不出這麼極品的酸辣湯麵，酸味與甜味達到如此絕妙的平衡。

「這個呀，是我們家媳婦教我的。只要把三種醋混合在一起，嚐起來就會是這個味道。」

「不過，要拿捏好比例還是很困難吧。像我這個外行人，就完全調不出來。」

「沒關係呀，美步子老師，妳只要好好作畫就可以了。我會幫妳把所有家事都做好。」

總覺得很久以前，我們似乎也有過類似的對話。

對我而言，活著這件事與作畫同義。生病之後一段時間，我不知不覺遠離了畫室，不過現在，我體內有著不輸年輕時的能量在湧動。

「下午再工作一下好了。」

聽我這麼說，小風開口：

「那麼，我晚點送咖啡過去哦。」

唯獨在下午也要工作的時候，我會喝濃厚的義式濃縮咖啡。它能讓我頭腦清醒，更容易專注。

「那個，老師……」

到了傍晚，小風有些遲疑地起了個話頭。

「上次傳真的那件委託，妳決定要怎麼做了嗎？」

小風已經穿上了外套，著手準備回去了。她新做好的家常菜一道道裝在保鮮盒裡，整整齊齊放在冰箱，從必須盡早食用的菜色開始依序疊好。

「這個嘛……」

我喃喃說。上週小風發現的那張傳真，還用裝飾磁鐵紋絲不動地貼在冰箱上同一個位置。

「美步子老師，如果妳還想再考慮一下，要不要我打個電話先告知他們一聲？」

小風一邊將圍巾圍在脖子上，一邊這麼提議道。當然，我並沒有忘記那張傳真，反而還一直在思考這件事。但我還給不出確切的答覆，畢竟，我現在過的是所剩無幾的餘生了。

「說得也是，都已經過十天了。那就拜託妳了。」

一聽我這麼說，小風立刻從自己的包包裡取出記事本和鉛筆，抄下對方寫在傳真末尾的聯絡電話。

心裡明明已經有了答案，我卻連面對小風，都遲遲說不出口。

隔天、再隔天，我都埋首於工作之中。我的身體究竟哪裡還蘊藏著這樣的能量，連自己都感到驚訝。我甚至覺得，說不定是我的病不藥而癒了。就好像被名為繪畫的妖怪附身，身體被控制了似的，我到底是怎麼回事呢。

有時候一回過神，會發現展鴻就乖巧地停在我肩膀上。在這之前，無論是多麼親近的對象，我都不曾允許別人踏進這間畫室，展鴻卻輕而易舉地打破了這條規矩。一旦這件事實現之後，就簡單得出乎意料。

展鴻會給我勇氣，但從來不干擾我創作，在我不知不覺間就跑得不見蹤影。所以感覺到展鴻停在肩上，或許只是我的錯覺，是一陣幻象也不一定，展鴻對我而言，就是如此近似於空氣的存在。空氣看不見也摸不著，但沒有它，我就無法生存。

除了一開始畫的那幅自畫像之外，我在這期間完成了幾幅畫作。累積這麼多作品，或許算是足夠了。無論我未來出了什麼事，或許也不會造成對方太大的困擾。

我在心裡詢問停在肩上的展鴻。

展鴻，你覺得呢？這時，展鴻以清晰的聲音回答了我。

「沒事的。」

這次不是疑問句，而是清晰的肯定。

沒事的，是什麼意思？表示我答應下來也沒關係嗎？

當我仍然舉棋不定，肩上再一次傳來清晰的聲音：

「沒事的。」

我心裡好高興，就好像展鴻從背後推了我一把。展鴻會一直陪在我身邊，光是如此，我彷彿就能變得更加堅強。

我想相信展鴻所說的話，我一定會沒事的。

過完新年再見面也可以，但我卻有一股衝動，想在年內直接見對方一面。作畫的點子像旋轉木馬一樣，一個接一個不停浮現，不快點將它們繪製出來，靈感便會逐漸遠去。每一天，我都在與這樣的自己搏鬥。

當然，有時我能畫出滿意的作品，也有些時候不能如願。結束一整天的工作，走出畫室的時候，太陽往往都已經完全西沉，月亮浮現在天際。我好像去了龍宮一趟的浦島太郎那樣，一回神人事已非，只能呆呆仰望天空。就連今天是幾月幾日，我都不甚清楚。身體疲憊不堪，但我的內心卻像鮮美的果實那樣充實飽滿。

在拜託小風聯絡出版社的相關負責人，告知我願意接下這件委託之後，我心中仍然幾度迷惘。

儘管決定要答應了，但一走出畫室，我內心的怯懦就抬起頭來，附在我耳邊說，妳是做不到的。拿著畫筆、埋首於繪畫的時候，我會產生一種錯覺，好像自己是世界上最強大的勇士；但等到這隻手一放開畫筆，從畫室一走出來，空虛感便一湧而上，就好像全身赤裸的國王意識到自己的糗態一樣，我不禁冷靜地想，或許這一切都是老人的一廂情願，是我太過於自負了。

我的想法總是搖擺不定。為了忘記這種躊躇，我全心投身於繪畫世界。

一個將近黃昏的週三午後，對方來訪了。

本來我必須一個人接待訪客，小風卻為了這一天，特地從栃木又過來了一趟。這間屋子也許久不曾迎接工作相關的訪客了。

叮鈴鐺啷，聽見門鈴清亮的聲響，小風迅速反應，颯爽地走向玄關。我則坐在起居室沙發上靜靜等候，展鴻停在我的肩膀上。

「初次見面，您好——不好意思，在百忙之中打擾您了——」

跟在小風後頭走進屋內的，是一位身材高挑修長的年輕女性，但我不敢直視她的臉。都這麼一大把年紀了，說來丟臉，但我是個極度怕生的人。她特地來跟我見面，我心裡雖然高興，卻難以透過話語和表情如實表達我的心情。和人初次見面的時候，我總是緊張得心臟快從嘴裡跳出來。

她彎下高挑的身子，將名片遞給我，那張雪白的名片上印著「津野田明里」

這個名字。這種交換名片的行為感覺太商務人士，我也不喜歡，但這也沒辦法。在我發著愣的時候，小風迅速將我的名片塞進我手裡。這也不是名片那麼正式的東西，只是一片乾枯的月桂樹葉，背面寫著我的名字「小暮美步子」。若是不需要了，直接往地上一扔就好。

「好可愛哦——」

我將月桂樹葉交給津野田小姐，她便發出了高亢的驚呼。展鴻或許是被嚇到了，有那麼一瞬間緊緊抓住了我身上開襟針織衫的布料。

我將小風留在起居室，讓她和津野田小姐兩個人談些業務上的事情，我趁著這段時間退到廚房沖煮奶茶。平常我就算閉著眼睛都能煮好奶茶，但在這種時候，卻容易緊張到犯下誇張的大錯。在煮奶茶這件事上，我實際體認到了保持平常心有多麼困難。

聽見我關上爐火的聲音，小風飛奔進廚房裡來。

「美步子老師，接下來交給我就好了。」

她壓低了聲音，附在我耳邊輕聲說道，以免被起居室裡的津野田小姐聽見。

「老師，妳就去和她聊聊吧。」

我能清晰感受到小風的欣喜之情。這是我暌違許久受人青睞，接到了一個大案子，因此她也雀躍得坐立難安。表現得太明顯或許會刺傷我，所以她不會在我面前表露喜悅，但這份喜悅已經從小風的每一個毛孔、每一道指甲縫，從她的眼角眉梢滲透而出。確實，我上一次接到這種形式的工作案件，已經是好幾年前了。我的作品逐漸離開世人的目光，逐漸遠離人世，這或許才是自然的趨勢吧。

「雖然借花獻佛（omotase）有點失禮，不過請用。」

小風這麼說著，將津野田小姐帶來的餅乾擺在盤子上，和奶茶一起端上桌來，津野田小姐卻愣住了。

「借花獻佛？」

「是呀，因為這是剛才津野田小姐妳帶來的伴手禮，我們現在卻端上來請妳吃。」

小風客客氣氣地解釋道。

「抱歉，我剛剛還以為您想說的是久等了（omatase）。原來客人吃自己帶來的伴手禮，會叫做借花獻佛呀。」

津野田小姐毫不介懷地笑了。看見她那副模樣，倒是換我和小風目瞪口呆了。

「是呀，就叫做借花獻佛。現在的年輕人可能不太會這麼說了吧。」

小風一邊和津野田小姐聊天，一邊將茶杯和裝有蜂蜜的玻璃容器一一放上桌面。我感覺就像時隔許久接觸到人世，內心有些驚訝。

津野田小姐告訴我們，她出身於四國的松山，難怪她顯得這麼安適自在。或許是因為一年四季的氣候都溫暖宜人的關係，來自四國的人大多都個性大方溫厚，不太有競爭意識。

「那邊的烏龍麵很美味吧？」

看我沉默不語，小風便向我伸出援手，這麼接話道。在這種時候，小風總會變成我不可或缺的助手。

「是呀，我家鄉的烏龍麵真的很好吃，以前我們家點心也會吃烏龍麵呢。高中生結束社團活動的時候，肚子餓了也不是吃麥當勞，而是吃烏龍麵，畢竟吃麵也比吃漢堡便宜。」

說到這裡，津野田小姐以開朗的聲音說「我開動了」，便率先伸手拿起餅乾。

我覺得很有意思，悠然地聽著她們倆的對話。

「我跟妳說，美步子老師很喜歡吃麵哦。」

「哇——那老師也喜歡吃烏龍麵嗎？」

「那當然。」

「那麼下次我回老家，再買些好吃的烏龍麵帶過來哦——」

小風和津野田小姐一點也不像初次見面，兩人之間的對話節奏明快，一來一回，像拋沙包遊戲一樣。但我怎麼也難以融入她們愉快的圈子裡。

「哇，這香料奶茶也好好喝哦——」

津野田小姐喝了一口奶茶，雙眼發亮地這麼說道。即使是客套話，有人讚美我泡的奶茶還是讓我快樂得想跳舞。

「這種奶茶呀，只有美步子老師能泡得出來哦。」

小風從旁插嘴道。

「好厲害哦，我第一次喝到這麼好喝的香料奶茶。老師，這是您獨創的配方嗎？」

在津野田小姐那雙大眼睛筆直凝視之下，我不禁心跳加速。我能夠像這樣專注地凝視動物和植物，卻沒辦法如此全神貫注地看著一個人。

「沒那麼了不起，這只是我年輕的時候，跟一位教印度舞蹈的老師學的……」

我話才說到一半，津野田小姐便開口說：

「可是，這杯奶茶真的比我在印度喝過的所有香料奶茶都還要好喝！」

她的眼睛更閃閃發亮了。這孩子的眼睛真漂亮，像星空一樣，潛藏著各式各樣的光芒。

「津野田小姐，妳去過印度嗎？還真不簡單。」
小風吃著餅乾，態度自然地這麼問她。
「對呀，大學的畢業旅行，我一個人去了印度。」
津野田小姐雲淡風輕地說道。
「哇，就妳一個人嗎？去了印度？」
小風睜圓了眼睛說。我對印度也很感興趣，一直想著哪天一定要去那裡看看，但終究沒能成行。在剩下的人生裡，我還有機會去嗎？我也拿起一塊小小的點心，含入口中。
「津野田小姐，妳很有勇氣呢。」
小風說道。確實如此，她或許一反外表給人的印象，是個膽識過人的女孩。
「老師。」
她再次喊了我一聲。我抬起臉，看見津野田小姐將那雙大眼睛睜得更大了些，目不轉睛地凝望著我。被津野田小姐這樣的年輕人盯著看，我真的、真的覺得好難為情。小風悄然離開座位，走向廚房，將我和津野田小姐兩個人留在原位。我已經無處可逃，也無從躲藏了。
「關於繪製封面的案件，還請您多多幫忙了！」

津野田小姐說道。或許是被她的音量嚇了一跳，停在我肩上的展鴻拍著翅膀飛走了。

「啊，嗯。」

我不置可否地回應。在給出答案之前，我必須把實情告訴津野田小姐才行，用我自己的話語。我鼓起勇氣，看向津野田小姐。津野田小姐的眼中看上去彷彿盈著淚水，是我的錯覺嗎？

「我呀……」

一旦起了個話頭，之後就彷彿越過了一堵牆那樣輕易。

「我已經年過六十歲了，而且去年還生了重病。老實說，以目前的狀況，我不確定自己在這世上還能再活幾年。我也希望盡可能不要造成你們的困擾，不過由我這樣的人來繪製重要的封面圖，真的沒關係嗎？如果你們想要反悔，現在也還來得及……」

我又在不知不覺間垂下了頭，這時卻聽見一道聲音說：

「沒事的。」

有一瞬間，我以為是展鴻在說話。但並非如此，這是津野田小姐的聲音。

「無論如何，我們都希望能以老師您的畫作當封面，為敝社發行的美術雜誌增色。當然，這不只是我一個人的想法，而是出版社的所有人都這麼希望，才決定委託您的。」

當我抬起臉，便看見津野田小姐低著頭向我行禮，她長長的頭髮都差點垂進茶杯裡去了。

「雖然我還不成材，今後還是要請您多多指教了。」

津野田小姐說了這麼一句好像要嫁來我家似的招呼語，我也深深向她低頭致意。

被醫師宣判壽命無多，遇見展鴻，然後是工作委託……這一切或許都由一條看不見的絲線彼此相繫。

津野田小姐離開前，我送她到玄關。或許是因為她穿著有跟的黑色靴子，津野田小姐和我一前一後走著的時候，真的高得我必須抬頭仰望她。我的身高在我們這一代也算偏高了，但完全無法跟津野田小姐相提並論。

來到玄關，我補充說：

「關於交稿日期和其他細節，就請你們跟小風聯絡。還有，我並不是妳的老師，所以被稱作老師有點奇怪……」

我好不容易才擠出勇氣這麼說，但津野田小姐卻面不改色地問：

「那麼，我該怎麼稱呼您比較好呢？」
我抬頭望去，與津野田小姐四目相對。
「只要別叫我老師，妳愛怎麼稱呼都可以……」
「好，我知道了。下一次我會記得的。」
津野田小姐開朗地這麼回答，真是個直率的好女孩。
「真謝謝妳，在年關將至的時候還特地過來一趟。」
小風也走了出來，客氣地這麼向她道謝。
「我才要說謝謝，不好意思打擾兩位了。」
津野田小姐鞠躬的姿態十分優美。
「也預祝您們新年快樂。」
說完這句話，津野田小姐便踏著鞋跟響亮的聲音，颯爽地回去了。目送著她的背影，小風在我身旁縮起了肩膀，忍著聲音咯咯笑道：
「真是個落落大方的女生呀。雖然她沒聽說過借花獻佛，還是讓我有些驚訝。」
「是呀。剛開始還以為她是個不起眼的平凡女孩，沒想到是個意志堅定的人。」

人們開始準備回鄉，東京的空氣在這人煙逐漸稀少的時期，將一下子變得新鮮不少。沒有了車輛排出的廢氣，也沒有了人們的怨氣，這個城市將取回它從前的江戶風情。

我再一次仰望天空。

我還能在這裡迎接幾次正月？

唉——嚇死我了。

剛才我真的以為自己要腿軟了。

我說的不是小暮老師。小暮老師當然也滿可怕的，但我最害怕的是那隻鳥。我完全不知道老師居然養鳥，前輩也對這件事隻字未提。我的心臟還在狂跳。

打從和老師見面時開始，我的冷汗就流個不停。身上的毛衣才剛送乾洗回來，這下又被汗水沾得溼透了。不趕快把汗擦乾會感冒的，別看我這樣，我的體質其實很虛弱。

不過，沒想到老師的精神還這麼好。

她面色紅潤，說話也還相當清晰，看起來一點也不像生病的樣子。老師頻繁在媒體上曝光已經是近二十年前的事情了，我事前看過的照片，多半也是在她五十歲左右時拍的。但老師看上去一點也沒變，還是那樣美。

老師身上，散發著一股不讓人輕易接近的凜然氛圍，所以我光是站在她面前就感到緊張。面對鳥的緊張，和面對老師的緊張疊加在一起，害我嘰哩呱啦地說了許多多餘的話，老師肯定覺得我是個傻丫頭了。
不過，那位在老師家幫傭的助理非常親切和善，很好相處。剛開始她到玄關應門的時候，我還誤以為她就是老師本人。如果把她們兩人的面孔並排在一起，相貌看起來確實不同，但分別去看的時候，該怎麼說呢，她們散發出來的氣質實在太相像了，教我分不清誰是誰。
老師親暱地叫她小風，不曉得她的本名該怎麼稱呼。她在電話裡口音很重，坦白說，一開始我聽不太清楚她在說什麼。原本還以為是多麼鄉巴佬的歐巴桑在幫老師的忙，結果卻是一位與老師平分秋色，高雅又美麗的婦人。
話說回來，這裡距離車站還真遠，必須沿著河岸走上很長的一段路，我不該穿有跟的靴子來的。而且，老師家裡還不脫鞋。我都不知道，原來在日本也有這樣的住家，這可能還是我生來第一次，穿著鞋子直接踏進一般的民宅裡。我怕磨壞了地板，走路時也小心翼翼，現在覺得腰好痛。今天下班之後，就繞到針灸診所去治療一下吧。明天開始，公司終於要放假了。
附帶一提，我的故鄉在松山，愛媛縣松山市。以烏龍麵聞名的，是旁邊的香川縣高松市。雖然不值得炫耀，但松山的烏龍麵真的沒那麼好吃。說起松山值得自豪的特色，就只有道後溫泉和蜜柑了，還有松山城。豆沙餡也很好吃，但它的魅力只有當地人才懂。

幾乎所有人都會把松山和高松搞混。真要說起來，高松比較廣為人知，畢竟那裡的烏龍麵好吃嘛，所以小風女士也誤會了。被問到出身地的時候，我回答的確實是松山，但由於她立刻聯想到烏龍麵，我錯失了否認的時機，只好順著她的話應答。

當然，烏龍麵是真的融入了高松人的生活當中，這我沒有說謊。高中時和我交往的男朋友就是高松出身，他告訴過我，他們放學路上常常去吃釜揚烏龍麵。所以說，我就只是沒聽過借花獻佛這個詞而已，也用不著揶揄成那樣嘛。

光是回想起那時的情景就教我臉熱。借花獻佛這種詞，日常生活中也不會用到呀。不過回公司之後，還是再好好查一次字典，確認它是什麼意思吧。住在松山的父母親一聽說我應徵上出版社的消息，就買了最新的電子辭典給我當作賀禮。

不過，那隻鳥……在下次拜訪之前，我得想好對策才行。

我患上恐鳥症的開端，要一路追溯到我五歲的時候，當時我還在上托兒所。

我家是雙薪家庭，父母親都要出外工作，因此我們家常常在外面吃飯。而且，儘管我年紀還小，父母還是會毫不避諱地帶我到大人們喝酒的居酒屋或小料理店去。由於工作需要，他們倆對於各種餐廳瞭若指掌，我才五歲的年紀，就已經是個口味有點挑剔的小孩了。

那天，他們帶我去吃串燒。那時候的我，已經會自己向吧檯內側的主廚點餐了。比如我會說，烤雞肉串要鹽味，雞心也鹽味，雞肉丸子要塗醬汁，雞肝要鹽味和醬汁各一串——像這種感覺。明明還是小孩子，我卻一點也不怕內臟類的餐點，還會喜孜孜地把它們吃下去。

大啖了一輪串燒之後，主廚來到我們的座位旁邊，壓低聲音跟我爸爸說：

「今天有那個哦。」

我還記得，爸爸聽到這句話的瞬間咧嘴笑了一下。我爸爸酒量不好，卻愛喝酒，臉馬上就喝得像猴子一樣紅通通的。

「今天我也來一份吧。」

媽媽撫摸著肚子這麼說道。現在回想起來，當時媽媽肚子裡已經懷著我的妹妹小梢了。我馬上舉起手說：

「我也要吃！」

儘管不知道「那個」是什麼，但既然這些人都要吃，那肯定是美味的東西不會錯，我有確切的預感。

過沒多久，那道料理就送到了我們三人面前，只有我們才有。回想起來，那應該就是隱藏菜單吧，是不公開的餐點，只招待熟客品嚐。儘管年紀還小，這種優越感也讓我得意地張大了鼻孔。

表面上看起來，「那個」就是很普通的水煮蛋。當時我正好愛上溫泉蛋，每天早上幾乎都要在白飯上打一顆溫泉蛋來吃。所以我心想，父母親所說的「那個」應該就是類似溫泉蛋的東西吧。

爸爸拿起湯匙，替我把蛋殼尖端喀喀喀地敲開。

我數到三，一口氣把蛋裡的東西倒進嘴裡。剛開始流入口中的，是帶點果凍狀的湯汁。接著更大塊的固體滑進嘴裡，我開始感到不對勁了。它的口感和平常吃的溫泉蛋顯然不同，那種說不出是軟是硬、難以言喻的噁心固體整個填滿了我的嘴巴，塞在那裡動也不動。

我大聲哭了出來。即便我仍然年幼，還是清楚意識到那一定是某種古怪的珍奇料理。

我不敢咬它，但也吞不下去，只能將它含在嘴裡大哭大叫。我顧不得旁人的目光，像遇上世界末日一樣嘶聲哭喊。

無論當年還是現在，在津野田家，把放進嘴裡的食物吐出來都是大忌。儘管心裡很清楚這一點，我還是為了表達自己的不適，像著了火似的高聲大哭個不停。即使如此，這招對媽媽還是完全不管用，爸爸也一臉事不關己地喝著酒，好像完全不認識我一樣。

無論我再怎麼激烈地反抗，雙親都一步也不肯退讓。在這期間，分泌的口水漸漸填滿我的嘴巴，和那詭異料理的湯汁混合在一起流了出來，沿著脖子滴到胸口。我覺得更噁心了。

我無計可施，只好哭喪著臉，微微動了動下巴咀嚼。嘎吱嘎吱、滑滑溜溜，有些地方還混雜著脆脆的口感，真的好噁心。可是不咬得小塊一點，又絕對不可能吞得下去，那毫無疑問是我在那之前的人生中最絕望的瞬間。但無論如何，我都想盡可能少咬幾次，於是咬得差不多了，就把剩下的東西一口氣吞下喉嚨。

可是到最後，還是有某種東西卡在我的臼齒縫裡，留在嘴裡弄也弄不掉。我戰戰兢兢地用指尖將它摳出來，那是類似鳥類羽毛的東西。我總覺得還有什麼東西留在嘴巴裡，無論用柳橙汁漱過幾次口，心裡還是很不舒服。

「明里啊。」

等到我終於停止哭泣，爸爸緩緩開口說：

「這道菜叫做鴨仔蛋，是拿即將孵出小鴨的鴨蛋蒸熟做成的。」

聽著爸爸的解釋，我好想把剛才吃下去的鴨仔蛋全部吐出來。

經過這件事之後，我開始對所有鳥類都感到害怕。

過了這麼長一段時間，現在除了烤全雞以外的雞肉料理我都敢吃了，但看見活生生的、會動的鳥，我總是不由自主地想起把鴨仔蛋放進嘴裡的那種感覺。看到路邊的鴿子和烏鴉，也會讓我沒來由地反胃，有點噁心想吐。

我不再吃原本那麼喜歡的溫泉蛋了，也開始和水煮蛋、小顆的鵪鶉蛋保持距離。味道如何姑且不論，我只是無法進行剝殼這個行為了。一想到剝開蛋殼之後，裡面說不定會冒出即將長成雛鳥的詭異物體，我就感到害怕。我想，這一定是我那天吃下的小鴨在作祟吧。

我回想著當年的往事往前走著，終於抵達了車站。

這一帶不愧是眾人口中的高級住宅區，車站周邊蓋滿了驚人的豪宅。在我的家鄉，無論是再怎麼有錢的人家也不會把房子蓋成這樣。我深切體會到，房屋是一種體現出屋主品味的東西。無論花費再多金錢，讓品味不好的人來建造，就會蓋出品味差勁的住家。

與之相比，老師的宅邸真是太美了。我對房屋建築一無所知，沒辦法準確形容那種感覺，但那棟屋子有一種不引人排斥的高雅，不只是花了大錢建造而已。明明位在市區，走進那棟宅邸的腹地卻好像闖進了森林，給人一種無比神聖的感覺。就連那裡的空氣，彷彿都特別涼冷、特別澄澈。

搭上電車，我再一次熱得後背冒汗。真希望這溫差能改善一下，東京的電車夏天太冷，冬天又太熱了。不過，或許是返鄉潮已經開始的關係，東京都內行駛的電車相當空蕩。等我回到公司，向前輩報告過今天的事情，我今年的工作就全部結束了。

這份工作，原本該是由前輩負責的。

但前輩任職於上一間公司時負責過小暮老師的散文集，曾經因故被老師臭罵一頓。這次的雜誌封面原本是由前輩統籌，因為有過這段往事的關係，也就臨時改由我來負責了。當然，我在此之前就聽說過小暮老師的大名，不過對於老師的作品並不熟悉。

前幾天，和其他出版社的編輯同業一起吃尾牙喝酒的時候，我無意間提到我們邀請到了小暮老師來繪製封面，結果大家一聽都非常驚訝。一問之下才知道，原來小暮老師這位畫家以不輕易接下工作委託聞名。好厲害、好厲害，在場的所有人紛紛讚嘆，但我當時還不太明白實際上到底厲害在哪裡。

我取出明年的手帳行事曆，記下必要事項，以免有所遺忘。

需要電話聯絡時，一定要在週一致電。週一以外的日子，無論妳撥打再多次，電話都是接不通的哦，小風女士的態度和藹可親，卻清楚明白地這麼告訴我。看來她不只是單純來幫傭的助手而已。還有，下次也要記得改掉「老師」這個稱呼。

過完年，來到二月，我等到第一個星期一打了通電話，風子女士立刻接起來了。小風女士寄給我的賀年明信片上寫有她的本名，我因此得知了她的名字。風子女士告訴我，封面所需的畫作已經完成，我隨時都可以去取件。不過要拜訪老師，好像還是得選在週一才行。我和她約好在下個週一過去拿畫，於是今天，我就趕緊到老師家來拜訪了。

上次去程和回程都腳步匆忙，完全沒有空閒欣賞風景，不過今天我提早從公司出發，能沿著河岸邊的道路漫步。令人驚訝的是，櫻花樹的枝頭已經結出小小的花苞了。看見這花苞，總是讓我不禁聯想到乳房，它就像即將長大成人的少女的乳尖那樣青澀。

河面上，有鴨子悠閒地划著水。今天是平日，公園裡的人很少，氣氛寧靜祥和，美好的時光流逝而過。如果能躺在這公園的長椅上，睡個一小時的午覺，不知道有多舒服。我出社會就要滿三年了，這樣閒適的時間已幾乎從生活中銷聲匿跡。

上次一方面也是因為邊看地圖邊走的關係，總覺得目的地距離車站相當遙遠，但今天卻一下子就抵達了。老師的這棟宅邸，果然有某些地方不同於其他住宅。房子已經老舊，也有所損傷，但不知怎地，它的一切都顯得可愛，和我在松山那僅僅是古舊的老家也不一樣。仰頭望去，屋頂上也放著某種立體塑像，在露天底下任憑日曬雨淋。屋頂一隅，似乎還種植著青草。

我搖響門鈴，過一會兒，風子女士便走了出來。她今天穿著和服，披在最外面的工作圍裙是雪白的，看不見一點汙痕。我將玄關門仔細關到底，踏進屋內。屋子裡四處能見到各種擺飾，不知是老師親手製作，還是其他人的作品。上一次我都沒注意到，或許是太過緊張了。其中有帶點鏽跡的錫製玩具，有充滿年代感的老舊陀螺，也有件擺飾看起來像真正的鳥巢。

「來，這邊請。」

我和上次一樣被帶到採光良好的客廳，老師便從廚房深處探出臉來。

「新年快樂，今年也要請您多多指教了。」

我打完招呼，老師也同樣向我賀年。我脫下大衣之後，立刻拿出我買來當作伴手禮的讚岐烏龍麵。這是我從松山開著爸爸的車，跑到高松去買的。該把禮品遞給老師還是風子女士呢，我猶豫了一下，最後還是交給了風子女士。

「哎呀、哎呀，這真是太驚喜了。」

風子女士接過裝有烏龍麵的紙袋，誇張地表示驚訝，接著喊了老師的名字。

「美步子老師——美步子老師——」

她邊喊邊走進廚房裡，說：

「津野田小姐帶了一等獎的烏龍麵來喲。」

一等獎的烏龍麵，是什麼意思？我心裡好奇，但還是先不問出口了，說不定又是什麼我沒聽過的說法。

「有勞妳這麼費心，真是太感謝了。」

老師邊解下圍裙，邊從廚房走出來，對我這麼說道。

「別這麼說，您太客氣了。」

老師親自向我道謝，我一時間受寵若驚。

「請坐吧，小風正要為我們端奶茶過來。」

等老師坐到她習慣的位子上，我也跟著坐下。那隻小鳥好像不在客廳裡。

老師泡的香料奶茶真的是太棒了。滋味柔和，卻能清楚嚐到香料的味道，如果用味覺表現名為印度的世界，呈現出來的一定就會是這個樣子吧。我的前輩好像也喝過老師的香料奶茶，當我把上次來訪的經過向前輩報告的時候，他羨慕極了。

風子女士離席，因此只剩下我和老師兩個人相對而坐。老師手邊總是放著一本素描簿，上次來訪的時候也是。

「好美哦。」

庭院一角，有梅花開始綻放，我不禁讚嘆。

「那是垂枝梅，它終於在上週左右開始開花了。」

聊起梅花，老師臉上的神情瞬間明朗起來。坦白說，在此之前她的氣色看起來不太好，眼下有黑眼圈，臉頰好像也比上次瘦削了些，我還擔心她是不是身體不舒服。

「還真不可思議呀。」

老師凝望著庭院裡的垂枝梅，喃喃說道：

「每一年，只要春天近了，它總會像這樣規律地開出花來。」

後來一小段時間，老師的視線都不曾離開梅花，彷彿在與那形似舞妓髮簪的梅花藉著心電感應對話似的。在那之後，老師一一告訴我庭院裡生長的是什麼樣的樹木。

當我一個人小口小口喝著香料奶茶的時候，不知從哪裡飄來一陣甜香。我回頭往後看，看見風子女士正蹲在暖爐前面。剛開始我以為那是花香味，但並非如此，沒想到風子女士正在用暖爐的爐火烘烤著什麼東西。

「您在烤什麼呢？」

我忍不住問她。風子女士轉向我，說：

「是棉花糖，美步子老師去醫院時順道買回來的。很適合搭配奶茶哦。」

風子女士笑瞇瞇地說著，大方回答了我。

「原來棉花糖是可以烤的嗎？」

在這之前，我一直都是把棉花糖直接拿起來吃。口感軟綿綿的，像口香糖一樣，老實說，我從來不覺得它有多美味。

「我到法國鄉村去旅行寫生的時候，那裡的旅宿老闆就是這樣烤給我們吃的。」

這一次換成老師這麼告訴我。或許是剛才一直盤踞在那裡的雲朵消散了，有光從老師背後照進來，她看上去就像觀音菩薩一樣。

「來，請用。」

風子女士將一顆剛烤好的棉花糖裝在木盤上，端來給我，我於是作勢把盤子端給老師。

「沒關係，妳先吃。」

老師態度堅決，不由分說地推辭了，我也就不再客氣，決定先行享用。

內餡在我嘴裡爆開，幾乎同一時間，我聽見風子女士和藹地告訴我：

「小心燙，記得先吹涼一點再吃哦。」

我忍耐著燙口的溫度，終於將棉花糖吞了下去。燙得我的喉嚨都快灼傷了，不過很好吃，和我之前勉為其難放進嘴裡的那些棉花糖簡直是雲泥之別。

「好好吃哦。」

我先喝了一口香料奶茶，才再度開口這麼說。回頭一看，風子女士正把棉花糖接連串上細金屬籤，放在火上炙烤。燒烤過後的棉花糖變得更香了，彷彿它原本隱藏在內的風味透出了表面。

「津野田小姐，妳要不要也來烤烤看？」

我目不轉睛地看著，風子女士便主動向我搭話，於是我抱持著幫忙的心態從座位上起身，走到暖爐前方。

我一個人居住的屋子只將就著開空調當作暖氣，松山的老家則主要是暖被桌和電熱毯一起使用。真的特別寒冷的天裡，我們會打開煤油暖爐，但今年正月，暖爐也一次都沒派上用場。所以在屋裡看到火爐，讓我覺得非常新鮮。

「像這樣，用這支金屬籤的尖端刺著棉花糖，然後放在火焰上方燒烤。」

風子女士說著，為我示範了一遍。在火焰炙燒之下，棉花糖的表面瞬間變形，看起來快融化了。

風子女士在火上烤棉花糖，看起來完全不費功夫，但實際嘗試才知道，火爐邊其實很熱，而且一下就烤焦了，我實在烤得不漂亮。我烤的棉花糖雖然不至於整顆焦黑，但外圍的焦痕還是相當明顯。

「沒關係呀，我比較愛吃這種烤得久一點的。」

結果，我烤出來的那些失敗品全部被盛進了風子女士的盤子裡，我和老師吃的所有棉花糖都是她為我們烤的。烤棉花糖和香料奶茶真是絕配。

到了木盤上的烤棉花糖都被吃得一乾二淨的時候……

「展鴻。」

老師緩緩這麼說道，便忽然傳來一陣啪沙啪沙的聲音，那隻鳥飛了過來。我反射性地壓低身體，遮住頭部，因為牠直接經過了我的頭頂，感覺鳥爪都要勾到我的頭髮了。小鳥直接停在老師肩上，老師的肩膀對牠而言就像是直升機的停機坪一樣。
我戰戰兢兢地抬起臉，發現老師正逕直看著我。
「妳討厭鳥嗎？」
「沒有，沒那種事……」
我趕緊蒙混過去，再怎麼樣，我也不可能告訴她我非常討厭鳥。
面臨出乎意料的狀況，我的呼吸開始紊亂，於是我緊緊縮起肛門，往下腹用力，小幅度進行腹式呼吸。只要這麼做，狂跳的心臟就會慢慢平靜下來，這是我以前學瑜伽的時候，瑜伽老師教我的。
「原來牠的名字叫展鴻呀。」
等到心跳終於恢復平穩，我再次開口向老師搭話。但我還是不敢直視停在老師肩膀上的展鴻，總覺得一旦和牠眼神交會，就會發生很可怕的事情，教我提心吊膽。
「是呀，牠叫展鴻。來，展鴻，跟津野田小姐打招呼。」
老師敦促道，展鴻便乖乖低下頭，好像在對我鞠躬。
「這是玄鳳鸚鵡，對吧？」
念小學的時候，我們校園一角有間鳥屋，裡面就養著一些同樣有圓圓腮紅的鳥兒，我想應該也一起養著其他種類的鳥。當然，我從來不會靠近鳥屋。

「我跟妳說，美步子老師她呀，有一天突然就把這孩子撿回家裡來了。」

風子女士不知何時也坐了下來，吃著被我烤焦的棉花糖，應該都已經放到涼掉了吧。

「不是去寵物店買的，或是親朋好友送的嗎？」

撿到貓狗時有所聞，但我還是第一次聽說有人撿到小鳥。

「據說牠就像剛才那樣，突然停到了老師她的肩膀上，於是老師就帶著展鴻一起回來了。」

聽見風子女士這麼說，老師不以為然地開口：

「我很討厭寵物店呀，不可能去那裡買小鳥。」

老師邊說邊以指尖撫摸著展鴻的頭。

「展鴻和老師之間，肯定是有著前世的緣分吧。」

風子女士將最後一塊棉花糖含入口中，含混不清地說道。

我詢問老師，展鴻這個名字是否有什麼由來？可是老師只說，就是大展鴻圖的展鴻呀，很吉利吧？她輕描淡寫地這麼答道。

下一秒，我的肚子就「咕嚕——」地叫了一聲。

進公司之前還有點時間，所以我吃了一頓還算紮實的早餐，中午就沒吃午餐了。我原本沒把這件事放在心上，還想說等到辭別老師的宅邸之後，順道去車站前的咖啡廳吃點輕食就沒問題了。但這下吃了烤棉花糖配香料奶茶，我的胃反而不安分了起來。剛才的咕嚕聲正好在對話中斷的時候響起，所以老師和風子女士兩個人都清楚聽到了。

「哎呀，妳肚子餓了嗎？」

先反應過來的是老師。

「該不會還沒吃午餐吧？」

風子女士也探頭朝我看過來，我頓時燒紅了臉。

「抱歉，請兩位不要介意。」

我真恨不得找個地洞鑽進去。

「小風，我們中午的咖哩蕎麥麵應該還有剩吧？」

確實，剛才走進這間客廳的時候，我也聞到了淡淡的咖哩香味。

「啊，可是我真的……」

真的不用，但我後半句話還沒說完，肚子又咕咕大叫起來，簡直像在開狂歡派對了。

「不過老師，我們的蕎麥麵全都吃完了，雖然咖哩還有剩……」

風子女士很不好意思地說道，這時老師開口：

「妳在說什麼呀，剛才津野田小姐不是才送了我們烏龍麵嗎！」

「啊，對哦、對哦。」

兩人這麼說著，在我還來不及反應的時候，風子女士就替我煮好了一人份的烏龍麵。而且她還擔心我在這裡不方便吃，特地帶我坐到了廚房一隅的桌子旁邊。要是弄髒妳白色的罩衫就不好了，風子女士說著，等我回過神來已經穿上了她的白色圍裙。我到底在幹嘛啊。可是事已至此，我也只能開動了。

風子女士熟練地替我煮好的那碗咖哩烏龍麵，真的好吃得不得了。湯頭以和風高湯為基底，雖然甘甜，卻也嚐得到紮實的辛香，我喝得一口接一口。我平常容易畏寒發冷，除了冷汗以外很少出汗，但吃著吃著，胸口卻不知不覺冒出汗水，靜靜沿著乳溝流下。麵裡還加入了乾香菇、蓮藕、油豆皮等等的配料。這是我特地帶來送老師的伴手禮，怎麼就自己吃起來了？我心裡覺得丟臉，但還是無法抵抗這等美味。

我吃得津津有味，烏龍麵一轉眼間就直接進了我的胃袋，我連咖哩味的麵湯都喝得一滴不剩。

「多謝您的款待。」
肚子吃得飽飽的，我抬起臉來道謝。
「不會，一點粗茶淡飯，不成敬意。」
正在洗碗的風子女士轉過頭來，將衛生紙盒遞來給我。我抽起衛生紙，擦了擦嘴巴周圍。
「又變成借花獻佛了，真的不好意思。」
我過意不去地這麼說著，將空碗公端到水槽。
「不會不會，這是我們該說的話才對。」
風子女士忍著笑扭過身體。
無論我再怎麼說要幫忙收拾，風子女士還是堅持拒絕，我於是回到客廳。老師似乎已經到其他房間去了，我也沒看見展鴻的身影。
「我馬上為妳泡點暖暖的焙茶哦——」
為了不被水聲蓋過，風子女士拉開嗓門說。
「真的不用麻煩了……」
我脫下工作圍裙，原本潔白的布料已經濺上了一點一點的咖哩印子，像星座一樣。我該把它就這麼留在這裡，還是洗乾淨再拿來還呢？就在我這麼猶豫的期間，我越來越想上廁所了。

我從衣帽架上取下自己的大衣和圍巾，順道走進廚房，向風子女士告辭。我不能再給她們添麻煩了。

「真的很謝謝您，咖哩烏龍麵非常美味。我差不多該回公司了。」

沒跟老師打過招呼就回去讓我有點介意，但老師說不定在臥床休息。

「再請您代我向老師問好。」

我深深低頭鞠了個躬，走出玄關。

離開老師的宅邸之後，我快步走過巷道。只要走到車站，就有乾淨的廁所可以使用了。

但最後我還是忍不到車站，在途中路過兒童公園時踏進了那裡的公共廁所。走進隔間，跨過蹲式馬桶的時候，我才察覺自己的過失。

「啊！」

我不禁大叫出聲。我到底以為自己是跑來這邊做什麼的啊！這實在太過丟臉，我都想哭了。到老師家喝香料奶茶，吃烤棉花糖，最後還享用了咖哩烏龍麵的期間，我完全忘記了原本的目的——我今天是為了收取老師的畫作而來。

我衝出廁所，又目不斜視地沿著原路飛奔回去，說不定跑得比國中跑馬拉松比賽時還要認真。我顧不得頭髮甩得亂七八糟，顧不得包鞋鞋底磨損，也顧不得窄裙的內襯被扯到快要破掉，這一切都無所謂了。到了門口，我直接伸出手，只想盡可能早一秒搖響老師家的門鈴。我把雙手撐在膝上調勻呼吸，等了幾秒，門扇緩緩打開。

「我們都在等妳哦。」

老師親自出來應門。

「真的很對不起！」

我抱持著下跪的覺悟鞠躬致歉。身為負責人還這麼少根筋，即使老師要求換人，我也無話可說。太丟臉了，我真是無顏面對老師。

「沒關係的。」

老師一說完，就輕聲笑了出來。風子女士也從屋內走了出來，她的臉上果然也帶著笑容。

「幸好妳在半路上就注意到了。我原本還以為，妳已經從老師那邊拿到作品了呢。」

「託妳的福，我們兩個剛剛才在捧腹大笑呢。」

老師說著，又輕輕笑了一聲。

「哎呀，美步子老師，妳不要再害我笑了啦，我都快笑破肚皮了。」

說到這裡，她們好像再也忍不住了，兩位老太太像少女一樣，又捧著肚子大笑起來。

「不過聽說多笑可以活化自然殺手細胞，託妳的福，也延長了我的壽命。津野田小姐，真謝謝妳呀。」

我們走進客廳之後老師還在笑，笑到流出了眼淚，乖乖停在老師肩上的展鴻也同樣發出聲音大笑。我沒來由地也高興了起來，眼眶裡泛起淚水。因為，老師的笑容實在太耀眼了。

那之後過了三個月，我再一次到老師府上叨擾。那是個五月天，一整天都滴滴答答下著細雨的日子。

一方面也是多虧了老師替我們繪製的封面，雜誌的改版創刊號大獲好評。老師好像也相當滿意最終成品，風子女士在電話那頭開心地這麼告訴我。

那幅畫真的太令人震撼了。當然，我已經在作品集等處瞻仰過老師的畫作，但那些都是經過印刷的東西。這是我第一次親眼看見老師的真跡，當時看見眼前畫作的感動，實在無法用言語形容。

看見它的瞬間，我的心就蠢蠢欲動。像吸盤那樣被吸進了畫作的世界裡，無法從那幅畫移開目光。

老師為我們繪製的是一幅洋蔥的畫，洋蔥裡生機蓬勃地抽出一根長長的綠芽。洋蔥皮就像真正的洋蔥那樣光澤水潤，彷彿我一伸出手，它就會在我的手掌中碎裂。真實得好像聞得到洋蔥強烈的氣味，但那幅畫卻又有一股凜然的堅毅與優雅，像通奏低音般在它的底層流動。

老師教會了我，什麼是收到一幅畫作的單純喜悅。我喜歡歷史小說，卻沒有成為作家的才華，為了想參與編輯文藝雜誌，才選擇了進入出版業就職。是老師悄悄對我耳語，告訴我還有另一個截然不同的世界。而且，老師明明為我們繪製了那麼棒的畫作，卻對此隻字不提，也完全沒有多做解釋，只是說聲「給妳」就把畫作交到我手上，像從口袋裡掏出一條手帕那樣隨意。

而且，上一次我明明出了那麼大的洋相，老師卻不僅沒有要求更換負責人，反倒這一次還邀請我一起吃午飯。我當然受寵若驚，先是婉拒了一回，但老師好像請我務必前往，因此我今天就受邀來與老師和風子女士共進午餐了。

「不好意思呀，都是些現有的東西，希望妳不嫌棄。」

風子女士說著，熟練地將料理一一擺上桌。

「今天天氣悶熱，所以我決定煮豪華素麵。」
「豪華素麵？」
「沒錯，就是配菜特別豐盛的素麵。因為我們收到了來自小豆島的好吃素麵。」
小豆島和我的故鄉同樣位於四國地區，但我還沒去過那裡。
我從旁幫著風子女士的忙，保持在不干擾風子女士的程度，一邊和她聊天，這時老師從客廳的方向緩步走了過來。當然，展鴻也停在她肩上。
「您好，今天謝謝您招待我來共進午餐。」
我站起身，鞠了一躬說道。
「來，妳看，很漂亮吧？看這裡，有隻小小的蝸牛。」
老師將她手上的魚腥草遞向我。想必是剛受過雨水淘洗，它的葉片、花朵，甚至連氣味也閃耀著鮮活的光彩。
「哦？這雙靴子真不錯。」
老師看著我的腳邊說。
「最近很流行穿雨靴哦。」
我在百貨公司的女鞋賣場看到它，儘管售價昂貴，還是忍不住把它買了下來。

多虧了這雙長雨靴，下雨的日子也值得期待了。

「在我們那個年代，還沒有這麼好的長筒靴呢。」

可能是真的對這雙長靴很感興趣，老師手上還拿著爬著蝸牛的魚腥草莖，便在我腳邊直接蹲了下來，目不轉睛地觀察著我的雨靴。

「美步子老師，妳應該也很想要一雙吧？要不要請津野田小姐借妳套套看？」

風子女士用大鍋子煮著素麵，一邊這麼說道。依老師的個性，我以為她鐵定會拒絕這種提議，但出乎意料的是，她竟然說：說得也對，可以跟妳借穿一下嗎？就當場解起了鞋帶來。老師在家裡，也穿著一雙經久使用的棕色皮鞋。風子女士特地拿了一雙拖鞋來給我穿。

「哎呀，這穿起來還真不錯。」

老師把腳套進我的長靴，在原地踏了幾步。我的腳顯然比她還大，所以老師穿起我的鞋子，看上去就像小朋友穿著爸爸的鞋子走路一樣。但那副模樣不知怎地，卻令人忍不住微笑，如果頭上再圍一條頭巾，她看上去完全就是小紅帽了。

「很適合您哦。」

我說。

「哎呀，是嗎？」

老師若無其事地回道，脫下長靴。就在這時，素麵似乎煮好了。風子女士將熱湯倒進流理臺的瞬間，嘩地湧起一大團白煙。廚房的每一個角落也都貫徹著老師的美感，想必連一個小小的水龍頭，都充滿了老師對美的堅持吧。

「趁著麵還沒糊，我們快開動吧。」

風子女士一聲令下，我們分別就座。她們好像臨時為我多加了一張椅子，三張各不相同的椅子圍在桌邊。

這道豪華素麵的配菜就像它的名字一樣豪華，有蛋絲、干瓢、芝蝦、秋葵，色彩繽紛的配料不一而足。光是看著這些顏色，好像就能讓人打起精神。而且，雖然我平常就會吃素麵，但今天這素麵的水準明顯不同。在這之前，我從來不覺得素麵有什麼味道，不過從我此刻品嚐的麵條當中，能確實吃到素麵原本的滋味。

「好好吃哦。」

吃到一半，我停下筷子喃喃這麼說。

「大家一起品嚐，又更好吃了呢。」

老師和藹地微笑道。看見那張側臉，風子女士也粲然一笑。或許是規定好在用餐場合不讓展鴻同桌，剛才一直停在老師肩膀上的鸚鵡，在我不知不覺間已經不見蹤影。

餐後，我們轉移陣地到客廳，望著被雨水打溼的庭院，喝著老師為我們沖煮的香料奶茶。庭院裡的植物在雨天裡沖著澡，看起來很舒服的樣子。在我眼中，這些花草好像只是順其自然地綻放，但這座庭院裡的所有植物，肯定也是經過老師的審美眼光精心挑選，每天修剪照料、悉心呵護吧。

「這點心真好吃，是哪裡買的呀？」

風子女士一隻手掩著嘴這麼問道。老師回頭望著身後，從剛才開始就一直看著庭院。展鴻又一次停在了她的肩膀上。

「這是我家附近，一個年輕的男生自己做來賣的。這種點心叫做香草新月餅乾，是一種歐洲傳統點心，聽說是模仿新月形狀製成的哦。」

我也吃了一塊自己帶來的香草新月餅乾，又變成借花獻佛了。

這樣看著，老師和展鴻就好像心意相通、密不可分似的。就像蘑菇從土壤表面探出臉來那樣，我越看越覺得展鴻也像是從老師肩膀上長出來的奇妙生物了。不知不覺間，即使展鴻待在附近，我也不會動不動嚇得心臟狂跳了。

那天，老師沒說太多話。她彷彿使用著某種暗號，和天空、土壤和植物靜靜通信一樣，我看了總覺得不想打擾老師，想讓她一個人待著。風子女士肯定也懷著和我同樣的心情吧。老師比平常還要沉默寡言，但看上去一點也不悲傷，反而十分幸福。

這一次，我確實收下了老師的畫作。回程萬一淋到雨就不好了，因此老師她們替我叫了計程車，直接將我送回公司。

這次老師為我們繪製的，是一幅鮮嫩桃子和玉蜀黍的畫作，桃子的表皮上畫了一隻小小的螞蟻，當作夏季刊的封面恰好合適。湊近鼻子好似就能聞到桃子淡淡的甜香，手指一觸碰，彷彿就能摸到表皮上刺刺的絨毛，而玉蜀黍的每一條鬚，都以細膩的筆觸繪製而成。

我等不及要收到下一幅畫作了。這三個月間，我真的是彎著手指數算著日子，期待下一次造訪老師的宅邸。

然而，由於老師的身體狀況突然惡化，原訂於八月的下一次拜訪取消了。畫作已經繪製完成，風子女士說要送到我們公司來，但那樣對她太不好意思了，因此我和她約在老師的住家附近見面。說是這麼說，但老師的宅邸位於住宅區，沒什麼像樣的店家，我們於是約定在車站前一間老咖啡廳相會。

風子女士比我還要早到，已經坐在那裡等我了。我與她見面一向都在老師家，一瞬間還沒發現端坐在窗邊那位氣質高雅的婦人就是風子女士。

「不好意思，讓您久等了。」

看我走近，風子女士仍然端著茶杯，朝我微微一笑。夕陽色的紅茶裡漂浮著一片圓圓的檸檬，像盛夏的太陽。

「不會喲。別說這個了，津野田小姐，妳想喝點什麼？」

她說著，立刻將菜單遞給我。身穿女僕服裝的女服務生替我端來了水。

「嗯……請給我一杯同樣的飲品吧。」

除了老師沖泡的奶茶以外，我實在提不起勁去喝其他奶茶。

等待紅茶上桌的期間，我將原本打算送給老師的禮物交給風子女士。這是今年夏天，我和妹妹到義大利旅遊時，在威尼斯一家精品店找到的胸針，以古舊的珠子拼成一隻鳥的形狀。我先將給老師的小盒子交給風子女士，接著再將另一樣與老師成對的伴手禮送給她。送給風子女士的是一條項鍊，比老師的胸針稍微小了一些，有著葉片形狀的墜飾。

女服務生端來紅茶，我啜飲了一口。天空裡烏雲密布，好像隨時都要下起雨來。

風子女士好像沒有太多時間，她說傍晚，有醫生要到宅邸去診療。我聽了擔心，委婉地探問了老師的身體狀況，但風子女士只是含糊其詞，輕描淡寫地帶過。

「我想她只是受了點風寒，畢竟她一直在不眠不休地工作。」

趁著還沒忘記，我趕緊從風子女士那裡收下了老師為我們繪製的作品。

接著，風子女士稍微和我聊起她與老師相知相識的契機。我一直覺得她們看來看去還是有點相像，原來老師和風子女士之間真的是有血緣關係的。風子女士說，她們打從剛出生就認識了。說這句話時，風子女士頰邊帶著幾分自豪的笑意。從老師和風子女士出生成長的時代想來，她們肯定經歷過一言難盡的艱苦，但縱使如此，她們倆卻從不吹噓自己受過的苦難，反而活得如此優美。這一定就表現了老師所有的生活態度吧。

說著說著，我提到老師的畫作是多麼充滿魅力。

「我也好喜歡美步子老師畫裡的世界哦。」

風子女士凝望著陰雲的天空這麼說道。

「不過在作畫過程中，她就像處在地獄一樣痛苦。」

「地獄？」

一個出乎意料的詞語。

「是呀。或許創造出某些事物的人都是這樣吧，苦惱迷惘，嘔心瀝血地拚命努力，真的是犧牲自己一部分的生命，最終才能完成那些彷彿被寂靜籠罩般美麗的畫作。我在創作方面幫不上她的忙，只能站在遠遠的地方守望著她，但我還是想靠近老師畫裡的世界，即使只是一下子也好。所以才像現在這樣，明知道自己礙手礙腳，卻還是過來幫她的忙。畢竟別看老師那副模樣，她可是個性格怯懦又認真的人。」

讓我驚訝的是，老師與風子女士明明相處了那麼長一段時間，卻從來不和彼此過於親近。她們倆的舉止，有時甚至看起來像昨天剛認識的人那樣，完全沒有依賴對方之處。當我把這件事告訴風子女士，她說：

「我們在十幾歲時就發過誓，說我們不要干涉彼此的來路去處。所以，當我說要嫁到秋田去的時候，儘管周遭所有人都強烈反對，卻只有老師一個人從背後推了我一把，告訴我說，小風，如果妳想這麼做，那就去吧。」

「來路、去處？」

我語調平板地複誦了一遍，念起來就像什麼偉大武士充滿歷史感的名字。

「在此之前走過的道路，和從此以後準備踏上的道路，簡而言之，說的就是過去和未來吧。美步子老師非常重視這件事。在這樣的世道，堅持不與任何人結伴同行，一個人獨自面對一切，確立自己的世界……沒有堅定不移的毅力是辦不到的。年輕時的美步子老師，比起現在經歷過更多的遺憾和懊悔，正因如此，她也才能對別人溫柔以待。」

這麼說來，先前到宅邸拜訪的時候，也是老師率先提議要煮烏龍麵請我吃。

「您時間上還好嗎？」

我忽然想起來，於是這麼問道。

「哎呀。」

風子女士看了看手錶錶面，露出驚訝的表情。過了御盆節之後，太陽下山的時間突然就變早了，外面的天色已經暗了下來。

「和年輕人聊天太有意思了，時間總是過得特別快。那麼，我差不多該告辭囉。」

風子女士說著，站起身來。

「那個，如果方便的話，我想請您轉交這個給老師……」

我將手伸進大衣口袋，拿出今天早上在路邊撿到的橡實。這是我在去公司的路上看見的，雖然不清楚它為什麼在這個季節出現，不過它們還是青翠未成熟的顏色，五顆橡實緊緊結成一團，像糖果一樣整團掉在了地上。自從認識了老師之後，我也開始有意識地繞點遠路，早上選擇穿越公園的路走到車站。

「噢，老師最喜歡收到這種東西了，看見這份禮物，她一定能打起精神來。」

風子女士雙手捧著我交給她的橡實說道，像對待珍貴的寶物似的。其實在啜飲檸檬茶的期間，我一直在猶豫要不要請風子女士替我轉交橡實。把這麼孩子氣的東西送給老師，我擔心會不會太過失禮，不過現在看來，是我杞人憂天了。

「東西我確實收下了，會替妳轉交的。」

風子女士輕輕拈起橡實，拿旁邊的餐巾紙仔細將它裹好，收進手提包裡。結果，先到櫃檯的風子女士還是結清了兩人份的紅茶費用。

臨別之際，風子女士告訴我：

「美步子老師沒能見到妳，今天一直感到非常惋惜的樣子。所以，請妳下次一定要再來作客哦。」

即使只是客套話，我也覺得好高興。這次沒辦法見到老師，我心裡也很落寞，在義大利旅遊的期間，我也常常想起老師。

「當然好，也祝福老師早日康復。」

我鞠了一躬，朝車站的驗票口走去。風子女士站在原地，紋絲不動地目送我離開。

但我沒想到，老師收到我的小禮物居然會那麼開心。

在車站前的咖啡廳和風子女士見面之後一個禮拜，我收到一張來自老師的明信片，上面畫著我致贈的那串橡實。比起千言萬語，這幅畫作更加真實地將老師的喜悅傳達到了我心裡。

我好想快點見到老師。雖然見到面之後，我肯定又會冒冒失失地做出什麼蠢事來，但總覺得只要待在老師身邊，我的心情就總是寧靜平穩，好像即將想起某些重要的事。

可是，好不容易等到老師康復，接下來十一月卻換成我這邊的時間對不上，無法前去拜訪了。那天我不巧要出差，因此收取畫作的工作只能拜託我的後輩代勞。前去拜訪那天，後輩果然也喝到了老師招待的美味香料奶茶。我一直期待見到老師和風子女士，因此發自內心惋惜不已。

在十一月即將結束的時候，我出其不意地收到了風子女士傳真到我們公司來的聖誕派對邀請函。上面寫著，派對上會舉辦交換禮物的活動，請參加者各自攜帶禮物前往，預算規定在一千圓以內。或許是為了方便大家出席，派對選在臨近聖誕節的一個週六中午舉辦。我趕緊在參加那一欄打了個圈，回傳傳真。

老師家的聖誕派對真的太棒了。

客廳一角豎著一棵大杉樹，上頭點綴著好多五彩繽紛的裝飾品，全都是老師自己製作的。宅邸到處都綁著紅色天鵝絨緞帶，走進屋內就好像踏入了童話世界的國度。

我原以為這場派對一定會有很多人參加，但參加者除了老師、風子女士、展鴻和我以外，就只有兩個小朋友。將動物也算進去的話一共六名參加者，只算人類的話，就只有五個人了。

聽說那兩個小朋友是住在附近的小孩，跟老師很要好。一位是小學四年級的男生，活潑開朗，另一位則是明年要上小學的可愛女孩。大家都盛裝打扮前來。

大人們端起皇家基爾雞尾酒，小朋友端起果汁，大家一起乾杯。我們吃著風子女士特製的焗烤通心粉、可樂餅、胡蘿蔔沙拉，盡情聊著天。我一直先入為主地以為老師不喜歡小朋友，但那好像只是我誤會了。名叫小花的女孩一直黏在老師腳邊不願離開，名叫陸介的調皮男孩也興高采烈地跟老師攀談，雙眼閃閃發亮。風子女士似乎也比平常更加放鬆，看起來樂在其中。

從中途開始，風子女士便喝起了從她夫家，位在秋田一間酒窖送來的日本酒，像喝水那樣面不改色地傾著酒杯。

老師的臉色看上去還有點憔悴，不過好像已經恢復了精神。她在小花央求之下陪她一起唱手指謠玩耍，還為陸介表演了繞口令。風子女士在廚房和客廳之間來回穿梭，和服下襬優雅地掀起縐褶，我手中玻璃杯表面雕刻的唐草紋樣，在暖爐的火光下閃耀著金色光輝。

我們從中午就開始喝酒，說不定是酒意讓我膽子大了一些，我第一次嘗試碰觸展鴻。當我伸出手指，展鴻便從陸介手上跳到了我的指尖。展鴻比外表看上去還要輕了許多，讓我有點驚訝。我模仿老師平常的動作，想搔搔牠的頭，牠卻突然把嘴巴張開成菱形，橫眉瞪眼地想要咬我。

「這個呀，是因為妳搔錯地方了。」

老師看著我的動作，以悠然的語調這麼告訴我。

「妳搔搔再靠前側一點的地方，牠會很開心的。」

老師說道。她正喝著紅葡萄酒，老師與紅酒這個組合實在非常優雅，十分相襯。

在那之後，展鴻在我的手上大了一坨便便。牠先是輪流踩踏雙腳，像在跺腳一樣，我原本還納悶牠怎麼了，結果過了幾秒，一大坨糞便就掉了下來。陸介馬上就發現了，為此大肆起鬨。不過我並不覺得髒，還真不可思議。小花說想看展鴻的便便而靠了過來，於是我直接把展鴻交到小花手上，跟老師她們借了廁所洗手。

果然，這間宅邸的洗手間也是世界上絕無僅有的美麗空間。這裡的彩繪玻璃打造成了月亮與星星的形狀，檸檬色的燈光從裡面滿溢而出。

我們一起玩 UNO、捉迷藏、鬼抓人、跳繩，大家又笑又鬧，像變回了三歲小孩。交換禮物的時候，我們閉上眼睛，邊唱著聖誕歌曲邊傳遞禮物。小花拿到了我的禮物，而我收到了風子女士的禮物。她準備的是她親手製作的刺子繡束口袋。

在那之後，老師替我們泡了香料奶茶，大家一起吃風子女士從材料開始準備、一步步親手製成的德式聖誕蛋糕。老師自己沒喝香料奶茶，繼續小口啜飲著紅酒。

風子女士似乎喝得有些醉了，於是為我們演奏她從喪夫之後開始學習的津輕三味線。兩個小朋友呆呆地聽著，不過我和老師聽得十分專注。津輕三味線的音色深邃悠遠，彷彿能與五臟六腑產生共鳴，令人不禁想像風子女士一路走來的人生路途是多麼嚴酷。

這一切真的都太美妙了。我吃了許多東西，喝了許多酒，發出許多笑聲，希望這場聖誕派對能持續到永遠。無論明天還是後天，我都想像這樣與這些人見面，在同一個屋簷下談天。

然而，這卻成了我見到老師的最後一面。

過完新年，到了二月準備收取下一幅畫作的時候，老師的健康狀況又惡化了。我無法如願見到老師，與風子女士也只在約定的地點講了兩、三句話，就不得不立刻道別。這段時期，風子女士已經借住在老師的宅邸裡，一直陪在身邊照看她。

隨著春天的腳步逐漸接近，老師的身體狀況也曾一度趨於好轉。然而，到了櫻花凋零、嫩葉萌發的時節，老師的生涯還是落幕了。

老師留下了遺願，於是五月，與聖誕派對時同樣的一群成員聚集在老師的宅邸，唯獨老師一個人已經不再呼吸。

儘管哀傷，這卻是一場幸福的送別會。遺照使用的是老師的自畫像，展鴻也乖乖停在畫中的她肩上。沒有和尚來誦經，也不到教會聆聽神父講解聖經，這是老師獨創的送別會。

請各位以光顧自己喜愛餐廳時的裝束前來參加。

這是老師留給我們的訊息。為了不麻煩任何人，老師把自己的各種身後事，都鉅細靡遺地親自安排好了。送別會的邀請函，也是老師親筆書寫。

「我想，美步子老師多半是自行決定了她自己的死期吧。」

風子女士在廚房泡著茶時，開口這麼說。

「咦？」

可是，老師不像是會自尋短見的那種人。或許是感受到了我的不安，風子女士補充道：

「雖說像我這樣的凡人無法理解，但到了老師那種境界的人，肯定能隱約察覺自己明天就要離世了吧。畢竟老師她……」

說到這裡，風子女士整個人垮了下來，蹲在地上開始哭泣。

「老師她呀，一絲不苟地換上了啟程的衣服，靜靜躺在床鋪上，彷彿看準了星期一早上我到這裡來的時間。她的枕邊放著一本素描簿，裡頭把所有的安排都寫好了，像是葬禮上要邀請哪些人來、希望用哪些花朵裝飾等等。我想，她一定早已察覺了一切吧。」

為了平復風子女士的心情，我先扶著她的肩膀，帶她走向客廳的沙發。在客廳一角，小花和陸介兩個小朋友肩並著肩，探頭打量著老師靜默不語的面龐。

「老師前一天的情況如何呢？」

假如老師沒被任何人發現，就這麼在床鋪上躺了好幾天，那我會覺得有點難過。

「她很有精神。最近我很擔心她，所以無論老師她再怎麼嫌我煩，每天晚上，我還是會看準她吃完晚飯的時間打通電話過來。星期天我們通電話的時候，她也像平常一樣跟我說話。」

「那麼，還有什麼不太尋常的地方嗎？」

我還想再多瞭解老師一點。

「這個嘛……老師最後跟我說，小風，一直以來謝謝妳。然後還說，泰山木就快要開花了。這就是老師臨終前最後一句話了。」

風子女士拿手帕擦拭著眼淚，看向庭院。

「那棵樹，那棵泰山木，是老師最喜歡的樹木。所以，她一定是……」

老師或許還在泰山木開花開得最美的時節，啟程去往天國了吧。我也這麼想，如果是老師的話，確實有這個可能。

這麼說來，忘了什麼時候，老師好像告訴過我，等到下次泰山木開花了，記得再來看看。當時就連泰山木是什麼樣的樹木，我都還一無所知。此刻，老師向如此無知的我，展示了泰山木的花朵。

老師留下了一封信，以及許許多多的畫作給我。為了在自己離世之後，也不造成我們工作上的混亂，她事先積存了好多封面畫作給我們，還有繪製過程中累積的許多素描畫。在畫出一幅寧靜的畫作之前，老師她真的經歷了數不清的挫折，鍥而不捨地努力。老師她一直到死，都不曾放棄活著。

我當面見到老師的次數，除了前年年底第一次來打招呼之外，還有去年二月第一次來收取畫作的咖哩烏龍麵事件，初夏一起吃了豪華素麵那次，以及最後那場聖誕派對，細數下來也僅有四次。儘管如此，有如幽深黑暗般的失落感卻緊緊裹住我，彷彿我失去的是一個共同走過人生路途，無可取代的重要之人。

不知不覺間，老師已經深深影響了我的人生，我卻直到現在才初次察覺。我好想把內心的感謝告訴老師。

老師留給我的信上，開頭就寫著，對不起。當妳問到展鴻名字的由來時，我不由得撒了謊，她這麼寫道。其實，展鴻是老師此生唯一一個真心愛過的男人的名字。

然後信上說，我想將展鴻託付給妳。妳願意成為展鴻的接手人嗎？

老師生前好像十分擔心展鴻該何去何從，老師枕邊那本素描簿的最後一頁，也畫著展鴻的素描。

「說不定小美步她直到往生前最後一刻，都還在畫著展鴻呢。」

風子女士已經不再叫她美步子老師，改以兒時的稱呼叫她。

「我未來的日子也不多了，她或許是希望把展鴻的將來，託付給年紀尚輕的妳吧。」

風子女士以和老師同樣沉靜的聲音這麼說道。

自那以後，展鴻就和我一塊生活。雖然我無法像老師陪伴展鴻那樣，總是陪在牠身邊，但我們也逐漸培養起老師生前實踐的那種安適自在、若即若離、彼此獨立的關係。

在老師的宅邸裡，展鴻總是自由地四處飛行。有一次，我在初夏前去叨擾的時候，曾經問過老師：開著窗戶沒關係嗎？因為老師把鳥兒放養在家中，窗戶卻一直保持敞開。

沒關係喲。

老師明確地這麼說道。因為，展鴻牠本來就在天空中自由飛翔，如果牠想離開這裡了，那就順其自然。我們只要在這短短的期間互相陪伴就好。

畢竟聽老師這麼說過，因此她要我成為展鴻的接手人時，我有過一瞬間的猶豫，覺得或許再放牠回歸天空比較好。但我果然還是做不到，展鴻的存在當中，有著美步子老師的影子。

展鴻以鳥籠為家，過著悠然自在的生活。有段時期，我也曾經試著把同樣品種的玄鳳鸚鵡雌鳥和牠養在一起，但或許是牠們不太合得來的關係，展鴻沒有對雌鳥表現出任何興趣。展鴻似乎也繼承到了老師的氣質，更偏好一個人獨自生活下去。

原以為結婚之後，我就會乾脆地辭職顧家，但直到現在，我都還在職場上工作。遇見老師，改變了我的思考方式。我們家是雙薪家庭，夫妻倆都要工作，所以平日沒能和展鴻說到多少話。雖然說是補償也不太恰當，不過我那即將滿兩歲的女兒，平常就是展鴻最好的玩伴。我希望她能成為像老師那樣看著前方，以自己的步調筆直前行的人。如今，我的腹中還懷著第二個孩子，這次是個男孩。

有人與我走在同一條道路的遙遠前方，她以那瘦骨嶙峋的身體，緩緩地、一步一腳印地優美前行，教會了我各式各樣的事情。

借花獻佛、烤棉花糖、來路去處、泰山木，還有其他，不一而足。

明明那麼期待搭乘臥鋪車橫越夜晚的瀨戶大橋，小翼一躺下來，卻立刻就睡著了。為了參加我小姨逝世三週年忌日的法會，我們一家人一起回到妻子的故鄉松山。與家族親戚一同吃過飯之後，我們來不及換下喪服就直接跳上予讚線列車，總算搶在最後一刻趕上九點半從高松站出發的臥鋪車。原本執意說回程要搭臥鋪車的是小翼，但他本人已經沉入夢鄉，在列車到站之前恐怕是不會醒了。

正當我拚了老命設法幫小翼脫襪子的時候，先到盥洗室去換衣服的妻子回來了。這次三週年忌日法會悼念的故人，就是我妻子的姊姊。

「剩下的交給我，你也換上這些衣服，去刷牙吧。」

妻子放輕聲音悄聲說著，從行李中翻出我的衣物丟給我。

換作是小翼還沒上幼稚園的時候，我們說不定還能預訂兩床的雙人包廂，親子三個人一起擠在兩張床上睡覺。但現在，小翼正處於成長旺盛的階段。他剛出生時還是個早產兒，之後體重卻迅速增長，現在念幼稚園中班，體重卻已有將近二十公斤了。附近還有其他乘客在睡覺，所以我只跟妻子使了個眼色，便拉開窗簾，走出包廂。

話說回來，姊妹之間的關係還真不可思議。

在小姨生前，她們姊妹倆的感情看起來還沒那麼要好。借我妻子的話來說，她們性格正好相反，五官相貌不相像，服裝品味和興趣也全都不一樣。真要說起來，姊姊是認真的優等生類型，而妹妹則是不良少女那一型，也做過一些不能告訴爸媽的事情。世間似乎也有些姊妹感情好到無話不談，但小姨和我妻子並未頻繁聯絡，關係平平淡淡，頂多就是御盆節和新年期間回鄉的時候，在老家會見到幾次面而已。

然而，我小姨一罹患乳癌，一切就徹底改變了。妻子開始廣泛閱讀癌症相關的專門書籍，甚至顧不上照顧小孩，只要看到書上說有任何一點效用的東西，無論是無農藥蔬菜還是酵素等等，她都會從各處買來，寄給姊姊。自從姊姊住進安寧照護中心之後，我妻子每週都會找一天去探望她，花上一整天的時間來回，從來沒有一週落下。

小姨罹癌的消息真的始料未及。她在懷胎生子、帶小孩的同時，還是十分幹練地在職場上活躍，從旁看來也覺得她健康又充滿活力。然而，在她生下第二胎的男孩後不久，立刻就被診斷出罹患乳癌。

手術切除病灶之後，她曾經一度康復，但癌症過不久又再度復發。聽說到了那時，才發現身體其他部位也出現癌細胞轉移，病況已經無法控制。最後，小姨住進自家附近的一間安寧照護中心，在那裡度過一段寧靜的時光之後，在家人陪伴下過世了，得年僅三十三歲。

姊姊和妹妹之間，或許有著旁人無從介入的強烈羈絆也不一定；說不定在她們兩人之間，存在著就連親生父母也無法涉足的領域——看著這兩位天人永隔的姊妹，我不禁這麼想。

今天，妻子也仰望著親生姊姊的遺照潸然淚下。就連她們的雙親也已經不再為此流淚了，只是看上去稍微蒼老了幾分。

我妻子的年齡，正逐漸接近她姊姊過世時的年紀。在小姨生前，我一點也不覺得她們長得有多像，但妻子仰望遺照的面容，卻和照片中的姊姊驚人地相似，簡直像是同一個人。坦白說，看見那一幕，我起了雞皮疙瘩。

我換上運動服，離開盥洗室。從不知哪個包廂，已經傳出了響亮的鼾聲。我到岡山出差時偶爾也會搭乘這列臥鋪車，跟家人一起搭乘倒還是第一次。到了深夜，車上就不會再播放停靠車站的廣播了。到站之後我要立刻去公司上班，希望在那之前能多少小睡一下。

回到我們的包廂，妻子還沒睡。她已經蓋著外套躺下，不過還睜著眼睛。

「妳睡不著嗎？」

「是呀，畢竟剛才在電車裡睡太久了。」

我們都壓低了聲音說話，我也鑽進妻子身邊。

這是最便宜的包廂，近似於大通鋪了，我本來還有點擔心，不過睡起來的感覺還不壞。當然還是能感覺到電車的震動，但這點無論哪一個等級的包廂應該都一樣吧。

「這次回去，冬馬又長大了一些呢。」

「雖然長得還是沒有小翼那麼快。」我說。

冬馬是小姨留下的小兒子，他比小翼大一歲，明年準備要上小學了。但與有肥胖傾向的小翼相比，冬馬看起來反而比較嬌小。隨著年紀成長，他與父親達彥也越來越相像了。冬馬多半不曾有過與母親一同相處的記憶。

妻子翻了個身，面朝下趴在臥鋪上，於是我也同樣轉了個方向，趴著望向車窗外的風景。幾乎只看得見一片黑暗。

「可是，你不覺得還是太早了嗎？」

我一聽，馬上就知道妻子說的是哪一件事——聽說達彥準備要再婚了。雖然並非當事人親口告訴我們，但妻子說這是母親告訴她的，想必不會有錯。我小姨和達彥在他們家鄉念高中時就是同班同學，兩人當年的初戀最後開花結果，在歷經風波之後終成眷屬。

但我也不是不理解達彥的心情。我小心謹慎地揀選措辭，以免招致妻子反感。

「達彥會這麼做，背後應該也有許多苦衷吧？雖然周遭親友都願意幫忙，不過實際上，一個男人要獨自撫養兩個小孩肯定是很辛苦的。」

我跟達彥同樣年紀，有些事不必多說就能體會。

即便是我和妻子兩個人合力撫養小翼，就已經每天都像打仗了，更別說單親爸爸要單獨養育兩個正值成長時期的小孩，簡直難以想像。就算他們家的小孩不像小翼這麼難帶，光是設身處地想像一下達彥的處境，我就不禁戰慄。即使再娶新的太太，他應該也不會虧待家人，我猜想他也是考量到孩子們的未來，才會做出這個選擇吧。

但即便如此，我妻子好像還是無法接受。畢竟站在親姊妹的立場，她或許無法那麼輕易冷靜下來，我多少也能想像那種心情。

「就算這麼說，也才過了兩年多呀。我總忍不住覺得姊姊她好可憐。」

說到這裡，妻子茫然望向暗夜。在我小姨病倒之前，她一直都直呼姊姊的名字，到了現在，姊姊這個稱呼卻已經固定了下來。我幫不上什麼忙，只能用指尖抹去妻子的淚水。對於只有兄弟的我而言，妻子和小姨的關係像個不解之謎。

「可是，關於另一件事情……」

妻子含糊其詞，話聲中混雜著嘆息。從剛才開始，我也在腦海一隅一直思考著這件事。

「關鍵就在小翼會如何反應了。」

此時此刻，睡著的小翼也緊緊抱著從我們位於沼津的家中帶出來的布偶鳥，代替鴻鴻陪他睡覺。

鴻鴻原本是我小姨養的玄鳳鸚鵡。聽妻子說，是工作上關照過她的人將這隻鸚鵡託付給了她，小姨說她只是代為照顧。然而，到了自己身患重病，辭去工作，準備住進安寧照護中心的時候，小姨她便決定將鴻鴻交託給別人了。多半是考量到自己過世後的情況，她才會選擇放手。

小姨是個做事貼心周到的人，或許是不想再給達彥造成更多負擔了，於是她便將那隻視作珍寶的鳥兒，交給了她的妹妹照顧。往返照護中心的那段期間，我妻子好幾次都將鴻鴻裝進小小的籠子裡，帶到照護中心去探視姊姊。不可思議的是，我小姨見到鴻鴻，就彷彿身上的病痛有所緩解似的，恢復了健康時平靜的神情。

先前，小姨的長女美幸也和她一起勤奮地照料鴻鴻，所以放長假的時候，美幸總會一個人到我們家來找牠玩。

美幸到我們家來玩的時候，真的一整天都在跟鴻鴻玩耍。她是小翼的表姊，對於獨生子小翼來說，就像一個短期的姊姊一樣，美幸來玩的時候他也很開心。我妻子也特別照顧小小年紀就失去母親的外甥女，待她就像真正的母女一般。在美幸來訪的期間，她們會一起下廚、一起去買東西，也會一起泡澡。

這一次暌違幾個月見到美幸，她已經八歲，看起來像個小大人了。美幸生得聰明伶俐，據說和她母親小時候長得一模一樣。

「可是呀……」

妻子仍然凝望著暗夜，喃喃這麼說道。淚水已經風乾了。

「事到如今，要我們把鸚鵡還回去，我們也很為難呀。」

我非常理解妻子的心情。雖說鴻鴻原本是我小姨的寵物，但現在也是我們家重要的家庭成員了。對於我妻子而言，牠也是過世親姊姊的一個重要紀念。實在不可能說句「喔，好啊」，就輕易將牠送還回去，這對我來說也是一樣的。而且，現在小翼非常疼愛鴻鴻，這次就連要帶他一起回娘家，離開鴻鴻三天兩夜，他都心不甘情不願的。現在也像這樣，不願意放開懷裡的小鳥布偶。

「真不知道該怎麼辦才好。」

我看著小翼的睡臉說道，不由得嘆了口氣。

「不過，如果為美美和冬馬著想……」

妻子說到這裡，對面包廂忽然傳來一聲男人的怒吼：

「吵死了！給我安靜！」

不知不覺間，我們好像不小心聊得太大聲了，妻子吐了吐舌頭。沒想到我們都三十幾歲了，還被人像罵小孩一樣斥責，真是丟臉。

我效法妻子，也轉回仰躺的姿勢，摸索著妻子近在我身旁的手。我牽著妻子的手，閉上眼睛，睡意來得比想像中還要輕易。

再次睜開眼睛的時候，黎明的氣息已經近在咫尺，大概再過三十分鐘，列車就要靠站了。我從床鋪上拖起沉重的身軀，坐起身來。

不出所料，小翼一聽就發脾氣了。

一告訴他要把鴻鴻送回冬馬和美幸姊姊的新家還給他們，小翼就突然像著了火似的大哭起來，失控到我們束手無策。小翼一直都有這個毛病，我們無意嬌寵著他，但凡事只要不順他的心意，他就說什麼也不願意聽話。

「小翼，以後換成你到他們家玩，就可以看到鴻鴻了呀。」

妻子開始扮演安撫他的角色，但小翼卻將小鳥布偶用力朝我扔過來，布偶的嘴喙精準命中我的脖子。

「我不要、我不要，絕對絕對絕對不要！」

豆大的淚珠從小翼狹長的眼睛裡撲簌簌掉落下來。我心裡也很難受啊，小翼，請你諒解一下吧。縱使我這麼想，但這心思完全無法傳達給小翼，他躺在地板上反躬著身體，揮舞著手腳耍賴。

「我最——討厭爸爸了！」

小翼扯開嗓門尖聲大叫，音量大得好像全世界都聽得見。

到最後，小翼可能是哭累了，就這麼躺在地板上睡著了。

只是小翼剛才那句話，還刺在我胸口上拔除不去。

我心裡也希望能好好說服小翼接受這件事。

但自從這天以後，小翼就不太跟我說話了。妻子說是我想太多了，但小翼很顯然在躲著我，也一直都拒絕跟我泡澡。

即使如此，妻子還是堅持不懈地奮鬥，試圖設法說服小翼。身為父母親，我們都不想做出硬是把鴻鴻從他身邊奪走這種事來。一連好幾天，我們都拚了命地想出各種戰略來說服他。

看到妻子那麼努力，我也想助她一臂之力，但我脫口而出的話卻好像讓他們無法接受。

「爸爸可以再買一隻鳥給你啊。」

我隨口說出的這句話招致了不必要的反感，反倒變成火上澆油了。

不只是小翼，妻子聽了也皺起眉頭。男人這種生物，為什麼總是這麼不善於想像對方的心理呢？

「世界上又沒有跟鴻鴻一模一樣的小鳥！」

小翼哭著大吼，妻子也語帶諷意地說，反正要是我死了，你肯定也會像達彥那樣三兩下就找別人再婚吧。事後回想起來，那確實是我說錯話了，我深自反省。

但儘管如此，既然小翼執意不肯聽勸，那我們也只好走一步算一步了。

為了把這件事變成既定事實，妻子主動致電說我們會把鴻鴻歸還，美幸聽了非常開心。這也難怪，畢竟雖然冬馬幾乎沒有關於母親的記憶，但美幸還記得一切。看著母親日漸憔悴，對於幼小的美幸來說肯定十分殘酷吧。我小姨過世的時候，美幸還只是即將上小學的年紀。

對於美幸而言，鴻鴻是為數不多的、能讓她回想起與母親之間快樂回憶的存在。或許對她而言，牠同時也是母親本身也說不定。而且，新媽媽很快就要來到他們家，和他們一起展開新生活了。在這種時候，如果有鴻鴻陪在他們身邊，美幸或許也能有一點心靈上的寄託吧。現在，美幸比我們更需要鴻鴻。

我和妻子兩個大人，就像這樣一點一滴累積正向的想法，接受了這件事。但對於年僅四歲的小翼來說，這招果然還是不管用的。

明天，達彥就要帶著他們全家到沼津來接鴻鴻回去了。儘管事情已經到了這個階段，小翼還是鼓著臉頰在發脾氣。

「小翼，明天美幸姊姊和冬馬就要特地從很遠的地方過來，接鴻鴻回家了哦。」

或許是想多少補償兒子一下吧，餐桌上放滿了小翼愛吃的東西。小翼帶著賭氣的表情，爬上他專用的兒童椅。

「今天就讓鴻鴻跟我們坐在一起吧。」

我把平常放在鞋櫃上方的鳥籠，移動到餐桌旁邊。妻子開了一瓶白葡萄酒，於是我也決定跟她一起喝一杯就好。今晚是鴻鴻的送別會。

小翼剛開始還臭著一張臉，不過看見這一整桌的肉，心情也慢慢好轉了。小翼這孩子很讓人傷腦筋，幾乎不吃青菜，老是想吃肉，尤其愛吃火腿和香腸。妻子買來給大人當下酒菜的昂貴生火腿，也在一轉眼間掃進了小翼嘴裡。

「真不曉得他明天會帶什麼樣的人過來。」

妻子喝了一口白酒，帶著有點壞心眼的表情這麼說。

自從聽說達彥要再婚之後，我妻子就有點避著不喊達彥的名字。明天，達彥也會帶著新太太過來作客，他好像告訴我妻子說，可以順便來跟我們打個招呼。

直到現在，鴻鴻還是會突然想起什麼似的說「歡迎回來」。好像是我小姨做完第二次手術，回到自家之後，就偷偷瞞著家人教了鴻鴻這句話。她恐怕是已經有所察覺，知道自己在不遠的將來就要離開這個家了，因此才想讓鴻鴻代替她向家人說「歡迎回來」吧。

在小姨住進安寧照護中心的同時，鴻鴻也學會把「歡迎回來」說得很好了。可是，鴻鴻向主人說「歡迎回來」，迎接她回家的日子，最終還是沒有到來，儘管這肯定是我小姨自己最殷切的盼望。

所以，每次聽到鴻鴻說「歡迎回來」，我和妻子心裡總是有點悲傷。

不過，雖然鴻鴻偶爾會說「歡迎回來」，但我們幾乎從沒聽牠清楚說過其他的話。當沒有人陪牠玩耍的時候，牠倒是會喃喃自言自語，張開翅膀嘰嘰咕咕地發出聲音。另外，只有在周遭沒有任何人的時候，牠會心情很好似的唱起歌來。

我們完全聽不懂牠在唱什麼，但那首歌的音域比較高，明顯不同於牠平常的叫聲，而且牠一副唱得很開心的樣子。

鴻鴻還是一樣，喜歡別人搔牠的頭頂。我妻子把這個動作叫做搔搔，她只要說「來搔搔」，鴻鴻就會小步小步走過來，敦促似的低下頭來討摸。這時候的鴻鴻會瞇細眼睛，露出真的很享受的表情，這就是所謂陶醉的模樣吧。

回想著與鴻鴻之間的各種回憶，我的眼眶不知不覺間流出淚水，停也停不下來。我將手伸進眼鏡後方，設法掩飾淚水的時候……

「啊，爸爸在哭！」

小翼指著我大聲說道，嘴裡還塞著滿滿的漢堡肉排。小孩子真是太不留情了。

「你還好嗎？」

妻子也擔心地打量我的表情。

「這個季節，可能是花粉吧？」

我隨口說著，抹了抹眼角。

「才不是，爸爸你是捨不得跟鴻鴻分開，所以才哭了。」

被小翼說中了。越是看著鴻鴻，眼淚就越是湧上眼眶。

自從我小姨罹癌之後的無力感，她過世時的悲傷與空虛，以及在那之後和鴻鴻共同度過的整整兩年當中，每一天微小的幸福——這一切全都重疊在一起，彼此調和，緊緊箝制住我。越是回想，眼淚就越止不住。

「是啊。」

我看著小翼，這麼肯定道。小翼很久沒用這麼直率的眼神看著我了，這是我們和好的大好機會。我希望盡可能不要對小翼撒謊。

「那我不會再哭了。要是我們大家都在哭，那鴻鴻一定也會很難過吧。」

小翼說道，他說得沒錯。

「比起這個，媽媽，還有漢堡排嗎？」

在震驚於小翼食欲的同時，連我自己都忍不住感嘆，他真是長成了一個好孩子啊。讓小翼心中培養出溫柔胸懷的，或許是鴻鴻吧。我們並不是那麼厲害的父母。

或許是察覺了我的心情，妻子悄悄伸過手來，撫摩我的後背。我連著妻子的份一併流下眼淚，背後觸碰我的那隻手，彷彿和替鴻鴻搔頭的時候帶有同樣的溫暖。

隔天，達彥帶著美幸、冬馬和他的新太太過來了。

「不過，他也不必找個像到同一個模子印出來的人再婚吧。」

目送載著四人一鳥的車子開遠，我妻子立刻開口這麼說道。小翼還在追著那輛載著鴻鴻的廂型車跑，不知能追到哪裡。

「有那麼像嗎？」

妻子說的是達彥帶來的繼室。只不過，她嘴上說得好像有點不滿，內心看起來卻有幾分高興。

「何止是像，她不是跟我姊姊長得一模一樣嗎？身材高挑，留著長頭髮，雙眼皮，就連血型都一樣。」

追到達彥他們的車子都已經看不見了，小翼才喘著大氣跑回來，用手背抹了好幾次眼睛，但臉上神情明朗。

身材高挑、留長頭髮，有雙眼皮的A型女性，光是在這個城鎮裡就有很多個了吧。不過，現在我就不說這種挑人語病的話了，而是這麼安撫妻子：

「達彥他一定是太喜歡明里姊了。他一個人被留下來，肯定很落寞吧？」

即便如此，妻子還是欲言又止。

「可是呀……」

她說著，意味深長地嘆了一口大氣。

小翼跑過來，找我們陪他一起去公園玩。

「孩子們好像也跟她很熟了。我原本很擔心美美，但剛才，美美看起來好像也滿幸福的。」

美幸將裝著鴻鴻的籠子抱在懷裡，一直不停向我們鞠躬道謝。新加入這個家庭的那位女性就在一旁，已經以母親的眼神守望著她這副模樣。聽說，她是冬馬念的那間托兒所的保母。

「看她們那副模樣，說是真正的母女，旁人也會相信吧。」

「嗯，絕對會相信的，看起來就像個正常美滿的家庭。」

我們追在小翼身後，走向附近的兒童公園。柿子成熟的果實，像電燈泡一樣光澤閃亮。

「姊姊在天國，不曉得會怎麼想呢？」

妻子仰望著秋天澄澈清朗的天空，喃喃這麼說。

「我想，她應該會很高興吧？畢竟面對自己深愛的人，總是希望他們面帶笑容活下去。」

我也一樣，假如身處於同樣的立場，我也會這麼希望。與其讓妻子和小翼每日以淚洗面，我寧可他們開朗地笑著活過每一天。

「是嗎……是這樣嗎？」

妻子再一次自言自語似的說完，便牽起我的手，重新邁開腳步。我們只是回歸三個人的生活而已。

話雖如此，意識到鴻鴻的存在對我們來說有多麼重要，我還是不禁愕然。確實，世界上找不到和鴻鴻一模一樣的小鳥。彷彿嘲笑我太愚鈍似的，從剛才開始，上空就有好幾隻烏鴉發出刺耳的聲音大聲鳴叫。

「爸爸，我們來賽跑吧。三、二、一，跑！」

小翼突然跑了起來，我拚命追趕起兒子的背影，妻子的笑聲響徹周遭。

少女從窗戶伸出雙手。我拉著年紀相差甚遠的哥哥的手，正沿著斜坡道往上方走。我們得快點逃到高地上才行，惡夢不斷掠過我的腦海。

「哥哥，快點，再加把勁。」

我不想催他，也知道不應該催促他，但還是急得下意識使勁抓住了哥哥的手。不曉得什麼時候又會有強震襲來，萬一再發生比剛才更大的地震，這座城鎮撐不了多久，就要輕易被海水吞沒了。

「哥哥。」

我回頭看向放慢了步調的哥哥，看見他伸手指著窗邊。印象中，這間房子裡住的是剛搬來這裡不久的一家人，太太好像懷著身孕。

小妹妹，妳也快點逃離這裡！

我正打算這麼說，又閉上了嘴。

因為少女的手掌在半空中，像花瓣一樣綻開的瞬間，從那裡飛出了一團黃色。

「魔法、魔法。」

哥哥把魔法這個詞說了兩次。

從少女手中釋放出去的，是一隻鳥兒。牠就像被吸入天空那般不斷往上升，一轉眼間就看不見了。整件事真的就發生在一瞬間。

我猛然回過神來，向少女搭話。雖然住在同一個鄰里，但我們還是第一次說話。我也想用名字喊她，但我還不知道她該怎麼稱呼。

「快逃吧，我們現在正準備到高地上避難。如果不介意的話，妳也一起……」

當我們在斜坡道上停下腳步的期間，也有好幾個人從後方追過我們。回頭向後望，大海似乎比剛才又高漲了一些。少女是知道有危險，所以才放飛了她飼養的鳥兒嗎？

「可是，我媽媽還……」

少女從窗口探出頭來，視線游移。

「快、快。」

我哥哥用生澀結巴的發音，叫少女快點逃難。

我們也不能再這樣耽擱下去了，我哥哥只能用緩慢的步調行走。他的體重有六十公斤，我不太可能背著他爬上山去。

「總之，你們一定要趕快撤離喔！這裡太危險了。」

我深切希望少女能感受到我語氣裡的認真，同時緊緊握住哥哥的手。哥哥再一次邁開腳步，爬上階梯，太好了。有時候事情不順他的意，哥哥他是固執到怎麼請也請不動的，所以剛才他停下腳步時，我一度有點擔心。

我們身上什麼東西都來不及帶，就慌慌張張地跑出家門。這裡是濱海城鎮，正好位在海灣處，因此海嘯一旦來到這裡，高度便會急遽攀升。發生地震時，你們記得要先關掉爐火，然後逃到高地上去——這是已故母親對我們的教誨。母親一個女人家獨力將我們兄妹撫養長大，在母親小時候，海嘯曾經帶走她的親生哥哥。

母親在處理魚肉的水產加工廠工作，無論什麼時候，她的手總是冷得教人發麻，但那股冷意，卻是我和哥哥的溫暖。我們經常在晚餐後，沿著濱海的道路悠閒散步。我和哥哥各牽著母親的一隻手，把媽媽夾在中間走著，對我來說，這就是幸福。而如今，那片海卻準備襲擊我們居住的城鎮。

母親過世時，我和她約好了，要陪伴在哥哥身邊，一輩子保護好哥哥。

哥哥打從出生開始，就使用只有他一個人明白的語言思考、發聲。儘管如此，母親還是一樣給予他毫無保留的關愛，像周到地款待一個流落異國的客人。然後，她一步一步，慢慢教導他我們這個世界的規則，讓他得以在這裡生活下去。好比說，襯衫的鈕釦該怎麼扣，橘子皮該怎麼剝，公車該怎麼搭。

也有些父母親，會選擇將我哥哥這樣的兒子或女兒與世間隔絕。但我母親卻一點也不介意這種事，真的是自豪地帶著我哥哥出門走動。正因如此，哥哥他才能長成現在這樣的人。

一邊爬上階梯，我豎起耳朵聽，便聽見哥哥的聲音。

「一——二——三——四——」

這是母親在一起泡澡的時候，教哥哥數的數字。在哥哥的世界裡，只存在四之前的數字。我們一步步攀上階梯，不禁覺得母親彷彿就在身後，使勁往前推著我們兄妹的後背。

在充作避難所的町立體育館，看見那名少女的身影時，我忽然又想起了白天看到的光景。我認得少女那張成熟又伶俐的側臉。我猶豫著該不該向她攀談，又尋思著該說什麼才好，這時哥哥從洗手間回來了。

經過母親強力特訓之後，哥哥學會了一個人上廁所。只是這裡環境不同，我本來還有點擔心，不過看來他一切順利。

我們還不清楚鎮上的情況如何，對於海浪淹到了哪裡也沒有頭緒。這是個過於寂靜的夜，該撤到這裡的所有人都到齊了嗎？還是有人缺席？我完全不敢想像。

無論如何，我的身體已經累得筋疲力盡了。明明都這麼累了，卻一回神就開始思考這種時候不該想的事情，幾乎無法成眠。

早知道事情會變成這樣，我就該不顧一切地把母親和舅父的遺照帶出來才對。

現在我們家不曉得怎麼樣了？

就這麼輾轉反側，到了黎明時分。

哥哥開始說他想到外面去。不帶他出去，他的恐慌症可能會發作，因此我便陪著哥哥走到戶外。天空已經開始泛起淺淺的魚肚白，陰雲密布，就連呼出的氣息都凝成渾濁的白煙。離開家時我匆匆披了件刷毛夾克，但只穿這樣還是有點冷。冷風從海上朝我們吹來，寒意像針尖般刺骨。

「哥哥，在這裡吹風會著涼的，我們回去吧？」

我這麼說道，正準備拉住哥哥的襯衫後襬，這時，他卻指向了天空。

「怎麼了？」

我一問，哥哥便展開雙手，做出小鳥拍翅膀的姿勢。

「鳥？有小鳥嗎，在哪裡？不是烏鴉？」

我這麼問他。

「魔法……」

哥哥緩慢地說著，像從喉間擠出聲音一樣。

「魔法？」

我再次複述哥哥的話。這一次，哥哥清楚指向東邊的天空，指尖微微擺動，好像拚命追循著某種東西的軌跡似的。

「啊！」

那一瞬間，我也不禁驚叫出聲。

有一隻鳥兒展開翅膀，等待黎明似的在空中舞動。牠飛翔的姿態就像在無垠的天空中書寫文字，又好像從上空撒落某種特殊的粉末。哥哥從以前就是我們家眼力最好的人，善於找到那些位在遠方，我和母親的眼睛都看不見的東西。

「哥哥，你在這邊好好看著牠，絕對不可以離開這裡，不要亂跑哦。」

我知道讓哥哥一個人獨處很危險，但現在我只能這麼做了。我全速衝刺，回到建築物旁邊。一群徹夜忙碌的男人從另一頭走了過來，我輕輕點頭打了招呼，從他們前方橫越而過。

我想把這件事告訴那名少女。我知道放飛鳥兒的時候，少女的臉頰上閃著淚光。在避難所見到她時，少女一個人，看起來很不安的樣子，我不能不把這件事告訴她。

我沒有任何證據，無法證明剛才看見的小鳥就是那時少女放飛的鳥兒。或許牠們只是長得很像，其實不是同一隻鳥。但我還是心想，那一定就是那隻鳥不會錯，我發自內心祈願，希望被放飛的小鳥真的就是牠。

我悄悄推開體育館的門。

環顧四周，我尋找少女的身影。

同時我由衷祈禱，哥哥還看著那隻鳥的去向。

當然，我拚了命地到處尋找過了。

日復一日，我都心急如焚地四處找尋 Ribbon 的蹤影。即使橡膠鞋底走到開口笑了，我還是毫不在乎地繼續奔走。每天夕陽西下，回到家中的時候，我的雙腳都痠痛得再也走不動。

我也拜託父親，去問過了警察局和保護動物的相關機構。我畫了好多 Ribbon 的畫像，貼在布告欄和電線杆上請大家協尋。

一聽說有人家裡養著長得像 Ribbon 的玄鳳鸚鵡，我立刻就去查詢對方的住址，特地到他們家拜訪。但可惜的是，那隻玄鳳鸚鵡雖然和 Ribbon 一樣是黃色的，但我一看就知道牠不是 Ribbon。

時間拖得越久，Ribbon 就會飛到更加遙遠的天空去，所以能早一天是一天，我想盡快把牠找回來。我高聲呼喊著 Ribbon 的名字，走訪公園、河濱步道、神社周邊的鎮守森林，漫無目的地盲目奔走。

轉眼間夏天來了，秋天走了，但我還是不想停止搜索。為了讓 Ribbon 隨時都能回來，為了讓牠更容易找到我，我手上總是緊握著一束 Ribbon 最喜歡的繁縷草。

但直到最後，我都沒能獲得 Ribbon 的有力目擊情報，要我憑藉一己之力找到 Ribbon，也是難如登天。

我自己當然很捨不得 Ribbon。即使只有一小段期間、只能見一次面也沒關係，我真的好想再見到 Ribbon。

但比起我自身的寂寞之情，更令我擔心的是阿堇。

在一般人看來，阿堇或許是個有點奇特的老奶奶，但我好喜歡這樣的阿堇，我們兩個一向是眾所公認的摯友。為我取了雲雀這個名字的也是阿堇，打從出生開始，我就一直和阿堇生活在一起。我和阿堇的感情好得不得了，自從 Ribbon 誕生之後，我們之間的羈絆又更加深厚了。

我們兩個人通力合作，一起把 Ribbon 從蛋裡孵了出來。Ribbon 在我的這雙手中，發出了微弱卻充滿力量的初生之啼，降生到這個世上。從牠還在蛋殼裡的時期算起，我們一同度過的半年又三個星期，對我而言就像寶石一樣珍貴。

然而，自從 Ribbon 失蹤之後，阿堇彷彿就失去了活下去的意志。

不小心讓 Ribbon 飛走的時候，阿堇因為急忙往外跑的關係，不小心扭傷了腳踝。她原本就患有關節炎，膝蓋的狀況也不太理想，無法做出太靈活的動作。但從那次事件之後，她是真的變成了一個沉默寡言、面無表情的人。

阿堇一天天變得越來越無精打彩，僅僅憑藉我一個人的力量，已經無法阻止情況繼續惡化，她的生命就好像被橡皮擦每天擦去一點點似的。阿堇原本那麼快樂地和 Ribbon 一同玩耍，如今卻不再唱歌、不再歡笑，也站不起來，一步也走不出自己的房間了。她的改變是真的明顯到肉眼可見，我從小學回來，探頭往她房裡看，也只看見她每天都臥床不起。

看見阿堇這副模樣讓我憂心不安，我每晚都在顫抖中度過。到了這個時候，我才初次明白，我和阿堇遲早要迎來永遠的離別。無論如何，我都不可能取代 Ribbon 的地位。所以我才想盡早把 Ribbon 帶回來，讓牠回到阿堇的手中。

那年年底，阿堇只能靠輪椅行動了。我總有一種錯覺，好像 Ribbon 還在身邊的那段時光已經是遙遠的往昔，但其實從 Ribbon 發出第一聲啼鳴之後，才過了一年多一點點而已。短短幾個月前，Ribbon 還跟我們生活在一起，如今卻已經不知去向，這感覺就好像上一秒還身在天堂，下一秒卻掉進地獄。

後來，我父母決定搬出當時居住的那棟老舊的日式木造家屋，搬到郊外去住。那正好是我小學畢業，即將升上中學的時候。他們或許是覺得換個環境，能讓阿堇重新恢復精神吧。

這一次，我們搬進了一棟歐風的新房子，不過我並不清楚他們這麼做，是不是為了體貼喜歡西洋事物的阿堇。它有座半圓形的可愛陽臺，比舊家的陽臺更寬闊一些，是這棟屋子最值得自豪的特色。

搬進新家之後，我開始到當地的中學念書。從結果而論，阿堇即使在只能坐著輪椅生活之後，還是在我們搬遷的新家活到了相當長壽的歲數。阿堇房間的壁紙上，繪有許多鳥類羽毛的紋樣。

上了中學之後，每當我走進阿堇的新房間，幾乎都會看到阿堇躺在舊家帶來的焦糖色搖椅上，望著外頭發呆。郊外的新興住宅區還殘留著許多綠意，阿堇房間那扇寬敞的凸窗外，也能看見一整片盈滿整個窗框的綠樹。

阿堇分配到的是整間屋子裡視野最好、空間最大，住起來最舒適的房間。豎起耳朵仔細聽，我經常能聽到青蛙和小鳥的鳴叫聲。附近還有水澤，稍微走一小段路，就有條乾淨的小溪流過。

母親換了一份兼職工作，開始與看護輪班，陪在阿堇身邊照顧她。好笑的是，在阿堇必須坐輪椅生活之後，我父親開始像我一樣叫她阿堇了。在我的印象之中，阿堇還健康的時候，我父母親兩個人好像都有點避著阿堇才對。

從中學放學回家，我第一件事總是打開阿菫的房門，悄悄把臉探進去。到了這個時候，煮味噌湯的工作又回到了我母親身上。

「阿菫，今天有哪些鳥來玩耍呀？」

我走到阿菫身邊，在她耳邊這麼問她，阿菫就會緩緩回過頭來看向我。阿菫膝上總是蓋著一條毯子，上頭繡有菫花和雲雀彼此相伴的圖案。我母親開始到附近的社區活動中心上刺繡課，這就是她拿阿菫那條老舊的喀什米爾羊毛披肩來繡成的。

阿菫聽了，總是這麼回答：

「有雲雀來囉。」

我每次都忍不住咯咯笑出聲來。

搬家之後，阿菫好像稍微恢復了一點精神。但每次笑過以後，我心裡總是有一點點悲傷，就像內心的表面刺著細小的棘刺那樣，焦急卻無能為力的心情。但那棘刺實在太過細小，我很難自己將它拔除。

「不是說我啦，我指的是真正的鳥。有很多小鳥到這裡來玩吧？」

我半跪著，以和阿菫視線齊平的高度眺望庭院。

忘了從什麼時候開始，母親在庭院一角做了吸引鳥兒停留的飼料臺，所以真的有許多小鳥會到我們新家的庭院來玩耍。藍歌鴝、草鵐、戴菊等等，能看見與都市裡不同種類的野鳥。

「雲雀。」

即便如此，阿堇仍然像從前那樣和藹地笑著，有些哀傷地凝望著窗外。每當這種時候，我總會忽然覺得，阿堇說不定還在尋找 Ribbon。她嘴上絕對不會說出口，但心中或許還在等待著牠也不一定。

沒錯，自從那天起，阿堇一次也不曾提起過 Ribbon 的名字。所以，我在阿堇面前也不會說起 Ribbon，這成了我們兩人之間絕對必須遵守的約定。

阿堇雖然難以自力行動了，但在我念國中的時候，她的意識還算清晰。有時候好像也並非如此，但至少她能和我像之前一樣正常對話。阿堇的聲音早已深深浸透我的身體，所以我能比任何人都要精準地聽清阿堇想說什麼。阿堇從前那樣美妙、那樣清澈的嗓音，如今卻好像混入了灰燼般沙啞。假如閉上眼睛，只聽她說話，我甚至會以為這是另一個人。

那是我升上國二，告訴阿堇我有了喜歡的人的時候。這件事我只偷偷告訴阿堇一個人。對方是和我同班的男生，我們正處於摸不清彼此心意的曖昧時期。這是我的初戀，就好像有隻橫衝直撞的兔子迷途闖進了我心裡，困在裡面出不來似的，我完全不曉得該如何迎接這突如其來的訪客。要是不找人傾訴這種心情，我就難受得快要窒息，甚至都沒辦法好好呼吸。

這時，阿堇靜靜告訴我：

「雲雀，我呀，也曾經有過喜歡的人哦。」

阿堇望向窗外，眼神遙遠。那正好是植物長出新葉的時節，剛冒出新芽的嫩葉真的就像塗了螢光顏料那樣，散發出耀眼的光輝。

「真的？」

我一時難以把阿堇和戀愛聯想在一起，所以很想知道阿堇喜歡上的究竟是什麼樣的人。可是，在我心目中喜歡的人，和阿堇心目中喜歡的人，卻是分量截然不同的存在。

阿堇說，那是她為了重新學習音樂，遠赴歐洲留學時的事情。她抱持著將此前的積蓄全部用盡的覺悟，到巴黎和維也納等地的音樂大學去上課。除了大學的課程以外，她也頻繁參加古典音樂會和夜總會的爵士樂表演，親身體驗當地現場演奏的樂聲，有時她自己也會在現場獻唱一曲。

阿堇遇見那個人，是在她停留的最後一個城市，柏林。

當時阿菫在認識的演奏家介紹之下，寄宿於柏林的一間公寓。

「就在伯瑙爾街。」

阿菫唐突地這麼說道。

起初我還聽不清街名的發音，反覆問了她好幾次，阿菫於是用指尖在我手心裡寫下「Bernauer」這八個英文字母，方便我理解。當時，我還完全不知道這條街道的意義有多麼深遠。

「那個人呀，就隔著一條伯瑙爾街，住在我的公寓對面。」

阿菫這麼告訴我，她此刻的嗓音就像春天透過葉隙灑落的日光那樣溫柔。

「他是我那位房東的親戚。不曉得現在還有沒有這個習慣，但當時無論是親戚之間，還是喪夫寡婦和自己的孩子，彼此隔著一條街住在附近都滿常見的。在那個時代，人們就是像這樣一起吃飯，幫忙彼此搬運燃料，大家同心協力，一同生活下去。」

阿菫緩緩說道，語調就像走在一條凹凸不平的山道上那樣小心翼翼。

有一天，房東在家中為某人舉辦了生日派對，而阿菫就在派對上認識了那個人。

「阿菫，那個人叫什麼名字？」

我把身體往前傾，迫不及待地問道。

「他叫漢斯。」

阿堇真的是一臉羞澀地將他的名字告訴了我。

就好像拿聽診器抵著她的胸口似的，彷彿就連我都能聽見阿堇心臟的脈動。阿堇輕輕將雙手疊放在胸口，閉上眼睛，動作宛如將珍視的寶物裹進掌心那樣溫柔。

她告訴我，漢斯先生是位麵包師傅，在柏林一間世代相傳的老麵包店工作。

「他烤的麵包真的非常香、非常美味，真想讓雲雀妳也嚐嚐看呀。」

阿堇瞇細了雙眼，靜靜說下去，她眼尾那道溜滑梯般的弧線又復甦了。我好久沒跟阿堇說上這麼久的話，心裡有點擔心阿堇會不會太過勞累，但阿堇本人卻完全沒有表露出半點疲態。一個個字句從她口中接連蹦出，就好像在我眼前上演一場魔術秀，一條接一條掏出五彩繽紛的手帕似的。她的嗓音和臉頰，都像塗了一層明膠似的水潤光亮。

「那個人的手指非常富有魅力。」

阿堇自豪地挺起胸膛。但我有點無法想像有魅力的手指是什麼樣子，是靈巧、好看的意思嗎？我不清楚。

「他演奏小提琴時的指法，看在我眼中就好像在閃閃發亮。」

身為麵包師傅的漢斯先生，業餘的興趣好像是拉小提琴。他有一位親戚在柏林學習音樂，而漢斯先生就是受到了那位親戚的啟蒙。

因此在那場派對上，阿堇就在漢斯先生的伴奏之下，為眾人演唱了一曲。漢斯先生對日本有些興趣，所以能用小提琴替她伴奏〈荒城之月〉。

「那個時候呀，我知道我們的心靈彼此相通了。」

我也有了喜歡的人，所以能切身體會阿堇的心情。光是眼神交會了短短的一瞬間，就讓人無法克制地想哭。

雖然因為雙方的語言問題，阿堇和漢斯先生之間的對話幾乎無法成立，但他們兩人仍然確實受到彼此吸引。

這是一九六一年初夏發生的事。當時阿堇應該是三十幾歲後半，或是剛滿四十歲的年紀。對於在此之前一直生活在特殊環境當中的阿堇而言，這或許是她遲來的初戀也不一定。阿堇說，漢斯先生比她還要年長，當時還沒有跟任何人結婚。

那個年代對我而言，是我出生前太久的事，所以即使聽到一九六一這個年份，我也沒什麼概念。但在世界歷史當中，尤其對柏林人而言，這是難以忘懷的一年。從前曾經在柏林築起的那道分隔東西兩側的高牆，正是在一九六一年建立。

「我永遠忘不了，那是八月十三日，天還沒亮的時候。」

前一天八月十二日是星期六，阿菫出了門，到東柏林一間音樂廳聆聽鋼琴獨奏會。獨奏會散場之後，阿菫打算回家，卻一直攔不到計程車。一方面也因為當晚天氣宜人的關係，阿菫便徒步走回了位在西側的公寓。那是個萬籟俱寂的夜晚。

「好不容易走回公寓，我累壞了，所以馬上就躺上床休息去了。這時候呀，有人敲響我的房門。我實在沒辦法，只好爬起來開門，卻看見房東一臉不安地站在門口，她一直告訴我，外面的情況很不對勁。她在戰爭中失去了丈夫，當時公寓裡又只住著我一個人，她找不到其他人可以依靠。」

阿菫按照房東的指示，掀起窗簾，確認了一下外面的狀況。隔著街道能看見漢斯先生居住的公寓，但那時她沒看見他的人影，卻看見街道上站著一些全副武裝的人。那些人拿著槍，等距地站成一排，封鎖了道路，他們面前已經拉起了有刺鐵絲網。

「雲雀，這很奇怪吧？那時我還以為是在拍電影呢。」

阿菫平靜地回顧著當年情景。不知怎地，明亮的色彩在阿菫臉上擴散開來，像陽光穿透厚重的雲層照射而下。

「我一時之間還無法理解，他們到底是在做什麼。」

說到這裡，阿堇好像說累了，便悄無聲息地墜入了夢鄉。我輕輕將那條繡著堇花和雲雀的毯子蓋在阿堇身上。

雲雀的刺繡背面，以深綠色繡線繡著「We love you!」的英文字樣。阿堇說不定還沒注意到，也說不定她未來永遠都不會注意到吧，但那確實是我們全家人的心意。

我躡手躡腳地走出房間，以免吵醒了阿堇。說了這麼久的話，她可能累壞了吧。細小而規律的呼吸聲，從阿堇口中流洩而出。

我立刻跑到學校的資料室和市立圖書館，調查當年的情況。

當時，柏林確實因為第二次世界大戰後分割統治的影響，被分成了東西兩側。西側由美國、法國、英國的聯軍占領，東側則由蘇聯占領。柏林這個城市，被分為了西柏林與東柏林兩個區塊。

但實際上，東側的人也會到位於西側的學校或職場上班上學，西側的人們也會到東側的市場買東西，人們能夠在兩側自由來去，電車也橫跨東西兩側行駛。但就像阿堇告訴我的那樣，以一九六一年八月十三日為界，駛向東柏林的列車便再也不曾回到西柏林來。

西側與東側的界線劃分似乎相當複雜。無論碰上農場、住宅區，還是哪一戶人家的庭院，那條鋸齒狀的界線都毫不遲疑地切分過去。還有阿堇居住的伯瑙爾街，其實也是西柏林與東柏林的分界線。

阿堇寄宿的公寓位在西柏林，相對的，漢斯先生居住的公寓就屬於東柏林。漢斯先生那棟公寓的正門玄關明明面朝著西柏林，卻只要踏進門內一步就是東柏林了，形成非常不合常理的狀況。

八月十三日，隨著太陽升起，情況一點一滴逐漸明朗。

當時，孤伶伶存在於東德境內的西柏林，已經被有刺鐵絲網滴水不漏地包圍起來，成了字面意義上的陸上孤島。但實際上，真正被奪去自由的，卻是位於鐵籠外側的東柏林，以及再更外側的東德人。為了不讓東側的人們逃進這座鐵籠裡，各處都站著身背步槍的人民警察，以及武裝的勞工集團進行監視。

阿堇便是被留在那座陸上孤島的其中一人。在我心目中，第二次世界大戰與柏林圍牆突然從歷史教科書當中被切分出來，成了與我自己的人生緊密相連的事件。

我那天的詢問，或許刺激了阿堇某一部分的記憶。

從此以後，阿堇只要一看見我，便會突如其來地說起當年的往事。她說到的內容都非常片段，但在反覆聆聽許多次之後，整合為一的事實便逐漸從那些片段中浮現。說起當年往事的阿堇，就好像被什麼東西附身了似的。

「還有人對著警察臭罵，從上方吐他們口水，拿東西丟他們。我們在西側觀望，就看到有煙霧彈從東側飛了過來。也有警察拿著鏡子反射太陽光，不讓我們看見他們那邊的情形。

「可是我呀，我一直相信聯合國很快就會來幫助我們，破壞掉這些有刺鐵絲網，相信甘迺迪一定會幫我們想辦法的。因為剛開始，還有些地方的氣氛一派和平，大家還會隔著鐵絲網握手、朝彼此揮手。我真的太天真了。

「八月十三日之後的幾天之間，有好多人嘗試越界，成功逃到了西側。他們闖過荒地、闖過市民農園，其中也有些人從運河上游過來。我事後聽說，東邊還有負責監視邊界的警察替想要越界的孩子壓下了有刺鐵絲網，假如被人看見，後果可是不堪設想的。

「但不可思議的是，這裡並沒有發生暴動。因為大家還不清楚整體情勢如何，能正確理解到現在發生了什麼事的人少之又少。保持樂觀和深陷絕望的人，在這時候或許是兩種極端吧。

「只是，在東柏林的市民當中，好像也有不少人對這次的封鎖行動樂見其成。

「因為東側的物價，不是比西側還要便宜嗎？所以西側的人們都會拿著西德的馬克到東側去買東西。這很常見，我也是其中一個這麼做的人，卻從頭到尾都沒有意識到，這會壓迫到東側人們的生活。

「過沒多久，對面公寓面朝伯瑙爾街這一側的窗戶，就從一樓開始一扇扇被磚頭填上了。那情景真是太嚇人了，警察拿槍抵著工人的後背，逼著他們工作。我們這些西側的人呀，就只能默默看著這一幕發生。

「大家發現再這樣下去有危險，於是很多人開始從公寓上層的窗戶跳下來。一發現有人要從東側跳下來，西側的消防員就會張開毛毯或其他東西，在樓下接住他們。裡面有小嬰兒，也有大著肚子的孕婦。每一次有人成功逃脫，西側的人們就高興地高聲歡呼。

「真的有好多人從伯瑙爾街的公寓窗戶跳下來。可是呀，其中也有人逃生失敗而摔死，我也親眼目睹過一次死亡現場。

「所以我一直提心吊膽，擔心漢斯先生會不會也跳下來。

「房東好像希望他立刻逃亡，盡快逃到這一邊來，但我內心其實不贊同。妳想想看，萬一失敗了怎麼辦呢？一條寶貴的性命就白白犧牲了。我不希望他冒險做出這麼危險的事情來。

「所以呀，我只能不停向神明祈禱。當時，我還沒有察覺自己的錯誤。那時候我總是站在窗邊，和房東輪流拿著望遠鏡往外看。

「過不久，住在伯瑙爾街東側的居民，就被下令搬離公寓了。在那之後，伯瑙爾街東側的所有建築物馬上就被全數拆除，那片空地成了無人地帶。不久前還有人居住，整頓得乾淨整潔的屋子被殘忍破壞，變成一片難以置信的廢墟。一轉眼間，一直以來熟悉的風景就面目全非，變成了一座鬼城。那時我心裡真的好害怕。

「在空蕩蕩的無人地帶裡，只有一座和解教堂孤伶伶地被留存下來。但許多住在西側的信徒也無法再到那座教堂去禮拜了，就連不遠處近在眼前的墓地，我們也無法再前往。

「到這時候呀，我終於意識到自己想錯了。

「像從夢裡驚醒一樣，我赫然明白了東側的政治家有什麼企圖、抱持著多麼強烈的決心，但那時一切都已經太遲了。因為漢斯先生，也被強制搬遷到其他地方去了。」

反覆聽過無數遍之後，阿堇所要表達的事件全貌逐漸清晰。

阿堇有時談興高昂，但有時卻不願意說得太多，她經常重複講述同一個情景，也會出現記憶有誤的情況，所以要精準掌握她想訴說的內容並不容易。但內容剛好連貫的時候，真的就像看著一段當年的影片為我講解一樣，當年的情景都歷歷如在眼前。

每一次阿堇說起那些往事，我都把她的每一句話深深銘刻在內心深處。我告訴自己絕對不能忘記這些話，我能感受到她正磨耗著自己的生命，也要告訴我某些非常重要的事情，就和那次拿草莓大福比喻靈魂的話題同等重要。

聽著阿堇在一九六一年夏天經歷的一切，解答了我的一個疑惑。

那是我、阿堇和Ribbon，我們三個一起開春季茶會時的事。

聊到喜歡的人，阿堇喃喃說了一句話。

如果他有翅膀，就能得救了——這句話一直讓我有點介意。

從那之後過了幾年，我終於揭開了謎底。阿堇那句話，原來是這個意思。

如果漢斯先生也有一雙翅膀，他就能得救了。

當時，阿堇或許是想這麼說吧。但要理解阿堇所說的話，我當時的年紀實在太過幼小了。

阿堇所說的那間和解教堂確實存在於伯瑙爾街，從窗戶一躍而下，成功逃離東柏林的那些人也確實存在。

成功跳窗逃生的其中一個人，是名叫舒爾茨的一位七十七歲的老太太。

舒爾茨奶奶跨過了公寓的窗臺，來到外面卻怕得腿軟，呆站在原地動彈不得。她不敢往下跳，嚇得渾身顫抖，腳踩在公寓外牆邊緣，死命攀著建築物不放。東側的警察察覺到騷動，從窗口伸出手，抓住了舒爾茨奶奶的手。

為了不讓東側把人搶走，西側的人們從地面上使勁抓住她的雙腳。舒爾茨奶奶於是在字面意義上成為了東側與西側雙方拔河的繩索，被一上一下地拉扯，而西側的大批群眾都看見了這一幕。

最後，舒爾茨奶奶被西側的人們拉下來，掉進展開的毛毯當中，成功逃亡到了西柏林。

「說起來實在很丟臉。」

說到這件事，阿堇總是有些懊悔地咬緊嘴唇。

「我明明向神明祈求過那麼多次，希望他不要逃亡，但在情況已經無可挽回之後，我又開始希望漢斯先生也涉險逃亡到西柏林來。真的很任性吧？肯定是因為我在那之前做過太多壞事，所以遭到了報應吧。」

阿堇改變了當初的計畫，在夏天結束之後也留在大學裡念書，繼續停留在西柏林。

到了接近聖誕節的時候，阿堇好像又想起了一件事。我到阿堇的房間去掛聖誕花圈時，阿堇突然開口說了起來。那是個窗外細雪紛飛的午後。

我將母親採集庭院裡的花草，親手製作的聖誕花圈掛到牆壁上，接著走近阿堇，想替她按摩一下雙腿。就在這時，阿堇忽然伸出雙手，捧起了我的手，將那雙溼潤的眼眸轉向我。

阿堇的手背上，浮凸著樹根一樣的紫色靜脈。我將自己的手掌輕輕覆上那隻手。

「雲雀，對於歐洲人來說，聖誕節真的是很特別的日子哦。」

阿堇有些自豪地這麼說道。

「所以呀，沒辦法全家團圓一起過聖誕節，不只是我，所有人的心情都很黯淡。應該也有人為了和家人一起過聖誕節，而冒險嘗試從東柏林逃亡吧？在新年假期過後，我也不得不回日本了，所以這是我和他見面的最後一次機會。但到了那個時候，已經連要聯絡上他都有困難了。」

「電話也不能打了嗎？」

我粗枝大葉地問道。明明針對當年的情況查過那麼多資料，但我還是什麼都不懂。漢斯先生都已經從伯瑙爾街的公寓強制遷離出去了，要怎麼打電話？但儘管我這麼欠缺想像力，阿堇卻沒有責怪我，只是用平穩的語調，面有難色地繼續說了下去。

「因為與東側聯繫的電話線，也全部都被切斷了。當時還可以寫信，可是我也沒辦法流利書寫那邊的語言。」

阿堇凝視著窗外，有如呼出一口氣息似的喃喃說道。她臉上那副表情，就好像在認真解讀著一片片雪花中秘密記載的暗號。

「可是呀，還剩下一個地方，能看見圍牆的另一側。」

那一瞬間，阿堇的眼眸又恢復成了那座令我懷念的、神秘的湖泊。

「那正好是聖誕節當天。東柏林的人們聚集在那裡，向他們的家人和親戚揮舞著白手帕。」

我不知道阿堇是否在圍牆另一側的人群裡看見了漢斯先生。面對阿堇，這問題我沒來由地問不出口。只是我能感覺得到，發生在聖誕節的這件事對阿堇而言，是圍牆築起之後唯一一個快樂的回憶。但唯一能看到東側的那個小孔，也在聖誕節過後不久就馬上被填起來了。

年關過後，阿堇難以繼續停留在柏林，於是只得將漢斯先生留在東柏林，結束了她漫長的旅途，終於回到了日本。

我不清楚是不是因為這件事的關係，但在這之後，阿堇便收養了我的父親做養子。說不定阿堇為了活在這個世上，開始深切渴望擁有自己的家人；也說不定她想藉由這個行為，斬斷她對漢斯先生的思念。

「直到東西側之間拉起了有刺鐵絲網，築起了圍牆，明白我再也見不到他之後呀，我才清晰察覺到自己愛著那個人。但一切都已經太遲了。」

阿堇這麼說著，眼瞳裡泛著淺淺一層像雪水那樣透明的淚。

起初，柏林圍牆只是一道上方繞著鐵絲網的混凝土磚牆。後來這道牆逐漸被強化，到了一九七六年，我出生的不久之前，便建成了一道高三點六公尺的第四代圍牆，總長一百五十五公里。最後，這就定型成了這道圍牆最終的型態。

與此同時，圍牆兩側的無人地帶也設置了通電鐵絲網、軍用犬、散彈槍、探照燈、弧光燈等等的設備和障礙。除此之外，甚至挖了防範戰車等車輛用的壕溝，為了保持視野良好，還噴灑了大量的除草劑。

由越野車進行的二十四小時巡邏體制也逐漸強化，一旦發現有人試圖逃亡，邊防軍便立刻下令射殺。試圖逃到西側卻因而喪命的，大多數都是和我年齡差不多的十幾歲少年，和二十幾歲的年輕人，其中也有年紀幼小的孩子們。

說真的，與其花費這麼多精力，我們難道不能採取其他更有建設性的行動嗎？這真的是最理想的做法嗎？優秀的政治家應該能絞盡腦汁，想出更好的方法吧——就連還只是個中學生，對歷史一無所知的我都這麼想。

一小群共產主義者做出的決定，扭曲了無數柏林市民的人生。一對向彼此寄予淡淡戀慕的情侶被圍牆隔開，從此再也無法重聚。

每一次聽阿堇說起那道圍牆，我都忍不住想像，如果自己生活在那個時代的柏林會是什麼樣子。我肯定會想，不如把這堵毫無意義的高牆推倒吧，或許我會從遠處朝它丟石頭也不一定。但誰也沒能把那道高牆推倒，這是不爭的事實。

到了我升上高中的時候，阿堇開始越來越常跑到另一個世界去旅行。她去到一個不同於此時此地、只有阿堇的心靈之眼才能看見的世界，在那裡像羽毛一樣輕飄飄地浮沉。

不知不覺間，阿堇曾經那麼濃密、豐盈得能夠編成鳥巢的頭髮，也稀疏得能看見頭皮了。如今再怎麼把頭髮編成包頭，它也不可能再隱藏、溫暖、保護任何微小的秘密。就算還能把鳥蛋放進去，風也會從縫隙間吹進去，鳥蛋馬上就會受到風寒。她曾經飽滿、豐饒而柔軟的乳房，也像洩了氣的氣球那樣萎縮，很難再鋪成小雛鳥舒適的床鋪了。

阿堇到我們看不見的世界旅行時，看起來大方自信又幸福；但偶然回到我們所在的世界來時，她卻總是有些不安的樣子。她會露出缺乏自信、忐忑怯懦的表情，好像一直在半空中尋找通往另一個世界的微小孔洞。她也時常無法順利表達她想說的話，每次發生這種情況，阿堇總會低垂著頭，露出小學生不小心尿床的表情。

儘管如此，我還是看準了阿堇狀態良好的時候，繼續打聽她當年的往事。我心想，必須趁著阿堇還有精神，再聽她說出更多、更多當時的情況才行，或許我是有點焦急了吧。

前一刻講話還前言不對後語的阿堇，一說起柏林的往事，就忽然挺直了背脊，眼神中蘊藏著力量。我會一邊按摩著阿堇的手腳，一邊聽她說話。為了不漏掉任何一個字，我看著阿堇的嘴形，追逐她的一字一句。

結果，阿堇在那以後還是沒能見到漢斯先生。

漢斯先生被強制遷離，後來也不曉得搬到了哪裡。阿堇唯一能指望的公寓房東，也因為每天看著那道牆而生了心病，後來就聯絡不上了。或許是因為不再能上和解教堂做禮拜，也無法再到過世丈夫的墓前悼念，導致她越來越鬱悶吧。當年留下的報告顯示，住在圍牆附近的許多西側居民都患上了精神疾病，也許阿堇的房東也是其中一位深受其害的犧牲者。西側的人們也和東側一樣，被這道圍牆折磨得身心俱疲。

到了一九八五年，孤伶伶被留在無人地帶的和解教堂也遭到爆破，炸得灰飛煙滅，就只是為了改善視野。看見當時拍攝的照片，我真的怒不可遏。居然這樣動用暴力破壞別人珍惜的事物……

隨著時間過去，西柏林的經濟越發繁榮，而一道圍牆之隔的東柏林卻變得越發沉默、越發陰鬱。在圍牆逐漸加固之後，嘗試逃亡的人數也急遽減少。那道圍牆成功讓東側人們的內心消沉頹喪，在他們心中養大了放棄抵抗的念頭。建立圍牆真正的目的，是在人們心中種下絕望的種子，令它黑暗的枝葉繁茂生長，直到沒有任何一絲光線能夠照入其中。

「妳沒有想辦法到漢斯先生那邊去見他嗎？」

當我問到這關鍵的問題，阿堇總是曖昧地笑著，往旁微微偏頭。阿堇的表情和動作好像逐漸倒退回了少女時期，最近她變回了十歲左右的小女孩，剛好和我遇見 Ribbon 時同樣年紀。

「雲雀呀，我那時候可是忙著帶小孩喲？」

總覺得她說話的聲音似乎也高了一些，偶爾她說話的方式，聽起來就像一串只彈奏鋼琴高音構成的旋律。

阿堇收養我父親的時候，他已經差不多是青春期了，可能正好是最棘手的年紀。關於這件事，阿堇和我父親都從不多談，對於我父親而言，在那個年紀被送出去寄養，多半不是什麼美好的回憶。阿堇一邊在私立的天主教女子學校教音樂，一邊養育我父親，供他上了大學。

調查之下，我發現在一九六三年，政府曾經向一般西柏林市民發放前往東側的通行證。雖然僅限於聖誕節和復活節等特殊節日，而且必須當天來回，但只要拿到通行證，人們就能到東側的親戚家去拜訪。

儘管不清楚詳情，但如果想盡一切辦法，阿堇或許有辦法前往東側，見到漢斯先生。可是漢斯先生並不是阿堇的親戚，從阿堇的話中聽來，兩人似乎也不曾有過婚約，所以阿堇要去見漢斯先生，或許還是有困難吧。

據說東側的人們如果認真工作，到了可以領退休金的年齡，志願者就可以越境去到西側，也可以搬遷到西側居住。這是因為圍牆本來就是為了阻止東側的勞動力外流到西側而建立，因此漢斯先生在屆齡退休之後，也可以搬到西德去生活。

也就是說，假如阿堇認真尋找漢斯先生，說不定真的有可能找得到他，即使漢斯先生無法到日本來，阿堇或許也可以過去見他。

但阿堇卻沒有這麼做。不僅和漢斯先生失聯，她和公寓房東也斷了聯繫，後來也不再寫信，說不定是放棄了吧。二十八年的歲月，就這麼過去了。

而這麼長一段期間裡，阿堇一直都吃著麵包。

裝在白色湯盤裡的味噌湯，和表面光滑油亮的麵包卷。阿堇盛裝打扮，換上香頌歌手時期的舞臺表演服裝，儀態優美地吃著它們，一滴湯也不曾灑出去。這就是阿堇流的晚餐。

那是一種儀式嗎？為了不讓自己忘掉漢斯先生？

父親、母親、阿堇和我，我們四個人圍坐的，平凡無奇的餐桌，或許也包含了一位名叫漢斯的德國男性也不一定。只是漢斯先生的身影，唯有透過阿堇的心靈之眼才能看見。

但凡事有始必有終。

住在東西兩側的柏林市民都始料未及的一件事發生了。一九八九年十一月九日，柏林圍牆開放了。東柏林的人們並未因此承受任何一發子彈，沒有任何一個人因此犧牲。

與此同時，在我手掌中也發生了另一個奇蹟。

Ribbon 呱呱墜地，發出了牠的第一聲啼鳴。

當時的我真的還只是個小孩子，對於阿堇、對於世事都還一無所知。但是，當 Ribbon 在我手掌中拚命掙扎，試圖從內側破殼而出的同時，柏林的人們也正為了打破一個世界而搏鬥。

坦白說，我對於這條全世界都在播報的大新聞沒什麼印象，當時的我滿腦子都是剛出生的 Ribbon。對我而言，比起鐫刻在世界歷史上的大事件，發生在這雙小小手掌中的奇蹟有著更加深遠的意義。

但阿堇就不一樣了，她想必是懷著非比尋常的心情看著那則新聞吧。心裡藏著一段不曾向任何人坦白的戀情，她肯定豎起了耳朵傾聽遠方人們的激情與歡聲，凝神細看他們的面孔，在其中拚命尋找漢斯先生的影子。

所以這一次，這一次，兩人說不定真的能相見了。不需要任何繁雜的手續，阿堇就能去找漢斯先生了。

哎，阿堇，妳不會想去見漢斯先生一面嗎？

但這種問題我再也問不出口了，因為我已經能想像這麼說是多麼殘忍，會將阿堇逼向多麼絕望的深淵。阿堇那時候都已經變成老奶奶了，而且也不知道漢斯先生是否還活著，又或者早已去了另一個遙遠的世界。

到了現在，我還可以更進一步地想像。

阿堇在Ribbon這個名字裡寄託了什麼樣的心思？

Ribbon在日語裡念起來音近Reborn，我猜想，其中或許也蘊藏了重生、復甦的意涵。

我總覺得，Ribbon就好像是漢斯先生的轉世那樣。這次他的背上長了一雙翅膀，他終於獲得了真正的翅膀，飛來見阿堇了。或許只是我一廂情願的想像，但我就是忍不住這麼想。也許阿堇只是沒這麼告訴我，但Ribbon同時也是她與漢斯先生靈魂相繫的緞帶吧。毫無疑問，對阿堇而言，Ribbon就是她的希望。

當時，東西柏林兩側加起來，一共住著多達三百三十萬人。

有人比誰都還要早爬上圍牆，越境到西側，發出歡喜的吶喊；有人等到天亮之後，在橋上與暌違二十八年的友人重逢，高興地彼此擁抱。也有寡婦到了一週之後，才終於時隔多年到丈夫的墓前追悼故人。

到了下一週週一，伯瑙爾街圍牆的一部分也開放了。當時Ribbon剛出生四天，尚未睜開眼睛，正是阿堇徹夜照顧牠，努力用柔軟的飼料餵養牠的時期。

在阿堇心中，有某種嶄新的東西揭開了序幕。或許在Ribbon誕生之後，阿堇內心那段關於圍牆的悲傷歷史，才終於得以告一個段落。

阿菫打破了我們的約定那天，我正好去找她，告訴她我高中畢業的消息。阿菫的感冒惡化，差點就要演變成肺炎，因此正在附近的綜合醫院短期住院治療。

我敲了敲病房門，打開門扇的瞬間，就聽到她說，噓——阿菫躺臥在病床上，豎起食指放在自己的嘴巴前面，轉過頭來看向我。接著，她壓低了聲音，悄聲對我說：

「雲雀，妳看到了嗎？」

阿菫已經變回了七歲的小女孩，口齒不清地嬌聲說話，一字一句都像嘴裡含著牛奶糖。或許是強烈藥效的關係，阿菫的氣色很好，臉頰一帶染著淺淺的薔薇色。

我快步走近阿菫身邊。她豎起指頭說噓的動作太讓人懷念，我的眼睛表面一下子漲滿了眼淚。那個時候也一樣，阿菫把那個秘密藏在頭髮編成的巢裡那天，她好像也是這樣對我說「噓——」。

那天是我生來第一次踏進阿菫的房間，在那裡，她讓我看頭髮編成的鳥巢裡那些小小的蛋。那是我和阿菫兩個人一起養育的希望。是阿菫教會了我，所謂的希望就是新生。

「妳看、妳看。」

阿堇說著，有些遲疑地伸手觸碰我的肩膀，她的手指像冰柱一樣冷。我假裝一無所察，用自己的手掌輕輕裹住她的指尖。

「雲雀，從剛才開始，就有隻黃色的小鳥在那裡。」

阿堇附在我的耳邊，像說悄悄話那樣輕聲說道。她呼出的氣息搔得我好癢，我忍不住扭了扭身體。位於二樓的病房窗外，是一整片廣闊的雜木林。

「黃色小鳥？」

「對呀，妳看，不就在那裡嗎？」

但我卻怎麼看也看不見。

三月的樹梢上還沒冒出嫩綠色新芽，如果樹上有隻黃色的鳥，應該一眼就能找到才對。就在這時，阿堇又往我耳邊吹出甜美的氣息。這間病房是單人房，這裡也沒有護士在，但阿堇好像只想把這件事告訴我一個人。

「妳看，雲雀，牠正在看妳！那絕對就是Ribbon，Ribbon來看我們了。」

阿堇眼中或許真的能看見牠吧，而我是看不見的。

阿堇念出Ribbon這名字的聲音，令我胸口發疼，感覺就像一扇沉重的鐵門突然轟地打開，風從其間吹拂而過。我好羨慕阿堇，我也想見到Ribbon。儘管看不見Ribbon，我仍然順著她的話說下去：

「真的耶，阿堇，Ribbon找到妳了。能見到Ribbon，真是太好了。」

這麼說的瞬間，我一直忍著的淚水便撲簌簌掉了下來。我就這麼笑著哭了起來，像一場突如其來的太陽雨。

在我還小的時候，阿堇經常從我們舊家的陽臺上拿著望遠鏡往外看。她會坐在最喜歡的搖椅上，偶爾小口小口，像貓舔牛奶那樣啜飲裝在水壺裡的甜咖啡。

可是我們家沒有任何人知道，她究竟為什麼這麼喜歡鳥。

那是阿堇從醫院回家之後幾天的事。我將茶具組帶進阿堇房間，在那裡喝著花草茶。我很懷念小時候我們的茶會儀式。說起來，我們帶著Ribbon，三個人一起舉行的那場茶會，後來也成了我跟阿堇舉辦的最後一場春季茶會。從隔年開始，無論櫻花開得再怎麼燦爛，我和阿堇都不再相約喝茶了。或許一部分也是因為搬了家，環境有所改變的關係吧。

我忽然又想開茶會了。今年春天開始，我就要去關西念大學，所以再過不久就要離開這個家了。這是我第一次搬出去自己住，也是從出生以來，我第一次離開阿堇身邊獨自生活。我已經做好了離家的準備。

我回到廚房，急匆匆地準備起茶會需要的東西。

「阿堇，我泡了好喝的紅茶哦。」

我小心翼翼地端著放有茶具組的托盤，喊了阿堇一聲。那時阿堇將照護用病床的床頭稍微升起了一些，靠坐在那裡默默望著窗外。這是阿堇住院期間，我父親請業者到她房間來安裝的照護病床。我拿著茶杯，靜靜走到阿堇床邊。

說要辦茶會，但阿堇已經無法自行飲用熱茶了。我將剛才稍微倒入熱水加溫過的空茶杯放進她手中，讓她握著，這樣光是用手掌裹著空杯，應該也很舒服吧。

「哎呀，謝謝妳的體貼，雲雀。」

大病初癒的阿堇輕聲呢喃，聲音像搓得細細的紙繩那樣微弱。

「我也準備了紅豆餡三明治哦，阿堇，妳要吃一點嗎？」

阿堇輕輕點了個頭，於是我當場著手製作紅豆餡三明治。

這次的紅豆餡不是母親親手做的，而是事先買來備著的袋裝紅豆餡。我將它夾進烤過的吐司裡，拿到阿堇嘴邊。阿堇的嘴巴一張一闔，裝作正在吃東西的樣子。

「哎呀，真好吃。謝謝妳呀，雲雀。」

只聽這段對話，感覺就好像回到了那個時候一樣。我把阿堇不能吃的紅豆餡三明治拿過來，自己咬了一口。小時候明明那麼愛吃的東西，長大之後時隔許久再嚐到它，卻覺得這種味道很難說是好吃還是不好吃了。但對阿菫而言，這就是回憶的滋味。

豎起耳朵聽，能聽見外頭的鳥叫聲。那些能言善道的鳥兒，好像在說著我和阿菫的閒話似的。這時，阿菫問我：

「雲雀，妳今天不是要去約會嗎？」

「咦？」

「妳不是跟男朋友約好了，要去賞鳥嗎？」

「是嗎？」

我大感混亂。阿菫實在說得太理所當然，有那麼一瞬間，就連我自己也差點覺得好像真是如此。但實際上這並非事實，我是絕對不可能要去約會的。

「妳才是呢，阿菫，今天不是妳和漢斯先生約會的日子嗎？」

我也說不清這句話為什麼脫口而出。但聽見我這麼說，阿菫臉上的表情便彷彿被葉隙間灑落的日光照亮了。

「雲雀，妳在說什麼呀，我昨天才剛去約過會啊！」

「昨天？」

「對呀，昨天才剛去。漢斯先生他呀，趁著麵包店休息的日子，找了一天邀請我一起去野餐。他帶我到森林裡去了哦。」

「阿菫，只有妳和漢斯先生兩個人去嗎？」

「對呀，那天一直都是我們兩個人獨處。我們就只是坐在那裡，動也不動地賞鳥。雲雀，那個時候呀，是我人生中最幸福的時光。」

這說不定是我最後一次和阿菫正常對話了。在那之後，阿菫就像Ribbon剛出生時那樣，一整天幾乎都在睡覺。

記得那好像是我上大學後第一次放暑假，回到家鄉的時候吧。我到阿菫的房間看她的時候，她沉默無語地朝我遞出了一個信封。那信封看上去非常老舊了，好像一經觸碰就會直接風化。阿菫的臉上像戴著面具那樣面無表情，凝望著遙遠的過去。

打開信封，裡面裝著一張像包藥紙那麼薄的紙張，裡頭包裹著一根羽毛。

那是根淡藍色帶有光澤的柔軟羽毛，局部生有美麗的紋樣。紋樣是偏濃的墨色，透著光能看見細膩的紋理，像蕾絲，又像漣漪。我拈著根部纖細的羽管將它拿起時，注意到底下有張小紙片，那是阿菫的字跡不會錯。

「來自漢斯先生，贈於柏林森林。」

這是漢斯先生送給阿堇的禮物嗎？末尾確實記錄著一九六一年初夏的日期。所以，先前阿堇說她與漢斯先生到森林裡去約會的那番話，絕不是信口開河。她說他們在那裡賞鳥，而證據此刻就在我手中。阿堇肯定已經不記得漢斯先生送了她羽毛，也不記得自己將它用紙裹好，收藏在信封裡了。但我想，如果阿堇忘掉了，那就由我代替她記住。

阿堇的手背不經意映入視野。仔細一看，她的手上有山巒、有低谷，有河川流過，就像從遠處俯瞰地球表面那樣。她曾經用這雙手寵愛Ribbon，用這雙手緊緊擁抱我。

阿堇。我在心中如此呼喚，感情便排山倒海般湧來。

即使只是維持現狀也沒關係，請妳在我們身邊再待得久一點吧。我深切地、強烈地如此祈願。

阿堇好像連我是誰都不認得了。

即使我告訴她，雲雀回來囉，她也只是納悶地愣愣看著我。不可以難過，但無論我在腦海中這麼默念幾次，還是忍不住感到悲傷。然後，每一次我悲傷的時候，阿堇總會拿出小禮物送給我，那些全都是阿堇重要的寶物。

有一次是五彩繽紛，像水果糖那樣漂亮的鈕釦；還有一次，她默默將陶製的玫瑰花胸針輕輕放到我手上。我們之間沒有對話，她只是默默朝我伸出手。有時候是各處泛著黃漬的一小段蕾絲，有時候是已經褪色的老郵票。

「阿堇，不用再送給我了，其他東西妳就自己收著吧。」

無論我再怎麼懇求，阿堇仍然一個接一個拿出她的寶物，就好像是為了彌補忘掉我的罪過似的，每一次收下她的禮物都令我難受。

彷彿用不可思議的記號寫成的、遙遠國度的繪本和教科書；一隻鳥形笛；一個形狀奇妙、呈鵝卵形的小地球儀；時間永遠停止的美麗懷錶；串著許多蝴蝶的項鍊……多到數不盡的小東西被放上我的手掌。

忘了我也沒關係喲。即使妳什麼都不記得了，也沒關係喲。

明明想這麼告訴她，我卻找不到適於表達這個意思的話語，只能保持沉默，將嘴巴抿成ㄟ字形，收下阿堇的禮物。

阿堇送我的最後一樣禮物，是記錄著 Ribbon 成長過程的育兒日誌。這不是阿堇直接交給我的，而是透過我母親間接轉交。那是我找到工作，從大學畢業那年的新年，到了這時候，阿堇幾乎已不再睜開眼睛。

我都不知道阿堇還寫下了這份紀錄。除了 Ribbon 每天測量的體重以外，還有牠吃下的飼料種類、分量，連時間都仔細記錄。頁面的縫隙之間，還夾著幾顆當時 Ribbon 吃的粟米。

有意思的是，阿菫還會每天畫下 Ribbon 的模樣。確實，在那個時代，還沒有出現能夠簡單拍照記錄的數位相機。阿菫會先用鉛筆打草稿，再用色鉛筆塗色。她的畫畫功力實在說不上好，不過還是看得出 Ribbon 剛開始只是一塊紅黑色的小東西，後來一點一滴長大，變得越來越像隻鳥兒，頭上從某個時刻開始長出羽冠，臉頰上也出現了明顯的腮紅，一天比一天更接近玄鳳鸚鵡的模樣。對我而言，這本育兒日誌成了承載著當年重要回憶的紀念物。

日誌的最後一頁裡夾著一朵四葉幸運草，用透明膠帶黏著。阿菫小小的字跡寫著：雲雀找到的。

我想不起來了。是我放學回家路上，繞到公園去摘繁縷草的時候，這朵四葉幸運草混在裡面了嗎？沒想到阿菫居然這麼珍重地保存著它……

我想為沉眠的阿菫唱歌，唱那首阿菫說要做胎教，為還在蛋裡的 Ribbon 唱的歌；唱那首她將羽毛還沒長齊、還是個小嬰兒的 Ribbon 抱在胸口，憐愛地哼唱的搖籃曲。但那首歌是什麼旋律、唱著什麼歌詞，我卻再怎麼想也想不起來了。

聽到阿堇的死訊時，我正因為工作而身在北海道。繼 Ribbon 之後，阿堇也去到了我無論再怎麼踮起腳尖也絕對不可能觸及的世界。阿堇去了比 Ribbon 更遠、更遠的地方。

阿堇的遺容非常安詳。

躺在棺裡的阿堇帶著安穩的表情，好像聞到漢斯先生剛烤好的麵包卷香味，陶醉地瞇細了眼睛，又好像在她柔軟的胸脯間藏著幼小的 Ribbon 那樣溫柔。自從我們兩人一起把 Ribbon 從蛋裡孵化出來，已經過了二十年的歲月。

到了現在，阿堇還是不時會到我的夢裡來玩。

夢裡的阿堇，永遠都是那時候的模樣。

頭上戴著深紅色的帽子，帽子裡的包頭當中藏著鳥蛋。只要我喊她阿堇，她總會以和緩又平穩的聲音問我，雲雀，什麼事？不知為何，夢裡的她總是豎起一隻食指放在嘴邊，對我粲然一笑。她左右兩隻眼睛的眼尾，都有著溜滑梯般的美麗弧線。

阿堇和雲雀是永遠的伙伴，我們這一生肯定都會是好朋友。

我們真的就像阿堇的預言一樣，成了一輩子的忘年之交。

得知阿堇留下了遺言，是在阿堇簡單低調的葬禮結束之後過了一年半，我睽違許久回到家鄉的時候。我實在不願意承認阿堇不在了，所以這陣子總是找些理由不斷拖延回老家探親的時間。我害怕看見阿堇已經亡故的事實被明擺在我眼前。

阿堇的房間已經收拾乾淨了。照護用病床不見蹤影，父親和母親輪流坐在阿堇愛用的那張搖椅上。母親說，我父親總是帶著被阿堇抱在大腿上那般的神情，坐在那裡讀報紙。

阿堇在遺言中只有一個要求，那就是希望將自己一半的骨灰撒在柏林。為此需要的費用，她也從以前就籌措好了。剩下的另一半骨灰，已經被納進了阿堇故鄉的墳墓當中。

我們召開了一場久違的家庭會議。難得有這個機會，我覺得讓父母親兩個人一起去就好。實質上長年負責看顧阿堇的是我母親，而我父親也很辛苦，為了阿堇搬家、換工作，犧牲不少，平常也一直工作，沒什麼機會休息。所以我提議讓他們稍微呼吸一下異國的空氣，吃點美食，到國外去度個假。

不過他們兩人並沒有接受，最後還是決定由我負責到柏林辦這件事。但我實在沒有心力馬上出發。

過了三十歲，我累積了與年齡相符，甚至是多於這個歲數該有的疲勞。無論何時何地，我總是覺得身體好重、好累，實際上健康也出了狀況。

在二十五歲上下，我經歷了絕不能向父母親坦白的邂逅，嘗盡了人生中最為極端的喜怒哀樂。但結果，無論我再怎麼掙扎，還是沒能和那個人在一起。

投向別人的憎恨與憤怒，到最後似乎還是會化為毒害，回歸到自己身上。與戀人分手之後，我的子宮肌瘤漸趨惡化，我因此辭掉了從大學畢業持續到現在的工作。目前我到朋友那邊幫忙，勉強維持著生計，但完全沒有什麼未來展望，只有一整片茫茫無際的時間堆積在眼前。我不希望父母親操多餘的心，因此對他們隻字未提。

雲雀總是朝著目標筆直向前，毫不猶豫地展開羽翼，果敢地翱翔天際，所以阿堇才為我取了雲雀這個名字。可是，難得阿堇給了我這麼好的名字，我卻一點也沒辦法像真正的雲雀那樣生活。這件事一直令我心裡有愧。

實際上的我一路蹣跚踉蹌，拖著不聽使喚的雙腿勉強前行，但馬上就絆到了自己的腳，弄得差點摔跤，鞋底總是沾著黏答答的口香糖。身在這裡的雲雀無法離開地面一吋，無法違抗重力，只是一味狼狽地在地上打滾。

看見我現在這麼丟臉的模樣，阿堇肯定會傷心吧，會失望地想，妳不應該變成這樣的。這麼一想，我便覺得越發空虛了。

我一定是把集點卡上的點數全部用光了吧，那些在每一次感到幸福的時候、張嘴大笑的時候，一點一滴存下來的點數。當年我的點數每一天都不斷累積，一回過神來，如今卻只減不增了。

我想過要出發去柏林，卻嫌打包行李太麻煩了；好不容易等到能休假的時候，又光是想像要前往機場就沒力氣，時間就這麼渾渾噩噩地流逝。

等到我終於準備好前往德國的機票，已經過了阿菫離開之後的兩年以上了。我終於啟程前往柏林，心中的風景依舊蒙著一層厚重的烏雲。

在飛機上，我忽然有個疑問。

我是從什麼時候開始，不再緊緊抓著當下這個瞬間，全力以赴地生活呢？上一次能夠輕鬆呼吸，而不會特別意識到自己活著，又是什麼時候？我也曾經有過那種時代才對，現在卻不再是那樣了。我感到窒息，就像頭上套著一個塑膠袋生活似的，吸著自己呼出的氣息，二氧化碳濃度越來越高。老實說，我活得很難受。

阿菫。

從飛機上的小窗戶，看著外面那一整片厚重的雲層，我如此呼喚。

在這個沒有妳的世界，我未來該如何繼續活下去？

抵達柏林的當晚，我一到櫃檯辦完入住，便立刻往床上一倒，之後就失去了記憶。我沒卸妝，沒換衣服也沒吃飯，直接倒頭就睡。但或許早點入睡是正確的決定，隔天早上睜開眼睛，我的疲勞稍微減輕了一些。

吃完早餐，我開始拿著地圖四處走動。我來過歐洲一次，當時是跟我那位以悲慘方式分手的戀人一起到西班牙旅遊，不過這還是我第一次來到德國。我完全不懂這裡的語言，人生地不熟，但不可思議的是，待在這裡並不會讓我不自在。即使只是短短一小段期間，阿堇曾經在這裡生活，還是帶來了一種奇妙的親近感。

從地圖上看來，從我住的飯店到伯瑙爾街，是只要稍微加把勁就能徒步抵達的距離。我手上沒有任何線索，倒不如說，除了伯瑙爾街這個名字以外，我根本沒有任何可靠的資訊。

我也不知道漢斯先生的下落。出發前，我姑且到德國大使館去了一趟，請他們替我調查，但只知道對方是從前住在伯瑙爾街、名叫漢斯的麵包師傅，還是很難查出那是誰。我也不清楚阿堇寄宿公寓的正確地址，所以幾乎沒有任何能當作線索的情報。

即便如此，我還是一心一意地往伯瑙爾街走去。就算真的到了伯瑙爾街，我也不會因此得知阿堇的什麼秘密，更見不到漢斯先生，但我心裡還是有個強烈的念頭，告訴我非得到伯瑙爾街去不可。

這感覺就像有人伸出一雙看不見的手，從背後用力把我往前推，又好像提線木偶那樣，從上方被人自由自在地操縱。我因此得以毫不遲疑地往前進，彷彿只存在這一條道路似的。

回過神來，我就真的抵達了伯瑙爾街，感覺就像被狐妖用幻術捉弄了一場。建築物被拆毀之後的空地整理成了一片綠地，向市民開放。

在一九八五年被爆破得灰飛煙滅的和解教堂，也在柏林圍牆倒塌之後於原址重建，以和解禮拜堂的形式重新復甦。和解禮拜堂現在是供人追悼柏林圍牆犧牲者的空間，格局形似數字「6」，從入口處走進去，裡面便是一個圓形空間。

我在這裡經歷了有點奇妙的體驗。

當時，那座小小的圓形教堂裡正好只有我一個人。自然光溫柔灑落，是個非常讓人放鬆的地方。一部分天花板裝設了大片玻璃窗，能清楚看見雲朵飄流而過。我有種不可思議的感覺，就好像身在一個螺旋貝殼裡似的。這時，路面電車駛過伯瑙爾街的聲音，和孩子們笑鬧的聲音從遠處傳來。或許是旅途疲憊的關係，我一坐在木製座椅上的瞬間，睡魔就輕柔地來訪，我坐在這裡開始打起了瞌睡。

過一會兒，我忽然感覺到什麼而睜開眼睛，看見我對面的椅子上，坐著一位老爺爺。

他看起來就是個道地的德國人，是位鼻梁高挺，體格魁梧的老人家，左右兩側的臉頰像聖誕老公公那樣泛著紅光。那個人目不轉睛地看著我的方向，他深邃得看不見底的眼神裹住我，我頓時像迷途誤入了海底。

漢斯先生？有那麼一瞬間，我內心深處捲起旋風。

如果漢斯先生還在世……

至今從來沒想過的可能性忽然掠過胸口。我在半夢半醒間用茫然的頭腦計算，假如漢斯先生只比阿堇大了十歲，那他也已經超過一百歲了，但並非完全不可能仍然在世。從阿堇的說法看來，我一直以為漢斯先生已經不在這個世界上了，但他活得比阿堇還要長壽也不無可能。但我沒有勇氣向眼前這位老先生攀談。

忽然間，我覺得好像有誰以透明的手指觸碰我的肩膀，誘人的睡魔又從指尖悄悄攀了上來。我再次緩緩閉上眼瞼。

這感覺就好像化作了一灘水窪一樣。好像我沒有身體，也沒有心靈，一切都彼此交融，在木製的冰涼座椅上化作了一捧水，蹲坐在那裡。不知從哪裡吹來思慮深沉的風，吹得水面輕輕顫動。睡意源源不絕地湧來，像潮聲一樣將我填滿。

我並不清楚這件事究竟發生在短短一瞬間，抑或者經過了快一個小時，只覺得好舒服，就好像回到了還是個胎兒的時候，蜷著身體窩在溫暖而柔軟的地方似的。我還想再這麼待得久一些，但頭腦開始逐漸清醒了。

重新睜開眼睛的時候，那位老爺爺已經不知所蹤。他就像一陣輕煙那樣無聲無息地消失了，我沒有聽見任何聲響。

說不定就在我閉上眼睛的這段期間，阿堇和漢斯先生的靈魂，已經在這座禮拜堂中永遠相繫在一起了。漢斯先生說不定一直都在那個地方等著，等待阿堇來和他相見。

在那之後一小段時間，我都茫然仰望著天花板，遙想著那兩個被東西側之間的圍牆分隔兩地的靈魂。

在這期間，和解禮拜堂一直都清幽聖潔，就好像收集了全世界美好的光輝，將它們裝進了瓶子裡似的。十字架前的花瓶裡，自然隨意地插著五彩繽紛的花草，鮮活得彷彿才剛剛採摘下來。儘管我不是基督教徒，待在這裡也絲毫不覺得受到排擠。稍微能聽見外面傳來的喧鬧聲，反而讓人覺得自在。

我捨不得離開，直到下一個人走進來之前，我繼續在那裡待了一會兒。

阿堇和漢斯先生的靈魂或許永遠牽繫在了一起，這應該是個值得紀念的夜晚，但砰地關上飯店房門的瞬間，我便覺得胸口發緊，難以呼吸。彷彿有一道落雷瞄準我劈下來似的，我突然被某種無以名狀的感受襲擊，像白日裡烘暖的空氣中有冷氣團急速湧入，天空忽然風雲變色。

眼淚不斷、不斷湧出眼眶。我不是靜靜掉淚，也不是抽抽答答地啜泣，而是放聲大哭了起來。這就像只有自己一個人突然被全世界拋棄，剩下我孤伶伶一個人的感覺。

我就這麼趴倒在床上，流著鼻水抽泣。我覺得好難過，悲傷得難以承受，使勁敲打著飯店的牆壁。

我已經不再是草莓大福了，變成了普通的大福，不知把最重要的、最該好好珍惜的草莓忘在了什麼地方。不對，不是這樣，草莓的外層有身體和心靈保護，不可能就這麼掉出來。對了，我的草莓是腐爛了。從表層到內裡徹底腐爛，上頭長了霉菌，整顆變得爛糊糊的，敗壞的部分擴散到了紅豆餡裡，再擴散到最外層的麻糬裡。我的子宮就是最好的證據，它充滿了氣體，緊繃發脹。

如果把手伸進喉嚨深處，我能不能把腐爛的草莓吐出來？

這麼一想像，噁心感真的一湧而上，我急忙衝進浴室。

只是，不管我再怎麼把手指伸進喉嚨深處，都只吐出食物殘渣而已。腐敗的臭氣從我身上散發出來，我別開臉，避開那股臭味。

醫生的聲音在我腦海中重播。

妳要把它留著，還是開刀摘除？

才見過幾次面的醫師甚至沒有正眼看著我的臉，只看著我的子宮照片這麼說道，語調就像告訴我指甲有點長了，該剪掉囉那樣輕鬆。

一想到摘除它就能擺脫每次生理期都得面對的那場地獄，我一瞬間有點暈眩。彷彿為了逃離這個現實似的，我來到了柏林。只是無論再怎麼逃，逃到天涯海角，我的子宮還是深埋在我體內，無論跑到哪裡，它都還是緊抓著我不放。

我再一次像被推倒似的趴伏在床上，閉上眼瞼。睡意一下子就來了。

我走在一座森林裡面。

阿堇就在我身邊，我們手牽著手，我正好和阿堇差不多高。

雲雀，妳仔細聽。

阿堇用清亮的聲音這麼說道，她的雙腳也十分靈便。

有沒有聽到什麼聲音？

森林裡長著茂密的樹木，就好像身在一頂綠色的馬戲團帳棚裡似的。綠葉像傘一樣往外開展，日光從葉隙間照射下來。
妳聽。
阿堇說著，緊緊握住我的手。
那一帶好像有小鳥哦。
我閉上眼睛，豎起耳朵聽。過一會兒，我也聽見了。
啾嗶——啾嗶——啾嗶——啾嗶——
妳聽見了吧？那一定是鳥媽媽在餵食雛鳥。
啾嗶——啾嗶——啾嗶——啾嗶——
我尋找著聲音的來源，阿堇便將她的雙筒望遠鏡拿給我。象牙色的，是阿堇總是拿在手上的那臺老望遠鏡。
妳看見了嗎？
我往望遠鏡裡看，圓形的窗口裡映著一隻小鳥的身影。
嗯，我看見囉，阿堇。是胸口有著領帶花紋的小鳥吧？牠的嘴巴裡好像叼著食物。
沒錯，雲雀，那就是白頰山雀哦。
或許是牠的巢就在附近，白頰山雀馬上就從枝頭上飛走了。我和阿堇手牽著手，重新邁步往前走。

水窪上有豆娘在飛，牠貼在靠近水面處，像飛碟那樣以不可思議的方式飛行。

再走一會兒，便看到一條小河流過。

雲雀，我們要不要下到那裡去，稍微休息一下？

阿堇擦拭著額上的汗水，對我這麼說。

我跟在阿堇身後，往下走到河邊。就在小河旁邊，剛好有塊大小正好的石頭。

阿堇在那塊石頭上坐下，脫下襪子，將光裸的腳尖浸到河水裡。我也學著她解開運動鞋的鞋帶，脫掉鞋襪，把腳泡進水中。

好冰哦——

不過泡起來好舒服哦。

我們兩人的聲音完美重合在一起，分不清哪一句是誰的聲音。河川水流清澈，清涼而優雅地撫過我們的腳底和腳尖。

來，雲雀，請用。

我回過頭，看見阿堇咕嘟咕嘟地將水壺裡褐色的液體倒進小蓋子裡，朝我遞來。

謝謝妳。

我接過鮮紅色的水壺蓋，喝了一口，果然是阿堇愛喝的咖啡。有微微的甜味，像太陽熬煮過後的味道。我一口氣把它喝光，將空蓋子還給阿堇。

再過一會兒，又開始聽見鳥叫聲了。

雲雀，妳知道這是什麼鳥嗎？

聽見阿堇這麼問，我回答，是布穀鳥。

布穀鳥真的會布穀、布穀地叫，所以就算我不像阿堇那麼瞭解鳥類，也一下子就聽出來了。

布穀鳥是一種不會自己孵蛋的鳥，牠會把蛋產在其他鳥類的巢裡，讓其他鳥兒替牠養育小孩。

可是，布穀鳥為什麼要做出托卵這種事呢？

我喃喃自言自語。

特地產下與其他鳥類相似的蛋，未免也太費事了。布穀鳥的雛鳥會搶先孵化，將那個巢裡原有的蛋踢落到鳥巢外，最後只剩牠一隻雛鳥存活下來，從養母那裡獲取食物，日漸長大。養母勤奮地帶回食料，餵養體型比自己大上許多的杜鵑幼鳥，無微不至地照料牠，即便自己產下的蛋被牠推下巢去也一樣。養母不會在途中發現這不是自己生下的幼鳥嗎？

雲雀呀，有一個說法是這樣的。

阿堇這麼告訴我：

布穀鳥的體溫太低了，所以牠們沒辦法自己孵蛋。

布穀、布穀、布穀、布穀。

布穀鳥還在附近的樹梢上鳴叫。

可是，既然牠都能把蛋演化成和其他鳥類相近的樣子了，難道就沒辦法經過演化提高自己的體溫，自己孵蛋嗎？

或許是覺得我在說牠壞話，布穀鳥啪沙啪沙地拍著翅膀飛走了，那隻嘴喙尖銳、黃色眼睛的鳥，從枝葉間穿梭而去。

但仔細一想，阿堇也是如此。她把別人生下的小孩，當作自己的孩子一樣撫養長大，生命因此得以延續，我的父母親又生下了我。當然，假如阿堇沒有養育我的父親，我就無法遇見阿堇了。

阿堇，妳不會想生下自己的小孩嗎？

我先前一直想問，卻問不出口的問題，忽然不經意脫口而出。

不會喲。

阿堇靜靜回答：

因為我覺得，小孩無論是誰生的，都沒有差別。

但我卻不這麼想。我好想要一個我和戀人之間的小孩，想得不得了。明知道這是無法實現的夢想，我卻無法停止盼望，總是為了這件事苦苦掙扎，在原地兜著圈子打轉。

被布穀鳥托卵的親鳥呀……阿菫說著，仰頭望向天空。

雛鳥會張開大嘴，乞求食物對吧？據說親鳥看到這一幕的瞬間，就會覺得自己必須哺餵牠才行。一定是本能驅使著牠們餵養雛鳥吧。

是這樣嗎？我沒發出聲音，在心裡這麼尋思。

這個時候，我突然想把自己子宮的狀況告訴阿菫。這是我沒向任何家人、朋友說過的秘密，是只有我和主治醫師知道的機密事項。

阿菫，那個呀，我有一件事想告訴妳。

我下意識以雙手裹住自己的腹部。那裡微微隆起，並不是因為有了孩子，而是因為子宮正在發出悲鳴。

醫生說呀，我可能必須要把子宮摘除了。

這是我第一次把這件事告訴別人。或許一直以來，我都比自己想像中還要更介意這件事，我從自己的眼淚中意識到了這點。

要是真的摘除子宮，我就不能生下自己的小孩了。

一旦說出我最害怕的事，情緒便一發不可收拾地湧上。我將臉埋進阿堇豐滿的胸脯，像個孩子一樣哭了起來。阿堇溫柔地拍撫著我的背。

從以前活到現在，我一直都盡可能不造成別人的困擾。走在路上時總會靠向一邊，小心不擋到腳踏車和汽車通行；總是注意著腳邊，以免不小心踩扁了野花。縱使如此，我現在卻覺得自己像個累贅，是個無法好好工作，派不上用場，沒有任何一丁點生存價值的廢物。

只要爽快地把子宮從體內切除就樂得輕鬆了，我卻連下定決心的勇氣也沒有。但同時，每一次生理期都要嚐到地獄般的痛苦也令我難以忍受。如果能用猜拳那麼簡單的方法決定就好了，輸了就切除，贏了就保留。

妳真的很喜歡他呢。

阿堇說道。

咦？

我抬起被淚水沾得溼漉漉的臉，阿堇微笑著觸碰我的臉頰。

哎，雲雀。

當她用這種語氣說話，就表示她準備告訴我某些重要的事了。阿堇望著天空，靜靜說下去：

下雨的時候，妳就任憑雨點擊打也沒關係；起風的時候，妳就任憑大風吹襲也沒關係。妳可以隨心所欲，想怎麼做就怎麼做。不過呀……

說到這裡，阿堇頓了頓，接著看進我的雙眼深處，繼續說道：

雲雀，妳想要怎麼做，只有妳自己明白。

對吧？阿堇這麼曉諭道，我深深點了個頭。我再一次將手放在子宮一帶，還殘留在眼眶裡的淚水慢動作滑落，像被吸入河流裡似的。

雲雀，我們再走一下吧？今天天氣這麼舒服，正是賞鳥的好日子。

阿堇說著，就要站起身來。

阿堇，妳不累嗎？身體還好嗎？

不用擔心喲，雲雀。妳看，我連膝蓋都這麼健康。

阿堇當場彎了彎膝蓋給我看。

在那之後，我們赤裸著雙腳走過森林。土壤暖呼呼的，踩起來很舒服。一隻蝴蝶或許是剛羽化不久，飛得不太穩定，在半空中忽上忽下地舞動。飛到日光下的時候，蝶翅閃耀著柔和的光彩。

哎呀。

阿堇忽然停下腳步，朝頭頂上望去。

妳聽，又有鳥叫聲了。

嘰、嘰哩——嘰、嘰哩——嘰、嘰哩——嘰、嘰哩——

這一次又是什麼樣的鳥兒呢？

阿堇的聲音一直響徹到森林深處。

睜開眼睛，陽臺欄杆上停著一隻青色的小鳥。

咦？阿堇剛才不是還在這裡的嗎？

阿堇？

我下意識出聲喊她，聽見自己細小的聲音，我才察覺那是一場夢。我沒把窗戶關緊，因此蕾絲窗簾輕飄飄地，像跳著華爾滋那樣舞動。青色鳥兒啄食了牠腳邊的某種東西，便嘩地飛得不見蹤影。不知不覺間，已經是早晨了。

我得出發才行。

我坐起上半身。她在呼喚我，阿堇在呼喚我。

我沖了個澡，急匆匆地準備出門。

取出放在行李箱底層、用毛巾裹著的望遠鏡時，一股懷念的氣味驀然傳到鼻尖。我一把前往柏林的日程告訴父親，他便不由分說地把這臺望遠鏡送了過來。這是從前阿堇愛用的望遠鏡，她說不定就是透過這臺望遠鏡，尋找著圍牆另一側漢斯先生的身影。鏡身上刻著疑似是德語的陌生文字。

剛搬家的時候，老實說，我在那棟新家住得不太適應。父母親都對新家讚不絕口，一下子說總算不用煩惱結露問題了，一下子說地板踩起來暖暖的真舒服，我卻再怎麼樣都覺得疏離。這間屋子無論哪一個角落都乾燥無味，還有那種微微刺激鼻腔深處的黏著劑和油漆氣味，我怎麼也無法喜歡上這裡。對我而言，從前那棟老舊的日本家屋住起來反而比較舒服。

但此刻，從毛巾上飄來的無疑是中里家的氣味。這氣味像草木，又像春風那樣芬芳，其中也確切無疑地含有阿堇的呼吸。

走吧。

我將望遠鏡、地圖、旅遊指南，以及阿堇的骨灰收進背包，離開飯店。我把阿堇的遺骨裝在老舊的糖果盒裡帶了過來。從前，阿堇在這個盒子裡收集了許多緞帶，收在梳妝臺最底下的抽屜深處，就是她宣告 Ribbon 這個名字時，悄悄展示給我看的那個值得紀念的盒子。裝在盒中的阿堇的骨灰像糖粉那樣純白，令我聯想到海岸邊的細沙。

到了現在，我已經無從調查阿堇和漢斯先生去賞鳥的森林究竟位在哪裡。說到底，柏林本來就坐擁豐富的綠意，可以說這個城市本身就坐落在森林裡了。市中心也有一整片寬闊的森林，只是單純走在路上，感覺也像是身處於森林當中。說不定阿堇只是和漢斯先生在一座尋常的公園裡賞鳥而已，這也是很有可能發生的事情。

可是，我還想再去到更遠的地方，想和阿堇的回憶繼續旅行。所以，我決定按照旅遊指南的指示，稍微到郊外看看。來到柏林之後，我第一次買了電車票。

時節正值初夏。我並不是有意選在這個時期出發，但正好和阿堇遇見漢斯先生，兩人之間情思滋長是同一個季節，而我也像這樣站在同一個城市。

在此之前，我眼前的景物一直都好像蒙著一層霧靄，至於是從什麼時候開始的，我已經記不得了。剛開始我以為是視力減退，或是眼睛生了什麼病，但我到眼科就診，也找不到病因。

無論是人、建築物、樹木、青草，還是食物，所有東西的輪廓都顯得模糊。不只是視覺，我聽聲音也聽不清楚，老是覺得兩隻耳朵好像都塞著耳塞。鼻子裡好像塞著黏土那樣難以呼吸，因為無法順利吸入空氣，頭腦也昏沉遲鈍。走一小段路就馬上感到疲倦，每次發生這種事，我都覺得自己好像一下子老了許多。

可是，隨著我越走近森林，覆蓋著視野的霧靄一點一點散開了，耳塞變小塊了，塞在鼻子深處的黏土也開始融解。我睽違許久地以純粹的心情看見陽光，太耀眼了，我差點流下淚來。我身邊一直滯塞混濁的空氣，或許緩緩開始流動了起來。

我獨自一個人撥開草木，走入森林深處，從來沒顧慮過會不會迷路。阿堇就好像在森林深處朝我不停招手似的，邀請我往幽深的森林裡走。

我走在河邊的小路上，將阿堇的骨灰一小撮一小撮撒在地面。這是與我沒有血緣關係的、阿堇的骨灰，仔細一想，我和 Ribbon 之間也沒有血緣關係。儘管如此，我們卻能夠培養起那麼美好的友誼。

剛從土裡冒出頭的蕨類，好像在歡快大笑似的仰望著太陽，展開它們奶油刀般的葉片。日光照射下來，腳邊的青苔看起來真的就像在閃閃發亮。

我忽然感覺到視線，回過頭去，看見一頭鹿帶著小鹿站在那裡。牠們以清澈的眼睛凝視著我，一動也不動。

這場景就好像與我和阿堇剛才在夢中漫步過的森林連結在了一起。從我有記憶以來，阿堇的膝蓋就已經不好了，和她一起到附近散步的時候，我也必須有意識地放慢步調，小步小步地走才行。所以，我也沒有跟她一起出去賞鳥的記憶。但在我更小的時候，或許阿堇曾經像那樣牽著我的手，帶我到某一座森林裡去也不一定。

即使我忘記了，阿堇也會記得；即使阿堇忘記了，我也會記得。記憶絕不是只屬於我一個人的東西。

我確實看不見阿堇的身影，但一直都能在身邊感覺到阿堇的氣息。一伸出手，我就能摸索到阿堇的手，我們能無止盡地往森林更深處走。過了那段時期以後，我好久沒有覺得阿堇離我這麼近了，那段阿堇和我兩個人同心協力，一起照顧Ribbon，美好又幸福的時期。不過，那段宛如蜜糖的時光，絕對還沒有劃下句點。

不知走了多久，視野豁然開朗，一片湖泊在我眼前鋪展開來。清澈的水面化為鏡面，映照出整個世界，就像阿堇的眼睛那樣。

我輕輕打開糖果盒蓋，準備將最後一點骨灰撒向那座湖泊，卻將手中那一撮骨灰再次放回罐底。我總覺得有什麼人伸出看不見的手指，制止了我的手。

我跪在地面上，望進湖裡，有魚兒在水中輕巧地游動，像許多星星匯聚成流星群，一起飛過天際。我覺得自己好像正在仰望著夜空似的。這座湖泊，或許能通往阿堇所在的世界也不一定。如果真是如此，我有點想把身體沉入湖底，到那個世界去看一看。但我是不會去的。我站起身，背向湖泊，沿著來時的路往回走。

走在回程上的時候，天色開始陰沉下來。周遭漫起了霧氣，風景像混入了牛奶般顯得白濁。或許是接觸到溼氣而欣喜，腳邊的青苔顯得更閃亮了。我輕輕伸手去碰，觸感就像上好的天鵝絨似的，柔軟又溫暖，像 Ribbon 的羽毛。

沒過多久，便下起了小雨。在風雨吹拂之下，葉片不安地沙沙作響。

即便如此，我也不著急，反而把腳步放得更慢、更慢。無論雨下得多大，枝葉都會化為一把大傘，雨水幾乎滴不到我所在的地方。我被森林裡的樹木保護得很好。

現在回想起來，是阿堇在守護著我。她化作一把像薄紗那樣透明的傘，溫柔地守護著我。在我們相隔遙遠之後，她化作一把更大、更寬闊的傘，靜靜守望著我。我仰起臉，面向天空，才終於感受到一絲絲雨水的氣息。

彷彿在歡迎這場甘霖似的，近處的樹梢上傳來一聲高亢的鳴叫，響徹周遭。

我想起自己帶了望遠鏡，卻一次也還沒拿出來使用過，於是匆忙將它從背包裡掏出來。在夢裡，拿起望遠鏡就像戴上眼鏡那樣輕鬆，但現實中的它有著紮實的重量。

剛才明明能那麼輕易地捕捉到鳥兒的身影，不過實際使用起來，望遠鏡其實不太容易操作。

飛機的機身輕輕浮起，離開柏林這塊土地的瞬間，我的眼淚便流得停不下來。俯視著柏林的建築與景物快速離我遠去，我用手使勁按住嘴巴，努力不讓嗚咽聲洩漏出去。我緊緊環抱著雙腿，蜷起身體，整個人縮在座椅裡。

我究竟是怎麼了？這感覺就好像自己變成了當年的阿菫一樣，這時的我懷抱著半個世紀前阿菫的心境，從天空俯瞰著柏林這座城市。

阿菫的人生一直看似觸手可及，我卻至今都觸碰不到。自以為瞭解她，實則對她一無所知。我眼看著柏林從視野中逐漸遠去。

阿菫必須留下漢斯先生，獨自啟程離開這裡。她一定痛苦得心如刀割吧，她的靈魂想必在尖聲哭叫。結果，她再也沒能回到這個地方來，在那之後一次也沒能見到漢斯先生。

空服員來問我要點什麼飲料的時候，我的眼淚都還止不住，淚水真的就像水龍頭壞掉那樣流得停不下來。實在沒辦法，我只好邊哭邊答話。

真的，如果有翅膀，他就能得救了。

不只是漢斯先生，當時身在柏林的所有人如果有翅膀，就能自由自在地飛往自己想去的地方了，也有許多人不必為此喪命。

但實際上，他們都無法飛翔，只能仰望著那道圍牆，困在原地不知所措。他們的悔恨撼動我的心胸，如果換做是我，一定無法承受這樣的打擊吧。

等到溫熱的咖啡送到我手邊，情緒的波濤終於平息了下來。隔著一個座位，坐在靠走道位子上的男人，開口對我說了一、兩句話。或許是英語，又或許是德語也不一定。我聽不太懂，但因為對方面帶微笑，我也抹去眼淚，同樣回以微笑。我從包包裡取出手帕，將眼淚擦乾。

在慕尼黑換乘飛往日本的國際線班機之後，我就完全沒有任何記憶了。我沒喝飲料，也沒吃飛機餐，整個人彷彿化作一團泥巴似的酣然沉睡。那是宛如重置人生般無比深沉的睡眠。等我再次醒來，飛機已經降落在日本的機場了。

我不知該如何以言語描述這種感覺，它與「快樂」或「悲傷」都不盡相同。我找不到任何一個適切的詞語，能讓我挺起胸膛說就是它沒錯。各式各樣的感受重疊在一起，在這所有感受彼此相接的一小部分當中，藏有我此時此刻的心境。

在柏林停留的期間，我親身經歷了幾次不可思議的體驗。那感覺說不上來，就好像我並不是憑藉自己的意志行動，一切都受到某種巨大的力量引導。我被那肉眼看不見的巨大力量牽引著，走過柏林的城鎮與森林。

但旅程還沒結束，我還有一個必須造訪的地方。我將行李箱寄放在車站的投幣式置物櫃，換乘電車前往另一個目的地。

我的記憶十分模糊，畢竟那都已經是二十年前的事了。當年我還是個小學生，自家頂多方圓五百公尺內的範圍，對我來說就是世界的全部。自從我們搬離那裡之後，我還一次也沒有回去過。即使因為工作經過那附近，我也一直下意識繞道而行，我害怕親眼看見現實。但現在我敢去了，我必須回去一趟才行。

抵達距離舊家最近的車站，走出票口，穿過商店街，拐過豆腐鋪轉角的瞬間，不知從何處飄來一種懷念的感覺。準備穿過兒時經常來玩耍的兒童公園時，記憶突然有了生動的色彩，就連玩過盪鞦韆之後手上沾染的鐵鏽味，都鮮明地甦醒。

之所以不再到公園玩耍，是因為Ribbon來到了我們家。

我在公園入口停下腳步，蹲了下來。腳邊長著熟悉的雜草。

是繁縷草。

沒錯，念小學的時候，我確實就是在這裡為Ribbon摘繁縷草的。

這裡的繁縷草長得比當年更加旺盛了。回想起Ribbon陶醉地啄食繁縷草的側臉，我真的覺得好懷念。不過，在我為牠摘了特別漂亮的花束那天，Ribbon卻沒有收下它，消失在天空彼方了。我像當年一樣，一根根仔細地摘下繁縷草。

拿著繁縷草，我重新站起身，走過住宅區。彎過老舊木造公寓轉角的瞬間，我清晰地回想起來。

當時阿堇就是倒在那裡。

可是，我們當年住的那棟房子已經不在了，原本左右兩側和我們並排的另外兩棟房子也蕩然無存。我從雙親的對話中聽說過這回事，只是在親眼確認之前，我還是無法相信。

我小時候住的舊家那一帶經過整地，變成了公寓大樓的停車場，深處能看見氣派的高層公寓昂然聳立。我直接踏進了停車場內，如今就連我家玄關原本的位置，也已經記不清楚了。

但下個瞬間，我不禁驚呼出聲。

「樹爺爺……」

樹爺爺還在同一個地方，依然像昔日那樣佇立在那裡。是隔壁家的屋主沒有砍下它，將它保留了下來嗎？

樹爺爺的根部，沉睡著Ribbon沒能孵化的同伴，是我挖洞埋葬了它們。那一晚，阿堇把靈魂的秘密告訴了我。她說，靈魂就像草莓大福裡面的草莓；草莓大福一旦沒有了草莓，就變成普通的大福了。

我忽然感到好奇，往樹上看去，說不定當時的回憶還留著。

阿堇拜託隔壁家，讓我們裝上的那座供鳥兒築巢用的巢箱，同時也是Ribbon的一生開展的地方。應該就安裝在那附近吧？就在下面數來第二條粗樹枝，向外分岔成兩枝的節點上。中里家的陽臺，就鄰近那條樹枝的旁邊。

我閉上眼睛，嘗試在眼瞼內側重現從前居住的日式家屋的輪廓。像隱形墨水在火烤下逐漸現形似的，青色的鐵皮屋頂、即將腐朽的陽臺，和褪色的洗衣夾一一浮現。

不知是被樹葉擋住了，還是巢箱本身已經被拆除，從我站立的位置找不到它。但在我心中，樹上裝有巢箱的情景已經歷歷在目地浮現眼前。

我在樹爺爺的根部蹲下，拿旁邊的石塊開始挖洞。無論如何，我都想讓阿堇剩下的最後一把骨灰沉眠在這裡，在我心目中，這裡也是適合拋撒阿堇骨灰的地方。

我挖好了一個不算太深的土坑，最後將純白的骨灰輕輕撒在坑底，準備將土填回去。就在這時，不知從哪裡傳來一陣聲音。

起初，我還以為是阿堇的骨灰在唱歌。儘管心裡覺得不可能，我還是凝神看向坑底那些狀似白粉的骨灰，豎起耳朵聽。是阿堇的骨灰高興得唱起歌來了嗎？但怎麼會呢，不可能有這種事的。

我靜靜側耳傾聽，那陣歌聲越來越清晰了。不是我的幻覺，這聲音確實來自於我內心之外的世界。是什麼歌？是什麼歌？我確實聽過它，卻想不起是在哪裡聽過了。是什麼歌？是什麼歌？

原本斷斷續續的節拍，過不久就化為一道旋律，流入我心中，像一條細線。為了不錯過它的線頭，我豎起耳朵聽著，這時一部分旋律輕輕觸碰到了我的手掌。啊。我反射性握起掌心，身體在那一瞬間輕飄飄地浮了起來，差點就這麼飄上半空。那是從樹上傳來的聲音，我站起身，仰望天空。樹爺爺的枝椏上，開著一朵朵橙色的花。

但為什麼歌聲會從樹上傳來呢？不對、不對，這不可能，不可能有這種事，我一定還在作夢。

儘管這麼想，淚水卻一下子湧上我的眼眶。我真的聽見了，聽見理應只有阿堇會唱的那首歌，從樹上傳來。

自樹梢上灑落的那道聲音，與阿堇的歌聲重疊。毫無疑問就是那首歌，是阿堇經常唱的，有許多鳥類名字的歌曲。

伴隨著歌聲，像剛做好的甜饅頭那樣光潤的臉頰，兩潭湖泊般閃耀美麗光輝的眼睛，像棉花糖一樣純白的頭髮，無可匹敵的溜滑梯弧線……這些都像雨水、像日光那樣，從上空緩緩飄落到我的掌心。

到了歌聲中斷的時候，我小心翼翼地呼喚。

「Ribbon？」

不過，不太可能吧。四下寂靜無聲，無人回應。

「Ribbon？真的是你嗎，Ribbon？」

我用更大的音量又喊了一次。在那個瞬間……

「歡迎回來！」

宏亮的聲音響起，我強忍住的淚水一口氣潰堤。我原以為，已經再也沒有人會對我說這句話了，以為已經不會再有任何地方欣然迎接我回去。

難道 Ribbon 一直都待在這裡，等著我和阿堇來接牠嗎？牠是不是拚了命地尋找樹爺爺，才好不容易飛了回來？

我好想見見 Ribbon。

我繞到樹幹的另一側，心焦難耐地望著樹梢到處尋找，但一直沒看見 Ribbon 的身影。

「你在哪裡？如果你在，就到這裡來！」

我顧不得旁人的目光，高聲朝牠呼喊。這時，那道聲音清晰念出了我的名字，牠當年還說不好的。

體溫計，淡粉紅色的拍拍，跟轉蛋機無關的轉蛋，鳥蛋表面上畫記的☆、〇和〒。

短短一瞬間，我彷彿被這一切掩埋。

「Ribbon。」

我出聲呼喚牠，伸出一隻手。

「過來！」

我再一次大聲呼喊。這時，一隻黃色的小鳥展開翅膀飛了起來，從樹爺爺的一根枝椏飛到另一根枝椏。雖然只有一瞬間，但我確實看見了，在那裡的果然是 Ribbon 不會錯。

Ribbon 還活著。

牠真的一路活到了今天。

在我日復一日仰望的天空某處，Ribbon 真的就藏匿在其中，只是我看不見而已。

嘩地吹起一陣風，Ribbon 在我的肩膀上著地。牠昂然聳立的羽冠，淡橘色的圓形腮紅，滑順又有光澤的黃色羽毛，圓溜溜的眼睛，一切都和那個時候一樣沒變。在我手掌中發出第一聲啼鳴的 Ribbon，如今像這樣停在我的肩頭。

我想起小學入學典禮那天早上，也有人在我肩上同樣的位置，用別針別上裝飾用的胸花。那時，我覺得好驕傲。老師叫到中里雲雀同學的時候，我朝氣蓬勃地答有，倏地從椅子上彈起似的站起身來。阿堇應該也和我父母親一起來參加了我的入學典禮，那時候的我確實抬頭挺胸地活著，還為自己感到自豪。

Ribbon 停在我肩上，嘴裡嘰嘰咕咕地說著些什麼。我聽不清楚，於是回問了牠，牠便以清晰的聲音說：

「一起玩吧。」

就好像聽見了我自己的聲音一樣。

牠以直率的眼神，目不轉睛地凝視著我。真難以置信，不可能有這種事的，但儘管我這麼想，Ribbon 卻確切無疑地停在我肩上。牠像個氣泡一樣輕，我卻能確實感覺到生命的分量與溫度。Ribbon 用牠細小的腳爪，穩穩抓住了我的肩膀。

為了不嚇到 Ribbon，我緩緩朝牠伸出食指。Ribbon 將頭傾斜了四十五度，思索著什麼似的。接著，牠傾身向前，用嘴喙碰觸我的手指。Ribbon 的舌頭渾圓柔軟，這觸感真的、真的讓我好懷念。

Ribbon 好像試圖回想起我的指尖似的，反覆輕咬著它，就好像我的手指和

Ribbon 的嘴喙，用某種秘密的語言在彼此交談。

每一次 Ribbon 展開翅膀，滑順的羽毛就輕輕撫過我的臉頰。每次做出這個動作，Ribbon 的外型看起來就像一條打了美麗蝴蝶結的緞帶。我覺得好癢，心裡又好高興，眼淚好像又要流得更兇了。

我們用指尖和嘴喙，彼此玩耍了一下子。即使不能真的互相對話，我仍然能在近處感覺到 Ribbon 的心意和溫暖。

過一會兒，Ribbon 朝我的食指伸出一隻腳，接著從容地把另一隻腳也挪了上來，從那動作好像能聽見牠說嘿咻的聲音。雖然外觀看起來一點也沒變，但 Ribbon 這段時間還是長了年歲，動作也不像當年那樣敏捷了。

我們以手指和腳爪彼此握手，慶賀我們的重逢。Ribbon 的兩隻腳爪緊緊捲在我的食指上，從 Ribbon 細小的腳尖，傳來某種溫暖的東西。只是和 Ribbon 這樣待在一起，我就感到滿心的幸福。我靜靜挪動手臂，在更近處與 Ribbon 再會。

Ribbon 的呼吸，像微風一樣吹拂上我的皮膚。我們無言對望了一段時間，Ribbon 圓溜溜的眼睛裡，映照著我的臉龐。

這時，Ribbon 突然脫口說出一句話。

「不用怕喲。」

Ribbon 確實是這麼說的，就好像 Ribbon 當中躲著另一個人，由那個人發出聲音一樣。

「不用怕？你說什麼不用怕？」

但無論我再怎麼問，Ribbon 都興趣缺缺地將臉撇向一旁。接著，牠緩緩將身體轉了個方向，低下頭，好像要我摸牠似的。我用另一隻手的指尖搔搔牠的後頸，Ribbon 便瞇細了眼睛，露出舒服的表情。在這二十年間，Ribbon 究竟都待在哪裡，走過了什麼樣的一生，以牠如此嬌小、輕盈的身體？

Ribbon 瞇細雙眼，微微扭動著身體。

「Ribbon，舒服嗎？」

我問道。

「雲雀。」

Ribbon 這麼回答。雖然口齒不太清晰，但聽在我耳中，牠確實叫了我的名字。不對，這不是 Ribbon 說的，而是 Ribbon 記住了阿堇所說的話，再念給我聽。剛才這句話，是來自於阿堇和 Ribbon 雙方的聲音。

那時候，我、阿堇和 Ribbon 所形成的三角形非常小，我們三個總是近在身邊，彼此依偎。但現在，這個三角形擴大得沒有盡頭，其中一人已經身在比天空更加遙遠的世界。

「我不怕喲。」

我對 Ribbon，同時也對身在天國的阿堇這麼回答。沒錯，我才不害怕，一點也不害怕活著。因為，我可是像這樣又見到了想念二十年以上的 Ribbon 呀。原本總覺得繞了不少遠路，但對我而言，這都是必要的時間。

我們倆一直握著彼此的手，互相凝望。眼前的 Ribbon 目不轉睛地看著我。

「謝謝你。」

我輕輕舉起手，在那瞬間，Ribbon 大大展開雙翼，振翅而去，那條黃色的緞帶就這麼被吸入藍天彼方。我們已經各自踏上了不同的道路。

無論在或不在我身邊，Ribbon 活在這世上某處的事實都不會改變。阿堇曾經活過的事實，也永遠不會改變。

一回過神，我才發現自己右手上還握著繁縷草的花束。原本想送給 Ribbon 當作禮物，我卻二度錯過了送禮的時機。但沒關係，即使沒有這束繁縷草，Ribbon 也能好好活下去。牠有屬於自己的生命之路要走。

「一路順風！要保重哦——」

我竭盡全力大喊，凝神目送 Ribbon 的身影飛遠，捨不得眨一下眼睛。現在這個瞬間，肯定能稱作奇蹟了吧，奇蹟也降臨在了我的身上。

是啊，我一定已經擺脫過去，昂首向前邁進了。我一點，也不害怕。

因為我們的靈魂，永遠都被看不見的緞帶牽繫在一起。

國家圖書館出版品預行編目資料

緞帶 / 小川糸 著；簡捷 譯. -- 初版. -- 臺北市：
皇冠, 2025. 07
320面；21×14.8公分. --(皇冠叢書；第5233種)(大賞；185)
譯自：リボン

ISBN 978-957-33-4312-7 (平裝)

861.57　　114007451

皇冠叢書第5233種
大賞｜185

緞帶

リボン

作　　者—小川糸
譯　　者—簡　捷
發 行 人—平　雲
出版發行—皇冠文化出版有限公司
臺北市敦化北路120巷50號
電話◎02-27168888
郵撥帳號◎15261516號
皇冠出版社(香港)有限公司
香港銅鑼灣道180號百樂商業中心
19字樓1903室
電話◎2529-1778　傳真◎2527-0904
總 編 輯—許婷婷
責任主編—蔡承歡
美術設計—單宇、李偉涵
行銷企劃—薛晴方
著作完成日期—2015年
初版一刷日期—2025年7月
初版二刷日期—2025年8月
法律顧問—王惠光律師
有著作權・翻印必究
如有破損或裝訂錯誤，請寄回本社更換
讀者服務傳真專線◎02-27150507
電腦編號◎506185
ISBN◎978-957-33-4312-7
Printed in Taiwan
本書定價◎新臺幣420元/港幣140元